TRADUÇÃO
ANTONIO FARINACI

# MAURICE

E.M. FORSTER

ERCOLANO

TÍTULO ORIGINAL *Maurice* (1971)

Esta publicação segue as normas do Acordo Ortográfico da Língua Portuguesa, Decreto nº 6.583, de 29 de setembro de 2008.

TRADUÇÃO
Antonio Farinaci

EDIÇÃO
Régis Mikail

PREPARAÇÃO
Gabriela Marques Rocha

REVISÃO
Bárbara Waida
Mariana Delfini

DESIGN
Tereza Bettinardi
Lou Huguenin (assistente)

PRODUÇÃO GRÁFICA
Lilia Góes

CRÉDITO DAS IMAGENS
Bibliothèque Nationale de France (*Monsieur: revue des élégances, des bonnes manières et de tout ce qui intéresse Monsieur*. 1921-01.)



DIREÇÃO GERAL E EDITORIAL
Régis Mikail
Roberto Borges

DIREÇÃO DE COMUNICAÇÃO E MARKETING
Roberto Borges

COORDENAÇÃO EDITORIAL
Mariana Delfini

COORDENAÇÃO DE DESIGN
Tereza Bettinardi

COORDENAÇÃO COMERCIAL E DE EVENTOS
Mari Abreu

ASSISTÊNCIA ADMINISTRATIVA
Láiany Oliveira

ASSISTÊNCIA EDITORIAL E DE COMUNICAÇÃO
Victória Pimentel

PROJETO GRÁFICO
Estúdio Margem

REDES SOCIAIS
VICA Comunicação

DESIGN DE COMUNICAÇÃO
Chris Costa

MÍDIA
EGD Comunicação e Marketing

ASSESSORIA DE IMPRENSA
Kulturális

CONSULTORIA FINANCEIRA
Daniela Senador

SITE
Agência Dígiti

AGRADECIMENTOS
Bia Nunes, Eduardo Trevisan, Fernando Rinaldi,
Samantha Brace, Síntia Mattar, Zilmara Pimentel

# SUMÁRIO

*Iniciado em 1913*
*Terminado em 1914*

*Dedicado a um*
*ano mais feliz*

# MAURICE

# 12

# PARTE

# I

# CAPÍTULO I

Uma vez por ano, a escola inteira saía para um passeio — ou seja, dele participavam os três mestres, bem como todos os garotos. Essa excursão costumava ser prazerosa e aguardada com ansiedade, uma ocasião para todos deixarem antigas desavenças de lado e ficarem à vontade. Por receio de que a disciplina pudesse ser prejudicada, o passeio era realizado imediatamente antes das férias, quando benevolências assim já não fazem mal, e, de fato, mais parecia um momento de descontração doméstico do que um evento escolar, porque a sra. Abrahams, esposa do diretor, encontrava-se com eles, à altura do chá, acompanhada de amigas, e os tratava de maneira hospitaleira e maternal.

O sr. Abrahams era um mestre-escola à moda antiga. Não ligava para atividades didáticas nem esportivas, mas mantinha seus garotos bem nutridos e cuidava que não fossem malcomportados. O resto, deixava por conta dos pais, sem se indagar quanto os pais poderiam estar deixando por conta dele. Em meio a elogios mútuos, os garotos passavam a uma escola secundária, cheios de saúde, mas atrasados, para receber os primeiros golpes do mundo contra a carne indefesa. Há muito a se dizer em prol da apatia na educação, e os pupilos do sr. Abrahams, a longo prazo, até que se davam bem, tornando-se pais por sua vez e, em alguns casos, enviando-lhe os filhos. O sr. Read, seu assistente júnior, era um professor da mesma estirpe, só que mais estulto, ao passo que o sr. Ducie, o assistente sênior, funcionava como um estimulante, evitando que todos caíssem no sono. Eles não gostavam muito do diretor, mas sabiam que ele era necessário. O sr. Ducie era um homem hábil, ortodoxo, mas com os pés no chão e não de todo incapaz de ver os dois lados de uma questão. Sem tato para tratar com os pais e com os meninos mais obtusos, era perfeito para os alunos de primeiro ano e havia até mesmo orientado pupilos para conseguirem bolsas. Sua capacidade de organização não deixava a desejar. O sr. Abrahams mantinha as rédeas curtas com o sr. Read, fingindo tratá-lo com deferência, ao passo que ao sr. Ducie dava carta branca, tendo-lhe, por fim, oferecido sociedade.

O sr. Ducie sempre tinha algo em mente. Nessa ocasião, era Hall, um dos garotos mais velhos, que os estava deixando para entrar numa escola secundária. Queria aproveitar o passeio para ter uma "boa conversa" com Hall. Seus pares fizeram objeção, uma vez que isso os deixaria sobrecarregados, e o diretor ressaltou que já havia tido uma conversa com Hall e que o garoto haveria de preferir aproveitar seu último passeio ao lado dos colegas. Isso era bem possível, mas o sr. Ducie jamais seria impedido de fazer o que é certo. Ele sorriu e ficou em silêncio. O sr. Read sabia o que essa "boa conversa" queria dizer, pois logo que se conheceram haviam abordado um certo assunto, profissionalmente. O sr. Read desaprovara. "Delicado", ele disse. O diretor não sabia nem teria querido saber. Como se separava dos alunos quando tinham quatorze anos, esquecia-se de que eles cresciam e se tornavam homens. Para ele, era como se fossem uma raça de pessoas pequenas, mas completas, como os pigmeus da Nova Guiné, "meus garotos". E eram ainda mais fáceis de se compreender do que os pigmeus, porque nunca se casavam e raramente morriam. Um longo cortejo de celibatários imortais passava diante dele, em agrupamentos que variavam de vinte e cinco a quarenta por vez. "Não vejo utilidade nos livros sobre educação. Garotos existem antes de a educação ser inventada", dizia. E o sr. Ducie sorria, pois estava absorto em ideias avançadas.

Enquanto isso, os garotos:

— Senhor, posso segurar a sua mão?... O senhor prometeu... As duas mãos do sr. Abraham estão ocupadas e todas as do sr. Read... Oh, o senhor ouviu? Ele acha que o sr. Read tem três mãos!... Eu, não! Eu disse "dedos"! Invejoso! Invejoso!

— Quando você terminar!...

— Senhor!

— Estou indo dar uma volta só com o Hall.

Houve gritos de decepção. Os outros professores, ao perceberem que dali não vinha boa coisa, fizeram a turma debandar e marchar pelo penhasco, em direção à baixada. Hall, triunfante, saltou para o lado do sr. Ducie, mas sentiu-se velho demais para tomá-lo pela mão. Era um rapazote roliço e gracioso, de forma alguma singular. Nisso era parecido com o pai, que havia feito parte do cortejo vinte e cinco anos antes, depois enfiara-se numa escola secundária, casara-se, tivera um filho e duas filhas e recentemente havia morrido de pneumonia. O sr. Hall tinha sido um bom cidadão, ainda que apático. O sr. Ducie havia se informado a seu respeito antes do passeio.

— E então, Hall, acha que vai levar um sermão, não é?

— Não sei, senhor. O sr. Abrahams me deu um sermão junto com um livro, *Those Holy Fields* [Estes campos sagrados].[1] A sra. Abrahams me deu abotoaduras. Os colegas me deram um conjunto de selos da Guatemala, de até dois dólares. Veja, senhor! Estes têm um papagaio em cima de uma coluna.[2]

— Esplêndido! Esplêndido! O que o sr. Abrahams disse? Espero que tenha dito que você é um pecador desgraçado.

O garoto riu. Não compreendia o sr. Ducie, mas entendeu que ele estava querendo ser engraçado. Sentia-se à vontade, porque era seu último dia na escola, e mesmo que fizesse algo errado não seria castigado. Além do mais, o sr. Abrahams havia declarado que ele era um sucesso. "Estamos orgulhosos; ele vai nos honrar em Sunnington": havia visto o começo da carta enviada à sua mãe. E os colegas cobriram-no de presentes, exaltando sua coragem. Ledo engano — ele não era corajoso: tinha medo do escuro. Mas ninguém sabia disso.

— Pois bem, e o que disse o sr. Abrahams? — repetiu o sr. Ducie ao chegarem ao areal. Uma longa conversa se insinuava, ameaçadora, e o garoto queria estar com os amigos no alto do penhasco, mas sabia que de nada vale o querer de um menino no confronto com um homem adulto.

— O sr. Abrahams me disse para fazer igual ao meu pai, senhor.

---

1 Obra do reverendo britânico Samuel Manning (1822-1881) que narra uma viagem à Palestina e à "Terra Santa". O título vem do primeiro ato, cena 1, da primeira parte da peça *Rei Henrique IV*, de William Shakespeare. (N. T.)

2 Tradicional tiragem de selos guatemaltecos emitida em 1886, que traz a imagem da ave nacional da Guatemala, o quetzal (não um papagaio, como descreve Maurice), pousado sobre uma coluna, e que vai de um centavo a dois pesos, não dólares. (N. T.)

— Algo mais?

— Que nunca devo fazer nada que me daria vergonha de fazer na frente da minha mãe. Que com essa regra não se erra. E que a escola secundária vai ser bem diferente daqui.

— O sr. Abrahams disse de que modo?

— Todo tipo de dificuldades, um pouco como no mundo.

— Ele lhe disse como é o mundo?

— Não.

— Você perguntou?

— Não, senhor.

— Isso não foi muito sensato de sua parte, Hall. Esclareça as coisas. O sr. Abrahams e eu estamos aqui para responder às suas perguntas. Como você acha que é o mundo... o mundo dos adultos?

— Não sei dizer. Sou criança — respondeu com toda a sinceridade. — Eles são muito desleais, senhor?

O sr. Ducie achou aquilo divertido e perguntou que exemplos de deslealdade ele já havia presenciado. Não que os adultos seriam cruéis com os pequenos, respondeu, mas não estavam sempre enganando-se uns aos outros? Deixando de lado as formalidades de aluno, desatou a falar como criança e foi ficando fantasioso e engraçado. O sr. Ducie se recostou na areia para ouvi-lo, acendeu o cachimbo e olhou para o céu. O pequeno oásis onde viviam estava agora bem para trás, e o resto da escola, lá adiante. O dia estava cinzento, o ar, parado, e mal se distinguia o sol das nuvens.

— Você mora com a sua mãe, não é? — interrompeu, ao ver que o menino estava mais confiante.

— Sim, senhor.

— Tem algum irmão mais velho?

— Não, senhor... apenas Ada e Kitty.

— Tios?

— Não.

— Então, você não conhece muitos homens.

— Mamãe tem um cocheiro e George, que cuida do jardim, mas certamente o senhor se refere a cavalheiros. Mamãe tem três criadas para cuidar da casa, mas elas são tão preguiçosas que nem remendam as meias da Ada. Ada é minha irmãzinha mais velha.

— Quantos anos você tem?

— Quatorze anos e nove meses.

— Certo. Você é só um pobrezinho coitado que não sabe de nada. — Eles riram. — Quando eu tinha a sua idade, meu pai me disse uma coisa que se mostrou muito útil e me ajudou um bocado. — Isso não era verdade: o pai nunca lhe havia dito nada. Mas ele precisava de um prelúdio para aquilo que estava prestes a dizer.

— Disse, senhor?

— Será que devo contar-lhe o que foi?

— Por favor, senhor.

— Vou lhe falar por alguns instantes como se fosse o seu pai, Maurice! E vou chamá-lo por seu nome de verdade. — Então, muito simples e delicadamente, o sr. Ducie abordou o mistério do sexo. Falou do homem e da mulher criados por Deus, no princípio, para que a Terra fosse povoada, e sobre o momento em que o homem e a mulher recebem esse poder. — Você está prestes a se tornar um homem, Maurice; é por isso que lhe falo dessas coisas. Não é uma conversa que a sua mãe possa ter com você, e você não deve falar disso com ela nem com qualquer outra senhora, e se em sua próxima escola os rapazes puxarem esse assunto, faça com que se calem: diga que você sabe. Já tinha ouvido falar disso antes?

— Não, senhor.

— Nem uma palavra?

— Não, senhor.

Ainda fumando o cachimbo, o sr. Ducie se levantou, escolheu uma faixa de areia fofa e nela desenhou diagramas com a bengala.

— Assim fica mais fácil — disse ao garoto, que assistia apático: aquilo não tinha relação alguma com suas experiências. Ele prestava atenção como era de se esperar, uma vez que estava sozinho diante do professor e sabia que o assunto era sério e tinha a ver com o seu corpo. Mas não conseguia entender o sentido; tudo desmoronava assim que o sr. Ducie juntava as partes, era como uma equação impossível. Tentava em vão. Sua mente torpe não acordava. A puberdade havia chegado, mas não a inteligência, e a masculinidade tirava proveito dele, como sempre acontece, num transe. Era inútil tomar de assalto aquele transe. Inútil descrevê-lo, ainda que de forma científica e empática. O garoto fazia que sim com a cabeça e era arrastado novamente para a letargia, de modo a não ser despertado antes da hora.

O sr. Ducie, independentemente de seu conhecimento científico, tinha empatia. Na verdade, tinha empatia até demais e atribuía sentimentos sublimes a Maurice, sem perceber que o menino ou não estava entendendo nada, ou estava aturdido.

— Isto tudo é uma chatice — ele disse —, mas é preciso vencer esta etapa, pois não se deve mistificar esses assuntos. Depois vêm as coisas boas: o amor, a vida.

Ele falava com fluência, já tivera conversas assim com outros meninos e sabia o tipo de pergunta que faziam. Maurice não perguntava: apenas dizia "Sei, sei, sei", e, a princípio, o sr. Ducie teve medo de que ele não soubesse nada. Submeteu-o a um teste. As respostas foram satisfatórias. A memória do garoto era boa e — de que trama curiosa é feito o ser humano — ele até desenvolveu uma inteligência espúria, uma cintilação superficial em resposta ao farol fulguroso daquele homem. Por fim, fez uma ou duas perguntas sobre sexo que foram direto ao ponto. O sr. Ducie ficou muito satisfeito.

— Está tudo certo — ele disse. — Agora você não tem mais por que se sentir confuso ou constrangido.

Ainda faltava falar do amor e da vida, e ele tocou no assunto enquanto continuavam a caminhada pela orla daquele mar sem cor. Falou do homem ideal — tornado casto pelo ascetismo. Esboçou a glória da mulher. Como ele próprio estava noivo, para se casar, tornara-se mais terno, e seus olhos encheram-se de cores por trás dos óculos pesados; as bochechas coraram. Amar uma mulher virtuosa, protegê-la e servi-la — isso, disse ele ao garotinho, era a consagração de uma vida.

— Você não está entendendo agora, mas um dia entenderá e, quando isso acontecer, lembre-se do pobre e velho pedagogo que colocou você nos trilhos. Tudo se encaixa, tudo, e Deus está lá no céu, cuidando para que esteja tudo certo no mundo. Macho e fêmea. Ah, maravilhoso!

— Acho que não vou me casar — observou Maurice.

— Contando de hoje, daqui a dez anos, convido você e sua esposa para jantarem com minha esposa e comigo. Aceita o convite?

— Oh, senhor! — sorriu com deleite.

— Combinado, então! — Para todos os efeitos, era uma boa piada para encerrar o assunto. Maurice ficou lisonjeado e começou a considerar o casamento. Mas, assim que se acalmaram, o sr. Ducie parou e apertou o rosto como se todos os dentes lhe doessem. Virou-se e observou o longo caminho que haviam deixado para trás.

— Esqueci de apagar aqueles diagramas diabólicos — disse com vagar.

No extremo oposto da baía, um grupo de pessoas os seguia, também pela beira do mar. O caminho as levaria ao exato local em que o sr. Ducie havia feito as ilustrações sobre sexo, e havia uma senhora no grupo. Ele correu de volta, suando de medo.

— Senhor, não tem problema! — gritou Maurice. — A esta altura a maré já deve ter coberto os desenhos!

— Misericórdia... graças a Deus... a maré está subindo.

E, de repente, por um breve instante, o garoto o desprezou. "Mentiroso", pensou. "Mentiroso, covarde, sua palavra não vale nada..." Nisso, a escuridão se espalhou novamente, a escuridão que é primordial, mas não eterna, e se rende a seu próprio amanhecer doloroso.

# CAPÍTULO II

A mãe de Maurice morava perto de Londres, em uma vila aprazível, em meio a pinheiros. Era lá que ele e as irmãs haviam nascido, e era de lá que seu pai saía todos os dias para o trabalho e para lá retornava. Eles quase se mudaram quando a igreja foi construída, mas acostumaram-se a ela, como a tudo, e até acharam que era uma praticidade. A igreja era o único lugar ao qual a sra. Hall precisava ir — as compras eram-lhe entregues. A estação tampouco era distante, bem como um sofrível externato para as meninas. Era uma terra de comodidades, onde nada demandava ser conquistado e o sucesso era indistinguível do fracasso.

Maurice gostava da casa e reconhecia a mãe como o gênio que a presidia. Sem ela, não haveria poltronas fofas nem comidas nem brinquedos. Era grato por ela suprir tantas necessidades e a amava. Também gostava das irmãs. Quando chegou, elas saíram correndo e dando gritos de alegria, tiraram seu sobretudo e o jogaram no chão da sala para os empregados. Era agradável ser o centro das atenções e se vangloriar dos feitos na escola. Seus selos da Guatemala foram motivo de admiração — bem como o *Those Holy Fields* e uma reprodução fotográfica de Holbein que o sr. Ducie lhe dera. Depois do chá, o tempo abriu.

A sra. Hall vestiu suas galochas e foi dar uma volta com ele pela propriedade. Foram trocando beijinhos pelo caminho e conversando à toa.

— Morrie...

— Mamãezinha...

— Agora tenho que cuidar bem do meu Morrie.

— Cadê o George?

— Esplêndido relatório, o que o sr. Abrahams enviou. Ele diz que você faz lembrar seu pobre pai... E agora, o que vamos fazer destas férias?

— Prefiro ficar aqui.

— Meu menino querido! — disse, abraçando-o afetuosamente como nunca. — É como dizem, não há nada como nosso lar. Sim, tomates... — ela gostava de recitar o nome dos legumes. — Tomates, rabanetes, brócolis, cebolas...

— Tomates, brócolis, cebolas, batatas-roxas, batatas-brancas — murmurou o garotinho.

— Cabeças de nabo...

— Mãe, cadê o George?

— Ele foi embora semana passada.

— Por que ele foi embora? — perguntou.

— Ele estava ficando velho demais. Howell sempre troca de garoto a cada dois anos.

— Ah.

— Cabeças de nabo — ela prosseguiu —, batatas de novo, beterraba... Morrie, você não gostaria de fazer uma visita ao vovô e à tia Ida, se eles nos convidarem? Quero que você se divirta muito nestas férias, querido... Você tem sido tão bom, além disso, o sr. Abrahams é um homem tão bondoso; veja só, o seu pai também passou pela escola dele, e estamos enviando você para a mesma escola secundária do seu pai, Sunnington, para que você cresça igualzinho ao seu querido pai.

Um soluço a interrompeu.

— Morrie, *querido*...

O menino estava aos prantos.

— Meu bichinho, o que foi?

— Não sei... não sei...

— O que foi, Maurice...

Ele balançou a cabeça em desaprovação. Ela estava aflita por não conseguir deixá-lo feliz e começou a chorar também. As meninas correram na direção deles, gritando: "Mamãe, o que aconteceu com o Maurice?".

— Ah, não — ele gemeu —, Kitty, saia daqui.

— Ele está esgotado — disse a sra. Hall, sua explicação para tudo.

— Estou esgotado.

— Venha para o seu quarto, Morrie... Oh, meu querido, isto é terrível demais.

— Não... estou bem. — Ele cerrou os dentes, e o grande maciço de tristeza que subira à superfície e o havia arrebatado começou a baixar. Ele o sentiu submergir no coração até sumir de sua consciência. — Estou bem. — Olhou ao redor com fúria e secou os olhos. — Acho que vou jogar *halma*.[3] — E antes que as peças estivessem arrumadas no tabuleiro, ele já estava conversando como antes; o colapso infantil havia passado.

Ele venceu Ada, que o adorava, e Kitty, que não. Depois correu de novo ao jardim para ver o cocheiro. "Olá, Howell. Como vai a sra. Howell? Olá, sra. Howell", e assim foi, falando com um tom de voz paternalista, diferente do que usava com pessoas de classe alta. E então, de volta com a outra voz:

— Mas se não é o novo menino jardineiro.

— É, sr. Maurice.

— O George já estava muito velho?

— Não, sr. Maurice, ele queria melhorar de vida.

---

3 Jogo de tabuleiro inventado na década de 1880, em Harvard, que guarda semelhanças com o jogo de damas chinês. (N. T.)

— Oh, quer dizer que foi ele quem pediu as contas?

— Isso mesmo.

— Mamãe disse que ele estava muito velho e que você havia lhe dado as contas.

— Não, sr. Maurice.

— Minha pobre pilha de lenha vai ficar feliz — disse a sra. Howell. Maurice e o antigo menino jardineiro gostavam de brincar em volta dela.

— A pilha de lenha é da minha mãe, não sua — disse Maurice. E entrou.

Os Howell não ficaram ofendidos, embora, um para o outro, tenham fingido que sim. Eles eram serviçais desde sempre e gostavam que os cavalheiros fossem esnobes.

— Esse aí já tem um gênio forte! — disseram à cozinheira. — Tal pai, tal filho.

Os Barry, que tinham vindo para jantar, eram da mesma opinião. O dr. Barry era um velho amigo da família, ou melhor, vizinho, e nutria por eles certo interesse. Ninguém haveria de se interessar profundamente pelos Hall. O doutor gostava de Kitty — ela tinha lampejos de coragem —, mas as meninas estavam deitadas, e mais tarde ele disse à esposa que Maurice também deveria estar na cama.

— Devia passar o resto da vida dormindo. Que é o que ele vai fazer. Que nem o pai. Qual a serventia desse tipo de gente?

Quando foi de fato para a cama, Maurice foi com relutância. Aquele quarto sempre o assustou. Tinha se comportado como gente grande a noite toda, mas o antigo sentimento tomou-o de assalto tão logo a mãe deu-lhe um beijo de boa-noite. O problema estava no espelho. Ele não ligava de ver ali seu rosto, nem sua sombra projetada no teto, mas ficava perturbado de ver sua sombra projetada no teto refletida no espelho. Arrumava a vela de modo a evitar essa combinação, depois desafiava-se a colocá-la de volta e ficava estarrecido. Ele sabia o que era, não é que lhe trouxesse alguma lembrança terrível. Mesmo assim, tinha medo. Por fim, dava um assoprão na vela e pulava na cama. Conseguia suportar a escuridão completa, mas o quarto tinha o defeito adicional de estar defronte a um poste de iluminação. Em noites tranquilas, a luz penetrava as cortinas sem alarme, mas às vezes borrões em forma de caveira se projetavam na mobília. O coração batia com violência, e ele ficava aterrado na cama, mesmo sabendo que a família toda estava ali ao lado.

Ao abrir os olhos para ver se os borrões haviam se dissipado, lembrou-se de George. Algo se agitou nas profundezas insondáveis de seu coração. Sussurrou "George, George". Quem era George? Ninguém... só um reles empregado. Mamãe, Ada e Kitty eram muito mais importantes. Mas ele ainda era muito pequeno para ter esse discernimento. Nem mesmo se deu conta de que, ao ceder a essa tristeza, subjugou os espectros e caiu no sono.

# CAPÍTULO III

Sunnington era o próximo estágio na carreira de Maurice, e ele o atravessou sem chamar atenção. Não era bom com os trabalhos, embora fosse melhor do que almejava, nem era um colosso nos esportes. Aqueles que o notavam gostavam dele, pois tinha um rosto radiante e amistoso que correspondia às atenções; mas havia tantos garotos do mesmo tipo — eles formavam a espinha dorsal da escola, e não era possível notar cada uma das vértebras. Fazia as traquinagens de sempre — ficou de castigo, apanhou de bengala uma vez, galgou ano após ano do curso clássico e passou raspando até a sexta série, tornando-se monitor de turma, depois monitor da escola e parte do time dos quinze melhores alunos. Embora atrapalhado, ele tinha força física e ímpeto: no críquete, não se saía tão bem. Vítima de bullying quando criança, ele agora praticava bullying com os outros quando se mostravam tristes ou abatidos, não porque fosse cruel, mas porque era a coisa adequada a fazer. Em poucas palavras, era um membro medíocre de uma escola medíocre e deixou para trás uma impressão efêmera e favorável. "Hall? Espere aí. Qual era o Hall mesmo? Ah, é, lembrei; aquele rapaz certinho."

No fundo, estava perplexo. Tinha perdido a clareza precoce da criança que transfigura e explica o universo, oferecendo respostas de uma beleza e uma perspicácia milagrosas. "Saídas da boca de criancinhas e bebês de peito..." Mas não da boca de um moleque de dezesseis anos. Maurice se esqueceu de que um dia fora assexuado e apenas na maturidade se deu conta de quão precisa e clara deve ter sido a sensação de seus primeiros dias. Ele agora submergia muito abaixo daqueles tempos, pois estava descendo ao vale da sombra da vida, que jaz entre as montanhas mais baixas e as mais altas, e, sem respirar suas brumas, ninguém consegue atravessá-lo. Ele vagou por ali, tateando, durante mais tempo que a maioria dos garotos.

Nada se assemelha tanto a esse lugar onde tudo é obscuro e malogrado quanto um sonho. Na escola, Maurice teve dois sonhos que permitem interpretar seu estado de espírito.

O primeiro sonho o deixou muito aborrecido. Ele jogava futebol contra uma pessoa indefinida, cuja existência o incomodava. Fez um esforço e o ser indefinido tornou-se George, o menino jardineiro. Mas era preciso ter cuidado, senão o indefinido reaparecia. George desceu correndo o campo em sua direção, nu, saltando por sobre as pilhas de lenha. "Vou enlouquecer se ele se transformar de novo agora", disse Maurice, e bem na hora em que se atracaram foi isso mesmo que aconteceu, e uma frustração brutal o despertou. Não associou esse sonho à homilia do sr. Ducie, e muito menos ao segundo sonho. Em vez disso, achou que ia ficar doente, depois pensou que isso podia, de alguma forma, ser uma punição por algo.

O segundo sonho é mais difícil de explicar. Nele, nada acontecia. Mal avistava um rosto, mal ouvia uma voz que dizia "Este é seu amigo", e o sonho acabava, deixando-o pleno de beleza e mostrando-lhe o que era a ternura. Poderia morrer por esse amigo, permitiria que esse amigo morresse por ele; teriam feito qualquer sacrifício um pelo outro e não dariam a mínima para o mundo, nem a morte nem a distância nem as contrariedades haveriam de separá-los, pois "este é meu amigo". Pouco tempo depois, foi crismado e tentou persuadir-se de que aquele amigo só podia ser Cristo. Mas Cristo tem uma barba sarnenta. Seria quem sabe um deus grego, como aqueles nas ilustrações dos dicionários de clássicos? Mais provável, bem mais provável, é que fosse apenas um homem. Maurice se absteve de levar adiante as especulações sobre seu sonho. Tentou revivê-lo à força o quanto foi possível. Nunca mais encontraria aquele homem ou ouviria aquela voz, e, no entanto, essas se tornaram as coisas mais reais que conhecia, e que de fato...

— Hall! Sonhando de novo! Escreva uma redação de cem linhas!

— Senhor... é... Dativo absoluto.

— Sonhando de novo. Tarde demais.

... de fato conseguiam fisgá-lo em plena luz do dia e baixar uma cortina. Daí, ele se impregnava novamente daquele rosto e das quatro palavras e emergia com anseios de ternura e o desejo de ser amável com todos, pois assim queria o seu amigo, e desejava ser bondoso para que seu amigo gostasse ainda mais dele. Uma certa aflição se confundia com toda essa felicidade. Às vezes parecia que não tinha um amigo, às vezes parecia que tinha, daí encontrava um cantinho solitário para as lágrimas, atribuindo-as às cem linhas.

A vida secreta de Maurice pode ser compreendida agora; era em parte brutal, em parte ideal, como seus sonhos.

Assim que seu corpo se desenvolveu, o rapaz tornou-se obsceno. Supunha que alguma maldição especial tivesse desabado sobre ele, mas não havia nada que pudesse fazer, pois, mesmo na hora da sagrada comunhão, os pensamentos impuros brotavam-lhe na mente. O colégio cultivava um ar de recato — quer dizer, pouco antes de sua chegada, houve um tremendo escândalo. A ovelha negra havia sido expulsa, os que ficaram eram mantidos sob linha dura durante o dia e vigiados durante a noite, de forma que ele tinha sorte, ou azar, de haver poucas oportunidades de compartilhar experiências com os colegas. Ele ansiava por imundícies, mas era pouco o que ouvia dizer e menos ainda o que podia fazer, de modo que suas principais indecências eram solitárias. Livros: a biblioteca da escola era imaculada, mas, uma vez, na casa do avô, deu com uma edição sem cortes de Marcial[4] e nela mergulhou, com as orelhas abrasadas. Pensamentos: dos impuros, tinha uma pequena coleção. Atos: desistiu depois que a novidade passou, concluindo que proporcionavam mais cansaço do que prazer.

Essas coisas, se é que se pode entender, aconteceram num transe. Maurice adormeceu no vale da sombra, muito longe do alto das serras, sem se dar conta disso nem de que os colegas também dormiam.

A outra metade de sua vida parecia infinitamente apartada da obscenidade. À medida que foi ganhando prestígio no colégio, passou a adorar certos garotos com fervor religioso. Quando o garoto, que podia ser mais novo ou mais velho, estava por perto, ele ria alto, falava pelos cotovelos e não conseguia fazer as lições. Não se atrevia a ser gentil — não era essa a questão —, muito menos a expressar sua admiração em palavras. E em pouco tempo o garoto adorado acabava por descartá-lo, abandonando-o ao ressentimento. Entretanto, ele teve lá suas desforras. Às vezes outros garotos o idolatravam, mas, assim que ele percebia, dispensava-os. Em uma ocasião, a adoração foi mútua, ambos no anseio de algo que não sabiam o que era, mas o desfecho foi o mesmo. Brigaram dali a poucos dias. Tudo o que restou do caos foram os dois

---

4 Marcial (Marcus Valerius Martialis, *c.* 38-*c.* 104), poeta epigramista latino, famoso por versos elegíacos e crônicas de costume sobre a sociedade romana. (N. E.)

sentimentos, de beleza e ternura, que ele experimentara pela primeira vez em sonho. Estes cresciam a cada ano, vicejando como plantas que dão só folhagem, sem sinal de florescer. Perto do fim de sua formação em Sunnington, o crescimento cessou. Uma parada, um silêncio, se abateu sobre esse processo complexo, e muito timidamente o jovem começou a olhar ao redor.

# CAPÍTULO IV

Ele estava com quase dezenove anos.

No dia da premiação, subiu no palanque e recitou um discurso de sua própria lavra em grego. O saguão estava cheio com os garotos da escola e seus pais, mas fez de conta que estava se dirigindo à Conferência de Haia,[5] apontando-lhes a insensatez de seus métodos.

— Que estupidez é esta, *O andres Europenaici*, de falar na abolição da guerra. O quê? E não seria Ares filho do próprio Zeus? Além do mais, a guerra nos faz mais fortes, ao exercitar nossos membros, diferentemente, é claro, de meu adversário.

Seu grego era infame; Maurice levou o prêmio por conta do conceito, e mesmo assim foi por pouco. O presidente da banca examinadora deu-lhe um ponto a mais por ser um rapaz de respeito, por estar de partida e acima de tudo por estar de partida para Cambridge, onde, luzindo na estante,

5 O autor pode estar se referindo à I ou à II Conferência de Paz de Haia, realizadas na Holanda, respectivamente em 1899 e 1907. Na primeira, criou-se o Tribunal de Haia, comitê internacional de arbítrio sobre crimes de guerra e crimes contra a humanidade. (N. E.)

um livro recebido como prêmio em Sunnington ajudaria a fazer reclame do colégio. Assim, ganhou um *A History of Greece*,[6] de Grote, em meio a um tremendo aplauso. Ao retornar ao assento, que ficava junto ao da mãe, percebeu que mais uma vez havia se tornado popular e indagou-se como. Os aplausos prosseguiram — viraram uma ovação; Ada e Kitty, com as faces coradas, batiam palmas entusiasticamente desde o outro lado da sala. Alguns amigos, também do último ano, gritaram "Discurso!". Isso estava fora do regulamento e era reprimido pelas autoridades, mas o diretor em pessoa se levantou e disse algumas palavras. Hall agora era um deles e, para eles, nunca deixaria de sê-lo. As palavras foram precisas. O colégio aplaudia Maurice não porque ele fosse eminente, mas porque era mediano. Eles podiam se refestelar em sua imagem. Depois, um tanto sentimentais, pessoas correram ao seu encontro, dizendo que ele era um "velho e bom camarada", dizendo até que "este buraco vai ficar um marasmo sem você". A família tomava parte no triunfo. Em visitas anteriores, Maurice as havia tratado de forma abominável. "Desculpe, *mater*, mas a senhora e as meninas terão de seguir sozinhas", foi o que declarou ao final de um jogo de futebol, quando elas tentaram se juntar a ele no lamaçal, em meio à comemoração: Ada chorou. Agora, Ada conversava bem desenvolta com o representante da escola, Kitty ganhava pedaços de bolo e sua mãe conversava com a esposa do supervisor sobre a decepção que havia sido instalar um sistema de ar quente. Tudo e todos haviam de repente entrado em harmonia. Será que o mundo era isto?

---

6 Obra em doze volumes, uma das primeiras a defender os sofistas. Seu autor, o historiador e político inglês George Grote (1794-1871), foi um discípulo de James Mill e Jeremy Bentham e cumpriu três mandatos no Parlamento como membro do partido conhecido como "os radicais filósofos". (N. E.)

Alguns metros adiante, viu o dr. Barry, o vizinho, que cruzou o olhar com o dele e exclamou, com seu jeito alarmante:

— Parabéns por sua conquista, Maurice! Acachapante! Eu brindo com uma xícara — e virou-a de um gole — deste chá asqueroso.

Maurice riu e foi até o médico com um travo de culpa, pois tinha a consciência pesada. O dr. Barry havia pedido que ele fizesse amizade com um sobrinho pequeno, que entrara na escola naquele ano, mas Maurice não havia feito nada — não pegava bem. Agora, que era tarde demais e se sentia homem, queria ter tido mais coragem.

— E qual o próximo passo em sua carreira triunfal? Cambridge?

— É o que dizem.

— É o que andam dizendo, não é? E o que é que você me diz?

— Não sei — respondeu, comedido, o herói.

— E depois de Cambridge, o que mais? A Bolsa de Valorcs?

— Suponho que sim. O antigo sócio do meu pai disse que posso entrar, se tudo der certo.

— E depois que você estiver dentro, com o antigo sócio do seu pai, o que mais? Uma linda esposa?

Maurice riu de novo.

— Que corresponderá às expectativas do mundo e dará à luz um Maurice III? Depois virá a velhice, netos e finalmente uma coroa de flores. Uma carreira é só isso, na sua opinião. Mas não na minha.

— Qual a sua opinião, doutor? — perguntou Kitty.

— Ajudar os fracos e corrigir as injustiças, minha cara — respondeu, dirigindo-lhe o olhar.

— Tenho certeza de que isso é o que todos queremos — disse a esposa do supervisor, com a aprovação da sra. Hall.

— Ah, não é, não. Eu mesmo não sou totalmente adepto, ou estaria cuidando do meu querido sobrinho

Dickie, em vez de estar aqui me esbaldando neste cenário de esplendor.

— Traga o querido Dickie para me dizer olá — pediu a sra. Hall. — O pai dele veio também?

— Mamãe! — sussurrou Kitty.

— Pois então, meu irmão morreu ano passado — disse o dr. Barry. — A senhora deve ter se esquecido desse incidente. A guerra não desenvolveu os músculos dele, nem fez com que ficasse mais forte, como Maurice acredita. Ele levou um tiro na barriga.

E ele as deixou.

— Acho que o dr. Barry virou um cínico — comentou Ada. — Acho que está com inveja.

Ela tinha razão: o dr. Barry havia sido um galanteador em sua época e não suportava a sucessão da juventude. O pobre Maurice encontrou-o novamente. Despedia-se da esposa do supervisor, uma mulher imponente e muito cordial com os garotos mais velhos. Apertaram-se as mãos calorosamente. Ao se afastar, pôde ouvir o que o dr. Barry disse e percebeu o cinismo em seu olhar:

— Muito bem, Maurice; um jovem tão irresistível no amor quanto na guerra.

— Não sei o que o senhor quer dizer, dr. Barry.

— Oh, vocês, jovens! Todos santos do pau oco. Não sabe o que eu quero dizer? Pudico sem vergonha! Seja franco, rapaz, seja franco. Você não engana ninguém. A franqueza da mente está em sua pureza. Eu sou médico e sou velho e digo uma coisa. O homem, nascido de mulher,[7] precisa se deitar com mulher para que a raça humana continue.

Maurice olhou fixamente para a esposa do supervisor, sentiu uma repulsa violenta e corou: havia se lembrado dos diagramas do sr. Ducie. Uma aflição — não há nada

---

7 Citação do Livro de Jó 14,1: "O homem, nascido de mulher, tem a vida curta e cheia de tormentos". (N. T.)

tão belo quanto uma mágoa — alcançou-lhe a superfície da mente, exibiu sua deformidade e submergiu. Ele não se questionou quanto à sua natureza exata, pois o momento ainda não havia chegado, mas a insinuação era aterradora, e, a despeito de seu posto de herói, quis ser de novo criancinha e caminhar semidesperto para sempre, pela orla do mar sem cor. O dr. Barry prosseguiu com o sermão e, sob o disfarce de modos amistosos, disse-lhe muitas coisas que magoaram.

# CAPÍTULO V

Escolheu uma faculdade apadrinhada por um veterano da escola, Chapman, e por outros antigos alunos de Sunnington, e durante o primeiro ano conseguiu passar por pouca coisa da vida universitária que já não lhe fosse familiar. Fazia parte de um centro acadêmico de ex-colegas, e disputavam partidas, tomavam chá e almoçavam juntos, mantinham em dia o provincianismo e as gírias, sentavam-se ombro a ombro no jantar e andavam de braços dados pelas ruas. Vez ou outra, embriagavam-se e, fazendo mistério, contavam vantagem sobre mulheres, mas a mentalidade continuava sendo de meninos do último ano do colégio, coisa que alguns mantiveram pela vida afora. Não havia desavenças entre eles e os outros alunos, mas eram fechados demais para serem populares, medíocres demais para serem líderes e não tinham interesse em conhecer gente vinda de outras escolas. Isso tudo convinha a Maurice. Ele era preguiçoso por constituição. Embora nenhuma de suas dificuldades tivesse sido resolvida, nenhuma foi acrescentada, o que já é algo. O silenciamento prosseguiu. Ele era menos atormentado por pensamentos carnais. E em vez de tatear ao seu redor, permanecia imóvel na escuridão, como se fosse esse o objetivo para o qual corpo e alma tivessem sido tão dolorosamente preparados.

Durante o segundo ano, passou por uma transformação. Mudou-se para o dormitório da faculdade, e isso começou a consumi-lo. Os dias passavam-se como antes, mas quando os portões se fechavam ao seu redor à noite, um novo processo se iniciava. Ainda calouro, fez a importante descoberta de que os homens adultos se tratam com educação a menos que haja motivo para o contrário. Um pessoal do terceiro ano havia aparecido nos seus aposentos. Ele imaginou que quebrariam pratos e insultariam a fotografia de sua mãe e, quando não fizeram nada disso, parou de planejar como haveria de um dia quebrar a louça deles, o que lhe economizou tempo. E os modos dos professores eram ainda mais notáveis. Maurice estava apenas à espera de uma atmosfera como essa para ser mais delicado. Ele não gostava de ser cruel e bruto. Ia contra a sua natureza. Mas era necessário no colégio, ou teria sucumbido, e havia suposto que seria ainda mais necessário num campo de batalha maior como o da universidade.

Uma vez morando na faculdade, suas descobertas se multiplicaram. As pessoas ganharam vida. Até aquele momento, supunha que elas *fossem* aquilo que ele *fingia* ser — pedaços planos de cartolina cobertos com uma estampa convencional —, mas, ao dar uma volta pelos pátios à noite e espiar pelas janelas, viu que alguns rapazes cantavam, outros conversavam, outros liam, e teve intuitivamente a convicção de que eles eram seres humanos com sentimentos semelhantes aos seus. Não vivia de forma plena desde a escola do sr. Abrahams e, a despeito do dr. Barry, não pretendia começar agora; mas percebeu que, enquanto enganava os outros, havia sido enganado, e os havia tomado por criaturas vazias como aquelas que gostaria que pensassem que ele era. Não, eles também tinham um mundo interior. "Mas, por Deus, não um mundo interior como o meu." Tão logo passou a pensar nos outros como pessoas reais, Maurice tornou-se modesto e tomou ciência do pecado: em toda a Criação não haveria de existir ninguém tão vil quanto ele mesmo. Não admira que ele fingisse ser um pedaço de cartolina; se soubessem como era, haveriam de acossá-lo até os confins do mundo. Deus, sendo uma instância demasiadamente grandiosa, não o incomodava: o que ele não concebia era uma censura mais terrível do que a de, digamos, Joey Fetherstonhaugh, que morava nos aposentos de baixo, ou um inferno mais amargurado do que a cidade de Coventry.

Logo depois dessa descoberta, Maurice foi almoçar com o sr. Cornwallis, o decano.

Havia dois outros convidados, Chapman e um bacharel do Trinity College, um parente do decano, chamado Risley.[8] Risley era moreno, alto e afetado. Fez um gesto exagerado ao ser apresentado e, ao falar, coisa que fazia continuamente, usava superlativos impactantes, embora nada másculos. Chapman entrou no campo de visão de Maurice e dilatou as narinas, sinalizando que eles deveriam se juntar contra o recém-chegado. Maurice pensou que era melhor esperar um pouco mais. Sua relutância em magoar os outros estava crescendo, além do mais, não estava certo de que Risley fosse desprezível, embora, sem dúvida, devesse desprezá-lo, como de fato o faria em seguida. De forma que Chapman arriscou-se sozinho. Ao descobrir que Risley adorava música, começou uma diatribe, dizendo coisas como:

— Eu não gosto disso ou daquilo só para me fazer de superior.

— Pois eu, sim!

— Ah, é? Então, nesse caso, peço desculpas!

— Venha, Chapman, seu mal é fome — chamou o

---

8 Na nota final de *Maurice*, Forster identifica o crítico literário britânico Lytton Strachey (1880-1932), autor de *Eminent Victorians* (1918) e *Queen Victoria* (1921), entre outras obras, como a inspiração para Risley. (N. E.)

sr. Cornwallis, só para ter com que se divertir no almoço.

— Suspeito que estraguei o apetite do sr. Risley com minha conversa vulgar.

Sentaram-se, e Risley virou-se para Maurice, dizendo com uma risadinha:

— Nem dá pra *imaginar* uma boa resposta pra isso. — Em cada frase ele acentuava violentamente uma palavra. — É tão humilhante. "Não" é ruim. "Sim" é ruim. *O que* se há de fazer?

— Que tal não dizer nada? — disse o decano.

— Não dizer nada? Que horrível. Você deve estar louco.

— E por acaso você fala sem parar o tempo todo? — perguntou Chapman.

Risley disse que sim.

— Nunca fica cansado?

— *Nunca.*

— E nunca cansa os outros?

— *Nunca.*

— Que estranho.

— E nem tente dizer que eu os estou cansando. Não é verdade, não é verdade, você está radiante.

— Se é que estou, não seria por sua causa — disse Chapman, que era esquentado.

Maurice e o decano riram.

— Cheguei a um beco sem saída de novo. É impressionante como uma conversa pode apresentar tantas dificuldades.

— Parece que você é mais desenvolto do que a maioria de nós — observou Maurice. Ele ainda não havia falado, e sua voz, que era grave e um tanto ríspida, provocou um calafrio em Risley.

— Naturalmente. Esse é o meu forte. A única coisa que me interessa: conversar.

— Você está falando sério?

— Tudo o que eu digo é sério. — E, por alguma razão, Maurice pressentiu que isso era verdade. De repente, deu-se conta de que Risley era sério. — E você, é sério?

— Não tenho nada a ver com isso.

— Então, é só ir falando até ser levado a sério.

— Bobagem — rosnou o decano.

Chapman gargalhou tempestuosamente.

— Bobagem? — perguntou a Maurice, que, ao se dar conta do que se tratava, entendeu por bem responder que atos são mais importantes do que palavras.

— Qual a diferença? Palavras *são* atos. Ou você quer mesmo dizer que estes cinco minutos aqui nos aposentos de Cornwallis não lhe provocaram nada? Você acha, por exemplo, que *algum dia* vai se esquecer de que me conheceu?

Chapman grunhiu.

— Mas ele não vai, nem você. E vocês ainda me dizem que precisamos fazer alguma coisa?

O decano veio ao auxílio dos dois rapazes de Sunnington e disse ao primo mais jovem:

— Você está equivocado quanto à memória. Você confunde o que é importante com o que é impressionante. Sem dúvida, Chapman e Hall vão para sempre se lembrar de tê-lo conhecido...

— E vão se esquecer de que isto era uma costelinha. Certo.

— Mas a costelinha faz bem para eles. E você, não.

— Seu obscurantista!

— Isto tudo parece um livro — disse Chapman. — Não é, Hall?

— Quero dizer — disse Risley —, e quero dizer com muita clareza, que eu sei que a costelinha tem influência sobre suas vidas subconscientes, e eu sobre seu consciente, e portanto sou não apenas mais impressionante do que a costelinha, mas também mais importante. Já o decano de vocês, que vive na era das trevas medievais e espera que vocês façam o mesmo, supõe que apenas o subconsciente, apenas a parte que pode ser tocada sem o seu conhecimento, é importante, e diariamente derrama gotas de sonífero...

— Ah, cale a boca — disse o decano.

— Mas eu sou um filho da luz...

— Cale a boca. — E mudou o assunto da conversa para temas banais. Risley não era egocêntrico, embora sempre falasse de si mesmo. Não interrompia os outros. Nem fingia indiferença. Dando volteios como um golfinho, acompanhava o assunto dos outros aonde quer que fossem, sem refrear a marcha. Entrava na brincadeira, mas com seriedade. Assim como ele considerava importante ir para a frente e para trás, para os outros era importante prosseguir, e adorava a companhia deles. Meses antes, Maurice teria concordado com Chapman, mas agora estava certo de que esse rapaz tinha um mundo interior e sentiu que talvez devesse observá-lo melhor. Ficou encantado quando, depois do almoço, Risley esperou por ele ao pé da escada e disse:

— Aquele lá não era eu. Meu primo foi desumano.

— Com a gente ele é ótimo, é só disso que eu sei — explodiu Chapman. — Absolutamente encantador.

— Exato. Como os eunucos. — E zarpou.

— Bem, estou... — exclamou o outro, mas suprimiu o verbo com autocontrole britânico. Ele estava profundamente chocado. Um pouco de indecência, vá lá, disse a Maurice, mas aquilo já era demais, era inadequado, descortês, um camarada daqueles não devia ter nem ensino secundário completo. Maurice concordou. Chame seu primo de um merda, se quiser, mas não de eunuco. Quanto mau gosto! Ainda assim, Maurice tinha achado divertido, e dali por diante, quando fosse repreendido, sua cabeça seria tomada por pensamentos maliciosos e impróprios sobre o decano.

# CAPÍTULO VI

O dia inteiro e o seguinte, Maurice ficou planejando como poderia voltar a ver aquela ave rara. A probabilidade era baixa. Não queria bater à porta de um veterano, e eles estavam em faculdades diferentes. Ficou sabendo que Risley era conhecido no centro acadêmico e foi ao debate da terça-feira na esperança de ouvi-lo: quem sabe ele seria mais fácil de compreender em público. Não estava atraído por aquele homem no intuito de tê-lo como amigo, mas realmente sentiu que ele poderia ajudá-lo — só não sabia como. Era tudo muito obscuro, pois as montanhas ainda faziam sombra em Maurice. Risley, que decerto saltitava pelos cumes, haveria de estender-lhe a mão amiga.

Sem sucesso no centro acadêmico, teve um pensamento reativo. Não queria a ajuda de ninguém; estava tudo certo. Além do mais, nenhum dos seus amigos suportaria Risley, e ele tinha que ficar do lado dos amigos. Mas esse pensamento logo passou, e mais do que nunca ele ansiou por vê-lo. Já que Risley era tão esquisito, será que ele não deveria ser igualmente estranho, quebrar as convenções universitárias e procurá-lo? Agir com humanidade era uma das máximas de Risley, e não existe nada mais humano do que procurar outra pessoa. Deveras impactado com essa revelação, Maurice resolveu ter um acesso de extravagância e imaginou adentrar os aposentos fazendo uma declaração espirituosa, no mesmo estilo de Risley. Passou por sua cabeça dizer: "Você mais barganhou do que ganhou". Não era lá uma frase muito boa, mas Risley havia sido esperto em não deixar que ele se sentisse um tolo, de modo que, se não tivesse inspiração para nada melhor, ia disparar essa mesmo, e que o resto ficasse por conta da sorte.

Pois isso tinha virado uma aventura. Aquela criatura o havia perturbado de um modo incompreensível, dizendo que era preciso "falar sem parar". Uma noite, pouco antes das dez, Maurice se enfiou no Trinity College e esperou no pátio principal até que os portões fossem fechados atrás de si. Ao olhar para cima, reparou na noite. Quase sempre, ele era indiferente à beleza, mas "que espetáculo de estrelas!", pensou. E como a fonte murmurava enquanto os sinos morriam ao longe e, por toda a Cambridge, portões e portas eram trancados. Integrantes do Trinity estavam ao seu redor — todos de intelecto e cultura enormes. Essa faculdade era motivo de riso para a turma de Maurice, mas eles não podiam ignorar seu esplendor desdenhoso, nem negar a superioridade que a instituição mal se dignava a afirmar. Ele chegara ali sem que os amigos soubessem, humildemente, para pedir ajuda. Toda a sua sagacidade se desmanchou naquela atmosfera, e o coração bateu com violência. Ele estava com vergonha e com medo.

Os aposentos de Risley ficavam ao final de uma passagem curta que, por não ter nenhum obstáculo, não era iluminada, e os visitantes se esgueiravam pela parede até darem com a porta. Maurice bateu nela antes do esperado — uma bordoada estrondosa — e exclamou em alto e bom som, enquanto as tábuas estremeciam:

— Que droga!

— Entre — disse uma voz. Decepção o aguardava. Quem lhe falava era um homem de sua faculdade, chamado Durham. Risley estava fora. — Procurando o sr. Risley? Olá, Hall!

— Olá! Cadê o Risley?

— Não sei.

— Ah, não é nada. Já vou indo.

— Você está voltando pra faculdade? — perguntou Durham, sem erguer o olhar: ele estava ajoelhado em meio a um castelo de rolos de pianola pelo chão.

— Acho que sim, já que ele não está. Não era nada de mais.

— Espere um segundo, que eu vou também. Estou procurando a *Sinfonia Patética*.[9]

Maurice examinou o quarto de Risley e se pôs a imaginar o que teria sido dito ali. Então sentou-se na mesa e olhou para Durham. Era um homem pequeno — bem pequeno —, de modos simples e um rosto claro que havia corado quando Maurice entrou estabanado. Na faculdade, era conhecido por ser inteligente e também por ser seletivo. Praticamente a única coisa que Maurice tinha ouvido falar dele é que "saía muito", e esse encontro no Trinity College era uma confirmação disso.

— Não consigo achar a marcha — disse. — Perdão.

— Tudo bem.

— Estou pegando emprestado para tocar na pianola do Fetherstonhaugh.

— Por mim...

— Você está morando na faculdade, Hall?

— Sim, estou começando meu segundo ano.

---

9 *Sinfonia nº 6 em si menor* (*Pathétique*) de Piotr Ilyich Tchaikovsky. O compositor regeu a estreia em São Petersburgo, em 28 de outubro de 1893, apenas alguns dias antes de tirar a própria vida. Em um programa para a sinfonia rascunhado em 1892, Tchaikovsky descrevia a essência do terceiro movimento (a "marcha" a que Durham se refere) como "desilusão", conta Mark Mitchell (*Virtuosi: A Defense and a (Sometimes Erotic) Celebration of Great Pianists*. Bloomington, Indiana University Press, 2000.) (N. E.)

— Ah, é. Claro. Estou no terceiro.

Ele falava sem arrogância, e Maurice, esquecendo-se do devido respeito para com os veteranos, disse:

— Você mais parece um calouro que alguém do terceiro ano, devo dizer.

— Pode ser, mas me sinto como se já tivesse pós.

Maurice o observava com atenção.

— Risley é um camarada incrível — prosseguiu.

Maurice não respondeu.

— Apesar disso, pode ser cansativo a longo prazo.

— Ainda assim, você não liga de pegar coisas dele emprestadas.

Durham ergueu os olhos de novo.

— Será que não devia? — perguntou.

— Estou só provocando — disse Maurice, escorregando da mesa. — Já achou a tal música?

— Não.

— É que eu tenho que ir. — Ele não estava com pressa, mas seu coração, que não tinha parado de bater apressado, impeliu-o a dizer isso.

— Ah. Então está bem.

Não era isso o que Maurice pretendia.

— O que é que você quer? — perguntou, adiantando-se.

— A marcha da *Patética*...

— Isso não me diz nada. Então você gosta desse tipo de música?

— Gosto.

— Sou mais uma boa valsa.

— Eu também — disse Durham, encontrando seu olhar. Normalmente, Maurice desviaria, mas, nessa ocasião, manteve-se firme. Daí, Durham disse: — O outro movimento deve estar naquela pilha, ali, perto da janela. Preciso olhar. Não vou demorar.

Maurice disse, resoluto:

— Preciso ir agora.

— Tudo bem, vou ficar.

Abatido e só, Maurice se foi. As estrelas eram borrões, o tempo tinha virado e chovia. Enquanto o porteiro pegava as chaves, junto ao portão, ele ouviu passos apressados atrás de si.

— Conseguiu sua marcha?

— Não, mas resolvi acompanhar você.

Maurice caminhou alguns passos em silêncio e depois disse:

— Dê aqui umas coisas para eu carregar.

— Não precisa.

— Me dê aqui — disse, e arrancou os rolos que Durham levava debaixo do braço. Nada mais foi dito. Ao chegarem na faculdade deles, foram direto para os aposentos de Fetherstonhaugh, porque ainda dava tempo de escutar um pouquinho de música, antes das onze. Durham sentou-se à pianola. Maurice ajoelhou-se junto dele.

— Não sabia que você era da turma dos estetas, Hall — disse o anfitrião.

— Não sou... Quero estar por dentro do que eles ouvem.

Durham pôs a música para tocar do começo, depois mudou de ideia, dizendo que preferia iniciar com o movimento em ⅝.

— Por quê?

— É o que mais se aproxima de uma valsa.

— Ah, não ligue para isso. Toque o que quiser. Não fique trocando... está perdendo tempo.

Mas, dessa vez, não conseguiu o que queria. Quando colocou a mão no rolo, Durham disse:

— Você vai rasgar, solte. — E instalou o rolo do ⅝ em vez do primeiro.

Maurice escutou a música cuidadosamente. Gostou bastante.

— Vocês deviam estar do lado de cá — disse Fetherstonhaugh, que estava estudando perto da lareira. — Deve-se ficar o mais longe possível do mecanismo.

— Concordo... Você se importa de tocar de novo, se Fetherstonhaugh não se importar?

— Toque, Durham. É divertido.

Durham se recusou. Maurice percebeu que ele não era flexível. Disse:

— Um movimento não é uma peça isolada, não se pode repeti-lo. — Uma desculpa ininteligível, mas aparentemente válida. E tocou o Largo, que estava longe de ser divertido, daí deu onze horas e Fetherstonhaugh fez-lhes chá. Ele e Durham estavam se preparando para o mesmo exame[10] e conversaram sobre estudos, enquanto Maurice escutava, com uma empolgação incansável. Ele observou que Durham não apenas era sagaz, mas possuía um intelecto tranquilo e ordenado. Sabia o que queria ler, quais eram suas deficiências e até que ponto as autoridades acadêmicas poderiam ajudá-lo. Não tinha nem a fé cega em tutores e palestras da qual Maurice e sua turma eram adeptos, nem o desdém professado por Fetherstonhaugh. "Pode-se sempre aprender algo com um homem mais velho, mesmo que ele não tenha lido os alemães mais recentes." Eles debateram um pouco a respeito de Sófocles, em baixa na época. Durham disse que, para "nós, universitários", era muita pose ignorá-lo e aconselhou Fetherstonhaugh a reler *Ájax*, prestando mais atenção às personagens do que ao autor; dessa forma, ele tiraria mais proveito do aprendizado, tanto sobre gramática grega quanto sobre a vida.

Maurice lamentou tudo aquilo. De certa forma, havia esperado encontrar um homem desestabilizado. Fetherstonhaugh era uma ótima pessoa, mental e fisicamente, dono de modos incisivos e copiosos. Mas Durham o escutava impassível, tirando proveito do que prestava e desembaraçando-se das falsidades. Que esperanças tinha

---

10 *Tripos* no original, tipo de exame para se obter título de distinção na Universidade de Cambridge. (N. T.)

Maurice, que era todo falsidades? Uma punhalada de ódio o atravessou. De um salto, deu boa-noite, para arrepender-se dessa precipitação tão logo saiu pela porta. Decidiu-se por esperar, não na escadaria, pois isso lhe pareceu absurdo, mas em algum lugar entre o primeiro degrau e os aposentos de Durham. Ao sair no pátio, localizou onde ficavam, chegou a bater na porta, mesmo sabendo que o dono estava ausente, e, espiando dentro, estudou o mobiliário e as pinturas, à luz da lareira. Depois, encarapitou-se numa espécie de ponte no pátio. Infelizmente, não era uma ponte de verdade: ela apenas cobria uma ligeira depressão no terreno, que o arquiteto havia utilizado para criar um efeito. Em cima dela, tinha-se a sensação de estar num estúdio fotográfico. O parapeito era baixo demais para servir de apoio. Ainda assim, com um cachimbo na boca, Maurice parecia bem natural, e esperava que não chovesse.

As luzes estavam apagadas, exceto nos aposentos de Fetherstonhaugh. Deu meia-noite, depois meia-noite e quinze. Ele seria capaz de velar por Durham uma hora inteira. De repente, houve um barulho na escadaria e uma figura pequenina e elegante saiu apressada com uma beca em volta do pescoço e livros na mão. Era o momento pelo qual Maurice havia esperado, mas, confuso, acabou dando passos na direção contrária. Durham seguiu para seus aposentos, por trás de Maurice. A oportunidade se esvaía.

— Boa noite — berrou, com uma voz desengrenada que assustou aos dois.

— Quem é? Boa noite, Hall. Dando uma volta antes de ir para a cama?

— Tenho esse costume. Suponho que você não queira mais um chá?

— Será? Não, acho que é um pouco tarde para chá. — De forma quase indiferente, acrescentou: — Mas se você quiser um uísque...

— Se você tiver uma gota — disse Maurice, atabalhoado.

— Sim... Entre. É aqui que eu moro: piso térreo.

— Oh, aqui!

Durham acendeu a luz. A lareira estava quase apagada a essa altura. Pediu para Maurice se sentar e trouxe uma mesinha com copos.

— Diga quando der...

— Deu. Muitíssimo obrigado, muitíssimo obrigado.

— Com água com gás ou puro? — perguntou, bocejando.

— Água com gás — disse Maurice. Mas não dava para ficar, porque o rapaz estava cansado e só o havia convidado por uma questão de civilidade. Bebeu e voltou para seus aposentos, onde se abasteceu com um tanto de tabaco, e retornou ao pátio.

Agora, o silêncio e a escuridão eram absolutos. Maurice andava de um lado para outro sobre o gramado da capela, sem fazer barulho, com o coração reluzente. O resto dele foi adormecendo, parte por parte, a começar pelo cérebro, seu órgão mais fraco. O corpo acompanhou, e então os pés o carregaram ao andar de cima, para escapar da madrugada. Mas seu coração havia se acendido para nunca mais se extinguir, e por fim uma coisa nele era real.

Na manhã seguinte, sentiu-se mais calmo. Primeiro, porque estava resfriado, a chuva o havia encharcado sem que ele percebesse, e depois porque tinha dormido além do habitual, a ponto de perder uma ida à capela e duas palestras. Era impossível organizar a sua vida. Depois do almoço, trocou-se para o futebol e, com tempo, atirou-se no sofá para dormir até a hora do chá. Mas estava sem fome. Recusou um convite, foi dar uma volta na cidade e, tendo deparado com um banho turco, entrou. Isso curou seu resfriado, mas fez com que se atrasasse para outra palestra. Quando chegou a hora do jantar, sentiu que não ia conseguir encarar a turba dos antigos colegas de Sunnington e, mesmo sem se despedir de ninguém, ausentou-se e comeu sozinho no centro acadêmico. Lá, viu Risley, mas com indiferença. Daí, a noite recomeçou, e descobriu, para sua própria surpresa, que seus pensamentos estavam bem claros, e que poderia fazer o trabalho de seis horas em três. Foi para a cama no horário habitual e acordou restabelecido e muito contente. Um instinto, lá no fundo da consciência, aconselhou que ele deixasse Durham e seus pensamentos sobre Durham de repouso por vinte e quatro horas.

Começaram a se ver aos poucos. Durham convidou-o para almoçar, e Maurice retribuiu, mas não em seguida. Uma cautela alheia à sua natureza entrara em ação. Ele sempre havia sido apenas ligeiramente cauteloso, agora o era em larga escala. Permaneceu alerta, e todas as suas ações naquele período de outubro poderiam ser descritas na linguagem das batalhas. Não se aventuraria em terrenos difíceis. Espionou as fraquezas de Durham, bem como os pontos fortes. E, acima de tudo, exercitou e desenferrujou suas próprias forças.

Se fosse obrigado a se perguntar "O que é isto?", teria respondido: "Durham é mais um daqueles meninos por quem me interessei na escola", mas foi obrigado a não se perguntar coisa alguma e apenas seguiu adiante com a boca e a mente trancadas. As contradições de cada dia eram varridas para o abismo, e ele sabia que estava ganhando terreno. Nada mais importava. Se trabalhasse bem e fosse afável no convívio social, isso seria apenas um subproduto sem importância para ele. Ascender, estender a mão montanha acima até que outra mão a agarrasse, era o objetivo pelo qual havia nascido. Esqueceu-se da histeria da primeira noite e de sua estranha recuperação. Ele havia deixado esses passos para trás. Jamais sequer pensou em ternura e emoção; suas considerações sobre Durham permaneciam frias. Durham não desgostava dele, disso estava certo. Era tudo o que queria. Uma coisa por vez. Também não chegava a ter esperanças, pois a esperança distrai, e ele tinha muito trabalho pela frente.

# CAPÍTULO VII

No ano seguinte, eles estavam totalmente íntimos.

— Hall, quase escrevi uma carta para você durante as férias — disse Durham, puxando conversa.

— É mesmo?

— Só com reclamações. Eu estava passando um mau bocado.

Sua voz não era muito de se levar a sério, e Maurice disse:

— Qual o problema? O pudim de Natal estava indigesto?

Na ocasião, o pudim era uma alegoria; havia acontecido uma grande pendenga familiar.

— Não sei o que você vai dizer... Queria a sua opinião a respeito de uma coisa que aconteceu, se isso não o aborrecer.

— Nem um pouco — disse Maurice.

— Tivemos um bate-boca a respeito de religião.

Nesse momento, foram interrompidos por Chapman.

— Desculpe. Estamos resolvendo um assunto — disse-lhe Maurice.

Chapman se retirou.

— Não precisava. Podemos tratar das minhas bobagens outra hora — protestou Durham. E prosseguiu, mais gravemente: — Hall, não quero preocupá-lo com minhas crenças, ou melhor, com a ausência delas, mas para explicar a situação preciso dizer-lhe que não sou religioso. Não sou cristão.

Para Maurice, a falta de religião era um problema de princípios e no ano anterior, durante um debate, havia afirmado que um homem deve ter a decência de guardar para si as dúvidas que porventura tenha. Mas, para Durham, disse apenas que essa era uma questão complexa e muito ampla.

— Eu sei... mas esse não é o ponto. Deixe isso pra lá. — Dirigiu o olhar para a lareira por alguns instantes. — É a forma como minha mãe reagiu. Eu contei para ela faz seis meses, no verão, e ela não ligou. Ela fez uma piadinha boba, como sempre, só isso. Passou. Eu fiquei aliviado, pois isso me atormentava havia anos. Eu nunca tive uma crença, ainda criança encontrei outra forma de me tranquilizar, e, depois de conhecer o Risley e sua turma, me pareceu imperativo falar abertamente. Você sabe quão importante isso é para eles, é todo o objetivo deles. Então eu contei. Ela disse: "Quando você tiver a minha idade, você vai ver", qualquer coisa assim, bem inofensiva, e eu saí dali aliviado. E agora, tudo voltou.

— Por quê?

— Por quê? Por causa do Natal. Eu não quis comungar. Dizem que o certo é tomar três vezes por ano...

— Eu sei. A sagrada comunhão.

— ... e no Natal o assunto veio à baila de novo. Eu disse que não iria. Mamãe se voltou contra mim de um jeito que nunca vi, pediu que eu comungasse só daquela vez, por ela. Depois ficou ofendida, disse que eu ia manchar a reputação dela e a minha. Porque somos os grandes senhores de terra local e a região só tem gente pouco civilizada. Mas o que mais me aborreceu foi o final. Ela disse que eu era mau. Eu teria respeitado se ela tivesse dito isso seis meses atrás, mas agora! Trazer para a discussão palavras sagradas, como bem e mal, para me induzir a fazer coisas nas quais não acredito. Eu disse que faço minhas próprias comunhões. "Se eu as encarasse do mesmo jeito que você e as meninas encaram as de vocês, meus deuses me matariam!" Acho que exagerei.

Sem entender direito, Maurice disse:

— E aí, você foi?

— Onde?

— À igreja.

Durham levantou-se de repente. O desprezo estampado no rosto. Depois, mordeu o lábio e esboçou um sorriso.

— Não, não fui à igreja, Hall. Achei que isso estava claro.

— Desculpe. Preferia que você se sentasse. Não era minha intenção ofendê-lo. Eu demoro para captar essas coisas.

Durham se acocorou sobre o tapete próximo à cadeira de Maurice.

— Você conhece o Chapman faz tempo? — perguntou depois de uma pausa.

— Daqui e da escola, cinco anos.

— Ah. — Pareceu refletir. — Me dê um cigarro. Ponha na minha boca. Obrigado.

Maurice achou que a conversa havia chegado ao fim, mas, depois desse volteio, Durham prosseguiu.

— Sabe... Você disse que tem mãe e duas irmãs, que é exatamente a bagagem que eu carrego, e durante nossa discussão eu só pensava no que você teria feito no meu lugar.

— Sua mãe deve ser muito diferente da minha.

— Como é a sua?

— Ela nunca cria caso por nada.

— Imagino que seja porque você ainda não fez nada que ela desaprove... e nunca fará.

— Ah, não. Ela nunca se abala.

— Não dá pra afirmar, Hall, especialmente sobre as mulheres. Estou por aqui com ela. É para esse meu grande problema que eu preciso da sua ajuda.

— Ela vai voltar atrás.

— Exato, caro colega, mas será que eu vou? Devo ter me enganado até hoje achando que gostava dela. Essa briga estilhaçou minha ilusão. De fato acreditei que havia parado de me iludir. Desprezo o caráter dela, ela me dá nojo. Pronto, agora você sabe de coisas que nunca disse a ninguém no mundo.

Maurice fechou o punho e golpeou Durham de leve na cabeça.

— Que azar — suspirou.

— Conte-me como é a vida na sua casa.

— Não tem nada para contar. A gente só vai vivendo.

— Seus sortudos.

— Isso eu já não sei. Você está de brincadeira ou as suas férias foram mesmo um inferno, Durham?

— Um inferno completo, uma desgraça, um inferno.

O punho de Maurice relaxou e tornou a se fechar, agarrando um punhado de cabelo.

— Ai! Isso dói! — gritou o outro com alegria.

— O que as suas irmãs disseram sobre a sagrada comunhão?

— Uma se casou com um clér... Não, isso dói.

— Um inferno completo, não é?

— Hall, eu não sabia que você era tão bobo... — ele agarrou a mão de Maurice — e a outra está noiva de Archibald London, proprietário de terras em... Aaai! Ei! Pare com isso ou vou embora. — E caiu entre os joelhos de Maurice.

— Ué? Por que não vai, se quer ir embora?

— Porque não consigo.

Era a primeira vez que se atrevia a brincar com Durham. A religião e os parentes passaram ao segundo plano, enquanto o enrolava no tapete da lareira e enfiava-lhe a cabeça num cesto de papel. Ao ouvir o barulho, Fetherstonhaugh subiu correndo e ajudou. Nos dias que se seguiram, não houve nada senão provocações entre eles, com Durham deixando-se levar por gracejos, tanto quanto Maurice. Onde quer que se encontrassem, ou seja, por toda parte, davam-se cabeçadas, trocavam golpes e arrastavam os amigos para esses joguinhos. Por fim, Durham se cansou. Como era o mais fraco, às vezes acabava machucado, fora que haviam quebrado cadeiras em seus aposentos. Maurice percebeu a mudança imediatamente. Deixou de lado as brincadeiras bruscas, mas a essa altura a intimidade dos dois havia ficado à mostra. Agora andavam de braços dados, ou com um braço ao redor do ombro do outro. Sentavam-se quase sempre na mesma posição — Maurice numa cadeira, Durham a seus pés, encostado em suas pernas. No mundo daquele grupo de amigos, nada disso chamava atenção. Maurice passava a mão pelos cabelos de Durham.

Eles haviam expandido os horizontes para outras áreas. Durante o inverno, Maurice terminou o curso de teologia. Não era exatamente um embuste. Ele acreditava que acreditava e sentia uma dor genuína quando seus hábitos eram criticados — aquele tipo de dor que a classe média costuma fazer passar por fé. Não era fé, visto que era inerte. Não servia como apoio, nem como uma filosofia de vida. Sua existência só se manifestava quando era tocada por alguma oposição, e então doía como um nervo inútil. Em casa, todos passavam por essas aflições, que consideravam divinas, embora não tivessem vivência nem da Bíblia, nem do livro de orações, nem dos sacramentos, nem da ética cristã, nem de nada que fosse espiritual. "Mas como podem?", perguntavam-se quando eram atacados, e recorriam a sociedades de defesa dos bons costumes. Antes de morrer, o pai de Maurice estava se tornando um pilar da Igreja e da sociedade. Tivessem as coisas caminhado de forma semelhante, Maurice também teria se afirmado como tal.

Mas as coisas não caminharam dessa forma. Ele tinha o desejo irresistível de impressionar Durham. Queria mostrar ao amigo que possuía outras qualidades além da força bruta e, bem onde seu pai teria se calado, começou a falar sem parar. "Você acha que eu não penso, mas eu penso, sim." Muitas vezes Durham não respondia, e Maurice ficava apavorado de estar perdendo o amigo. Alguém lhe dissera que "Tudo vai bem com Durham contanto que ele esteja se divertindo, depois, ele se livra de você", e temia que, ao se mostrar convencional, estivesse provocando aquilo que desejava evitar. Mas não conseguia parar. A necessidade de atenção era acachapante, e por isso falava sem parar.

Um dia, Durham disse:

— Hall, que cara é essa?

— A religião é muito importante para mim — blefou Maurice. — Só porque eu falo pouco, você acha que eu não ligo. Eu me importo, e muito.

— Nesse caso, venha tomar um café depois do jantar.

Eles tinham acabado de entrar no refeitório. Durham, por ser bolsista, teve que dar as graças, e em sua entonação havia cinismo. Durante a refeição, eles se entreolharam. Eles estavam em mesas diferentes, mas Maurice tinha dado um jeito de arrastar sua cadeira de forma a poder enxergar o amigo. A fase de atirar bolinhas de pão havia passado. Durham manteve-se circunspecto e não conversou com os vizinhos. Maurice sabia que ele estava pensativo e queria saber por quê.

— Você quis assim, e assim será — disse Durham, ao bater a porta.

Maurice gelou, depois ficou corado. Durham só falou novamente quando foi para atacá-lo em suas opiniões a respeito da Trindade. Maurice pensava que se importava com a Trindade, mas agora, sob a mais temida das artilharias, isso lhe parecia sem importância. Esparramou-se sobre uma poltrona, todas as forças exauridas, com suor nas têmporas e nas mãos. Durham andava de um lado para outro enquanto preparava o café e dizia:

— Eu sabia que você não ia gostar, mas foi você mesmo quem pediu. Você não pode esperar que eu me segure o tempo todo. Uma hora, tenho que extravasar.

— Continue — disse Maurice, limpando a garganta.

— Eu não pretendia dizer nada, pois tenho respeito pela opinião dos outros a ponto de não rir dela, mas não me parece que você tenha alguma opinião para ser respeitada. Elas são todas ideias de segunda mão. Segunda, não; décima.

Maurice, que se recuperava, ponderou que ele estava se excedendo.

— Você sempre diz que se importa, e muito.

— E que direito você tem de presumir que eu não ligo?

— Você liga, sim, para uma coisa, Hall, mas obviamente não para a Trindade.

— Para o quê, então?

— Para o rúgbi.

Maurice teve outro ataque. A mão tremeu, e ele derramou café no braço da poltrona.

— Você está sendo um pouco injusto — disse, medindo as palavras. — Você poderia ao menos ter a delicadeza de dizer que eu ligo para outras pessoas.

Durham ficou surpreso, mas respondeu:

— Você não dá a mínima para a Trindadc, é o que importa.

— Dane-se a Trindade.

E deu uma gargalhada.

— Exato, exato. Passemos agora ao meu próximo tema.

— Não vejo por quê, e minha cabeça está explodindo de dor. Não ganhamos nada com isso tudo. E é claro que não tem como eu provar, quero dizer, o arranjo dos "três deuses em um e um em três". Mas isso é de suma importância pra muita gente, não importa o que você diga, e não vamos abrir mão. Levamos isso muito a sério. Deus é bom. Isso é o principal. Para que se desviar num descaminho?

— Por que levar um descaminho tão a sério?

Durham organizava as observações de Maurice.

— Como assim? Está tudo bem amarrado.

— De modo que se der algo errado com a Trindade todo o resto não tem valor?

— Não é como vejo as coisas. De jeito nenhum. — Maurice estava se saindo mal, mas a cabeça doía de verdade, e quanto mais enxugava a testa, mais ela ficava molhada de suor. — Não consigo mesmo explicar, uma vez que eu só ligo para rúgbi.

Durham se aproximou e sentou-se, folgazão, na beira da cadeira.

— Cuidado! Você se sentou no café!

— Droga! Sentei.

Enquanto Durham se limpava, Maurice desviou a atenção e olhou o pátio lá fora. Era como se fizesse anos que tivesse estado ali. Não quis mais estar a sós com Durham e chamou alguns rapazes para se juntarem a eles. Tomaram café, como de costume, mas, quando estavam saindo, Maurice também não sentiu vontade de partir na companhia deles. Fez surgir de novo o assunto da Trindade.

— É um mistério — argumentou.

— Não é um mistério para mim. Mas respeito quem realmente pense assim.

Maurice sentiu um desconforto e olhou as próprias mãos ásperas e encardidas. Será que a Trindade era mesmo um mistério para ele? Além do momento da crisma, quanto tempo ele havia dedicado a pensar nesse assunto? A chegada dos outros rapazes desanuviara suas ideias e, não mais tomado pelas emoções, pôde contemplar seus pensamentos. Pareceram-lhe semelhantes às suas mãos, hábeis, sem dúvida, fortes e capazes de se desenvolver. Mas faltava-lhes refinamento, nunca haviam nem chegado perto de mistérios nem nada. Eram ásperos e encardidos.

— Minha posição é a seguinte — disse depois de uma pausa. — Não creio na Trindade, admito; por outro lado, eu estava errado quando disse que tudo está bem amarrado. Não está, e só porque não acredito na Trindade não quer dizer que eu não seja cristão.

— Em que você acredita? — perguntou Durham, impávido.

— No essencial.

— Como por exemplo...

— Na Redenção — disse Maurice em voz baixa. Ele nunca havia dito essas palavras fora da igreja e teve um calafrio de emoção. Mas também não acreditava nelas, assim como na Trindade, e sabia que Durham perceberia. A Redenção era a carta mais alta que tinha na manga, mas certamente não era mais alta do que a carta que o amigo tinha na mão.

A única coisa que Durham conseguiu dizer foi:

— Dante acreditava na Trindade.

E, indo até a estante, encontrou a passagem final do *Paradiso*.[11] Leu para Maurice a passagem sobre os três círculos de arco-íris que se intersectam e sobre a face humana que surge em sua junção. Maurice achava poesia maçante, mas ao final se exaltou:

— De quem é o rosto?

— De Deus! Não percebe?

— Mas esse poema não é sobre um sonho?

Hall era um camarada um tanto confuso, e Durham não tentou entender o que ele dizia: não sabia que Maurice se referia a um sonho que tivera no colégio e a uma voz que sussurrava: "Este é seu amigo".

---

11 "Na clara, na profunda subsistência/ da alta luz, três giros vi,/ três cores conclusas numa só circunferência.// Íris a íris, mútuos resplendores/ de dois se refletiam, e o terceiro,/ um fogo a espiralar dos dois fulgores.// Curto o dizer! Dele quão sobranceiro/ dista o conceito, e deste ao contemplado/ como dizer com "pouco" o quanto, inteiro?// Ó lume eterno, a sós em ti sediado,/ só te entendendo e de ti intelecto,/ e no entender-te amante deleitado!// O círculo que vi no outro completo,/ de ti lume reflexo concebido,/ circungirando o olhar por seu aspecto,// o quanto vi, dentro de si, tingido/ da mesma cor, mostrava nosso rosto;/ pus-me a fitá-lo todo embevecido." (ALIGHIERI, Dante. "Paraíso". In: CAMPOS, Haroldo de. *Pedra e luz na poesia de Dante*. Rio de Janeiro: Imago, 1998.) (N. E.)

— Dante diria que se trata de um despertar, não de um sonho.

— Então você acha que está tudo bem com esse tipo de coisa?

— Está tudo bem com as crenças, sempre — respondeu Durham, colocando o livro de volta no lugar. — Tudo bem, e não há margem para colocá-las em dúvida. Todo homem tem para si alguma crença pela qual morreria. Mas não é possível que as suas tenham sido incutidas em você por seus pais e professores? Você não tem ao menos uma crença que esteja entranhada na sua carne e no seu espírito? Mostre-me algo assim, e pare de apregoar por aí jargões como "Redenção" e "Trindade".

— Já desisti da Trindade.

— A Redenção, que seja.

— Você é duro na queda — disse Maurice. — Eu sempre soube que sou burro, isso não é novidade. A turma do Risley tem muito mais a sua cara, é melhor você conversar com eles.

Durham ficou desconfortável. Por fim, não soube que resposta dar e deixou Maurice se safar sem protestos. No dia seguinte, encontraram-se como de costume. Não havia chegado a ser uma desavença, apenas uma lombada no percurso, e eles foram rápidos em retomar o passo. Voltaram a conversar sobre teologia, Maurice defendeu a Redenção e perdeu a discussão. Percebeu que a existência de Cristo e sua bondade não faziam o menor sentido para ele, e que se de fato uma pessoa assim tivesse existido, seria de dar pena. Sua antipatia pelo cristianismo foi aumentando e tornou-se profunda. Em dez dias, deixou de tomar comunhão, em três semanas deixou bravamente de ir a todas as missas. Durham ficou impressionado com a rapidez. Estavam ambos impressionados, e Maurice, embora tivesse perdido e aberto mão de todas as suas opiniões, tinha a estranha sensação de que estava em vantagem, levando adiante uma campanha iniciada no ano anterior.

Pois Durham agora não o achava maçante. Durham não podia viver sem ele e, a qualquer hora do dia, lá estava Durham, encolhido nos aposentos de Maurice, implorando por um debate. Era totalmente avesso à sua natureza de rapaz reservado e pouco dado à dialética. Justificava seus ataques às opiniões de Maurice dizendo que "estão podres, Hall, de tanto as pessoas acreditarem que elas são respeitáveis". Seria essa toda a verdade? Não haveria mais nada por trás desses modos e dessa fúria iconoclástica recém-adquiridos? Maurice achava que havia. Em desvantagem aparente, acreditava que seu peão havia sido perdido por uma boa causa, pois, ao capturá-lo, Durham havia deixado o coração à mostra.

Quase ao fim do período letivo, tocaram em um assunto ainda mais delicado. Eles haviam estado na aula de tradução ministrada pelo decano, e quando um dos rapazes se adiantou na leitura, o sr. Cornwallis observou, sem fazer alarde, com uma voz impassível: "Pode pular essa referência ao vício inominável dos gregos". Mais tarde, Durham observou que o decano merecia perder o cargo por aquela hipocrisia.

Maurice riu.

— Encaro esse tema como uma matéria qualquer do currículo. Os gregos, ou a maior parte deles, eram inclinados a isso, e omitir essa parte é omitir o esteio da sociedade ateniense.

— É mesmo?

— Você já leu *O banquete*?

Maurice não tinha lido, e deixou de mencionar que havia devorado Marcial.

— Está tudo lá... Não é assunto para criancinhas, claro, mas você tem que ler. Leia nas férias.

Não disseram mais nada na época, mas Maurice sentiu que havia se libertado de mais um assunto, um que ele jamais mencionara a nenhuma alma viva. Não sabia que pudesse ser mencionado, e quando Durham o fez, no meio do pátio iluminado de sol, um sopro de liberdade o tocou.

# CAPÍTULO VIII

Ao chegar em casa, falou sobre Durham até a família inteira estar bastante ciente do fato de que ele tinha um amigo. Ada quis saber se era irmão de uma certa srta. Durham — no entanto, ela era filha única —, ao passo que a sra. Hall confundiu-o com um professor emérito chamado Cumberland. Maurice ficou profundamente magoado. Um sentimento forte provoca outro, e assim se instalou uma terrível irritação contra as mulheres da família. Até então, sua relação com elas havia sido trivial, mas estável, mas parecia uma iniquidade que alguém pudesse pronunciar errado o nome daquele homem que representava para ele mais do que todo o resto do mundo. A família emasculava tudo.

Deu-se o mesmo com seu ateísmo. Ninguém se importou tanto quanto ele esperava. Com a crueza da juventude, puxou a mãe de lado e disse-lhe que sempre respeitaria os preceitos religiosos que ela e as meninas tinham, mas que de agora em diante sua consciência não mais lhe permitia ir à igreja. Ela disse que era um grande infortúnio.

— Sabia que você iria se chatear. Não consigo evitá-lo, mamãe querida. É assim que eu sou, e não adianta discutir.

— Seu pobre pai ia sempre à igreja.

— Eu não sou o meu pai.

— Morrie, Morrie, isso é coisa que se diga?

— Ele não é mesmo — disse Kitty com seu jeito atrevido. — Francamente, mamãe, vamos.

— Kitty, querida, escute aqui — exclamou a sra. Hall, certa de que era preciso expressar sua desaprovação, mas sem forças para dirigi-la contra o filho. — Falávamos sobre coisas impróprias e, além do mais, você está totalmente equivocada, pois Maurice é a imagem de seu pai, o próprio dr. Barry reparou.

— Bem, e o próprio dr. Barry não vai à igreja — disse Maurice, incorrendo no hábito que a família tinha de misturar os assuntos.

— Ele é um homem de grande sagacidade — disse terminantemente a sra. Hall —, e a sra. Barry também.

Ada e Kitty caíram na gargalhada com o lapso da mãe. Não conseguiam parar de rir com a ideia de que a sra. Barry fosse um homem e logo se esqueceram do ateísmo de Maurice. Ele não recebeu a comunhão no Domingo de Páscoa e supôs que isso causaria uma celeuma, como no caso de Durham. Mas ninguém nem se deu conta, pois ser cristão já não era um requisito nos subúrbios. Isso o desagradou; fez com que visse a sociedade com outros olhos.

Mesmo professando tanto moralismo e sensibilidade, será que a sociedade realmente se importava com alguma coisa?

Com frequência, escrevia para Durham — longas cartas que tentavam expressar nuances de sentimentos. Durham zombava delas em respostas igualmente longas. Maurice nunca as tirava do bolso, passando-as de casaco em casaco, chegando a prendê-las ao pijama com alfinete, ao ir para a cama. Ao despertar, tocava-as, e ao notar os reflexos da luz da rua recordava-se do medo que sentia quando menino.

Episódio de Gladys Olcott.

A srta. Olcott era uma conhecida que os visitava esporadicamente. Dera-se bem com a sra. Hall e Ada, ao conhecê-las numa clínica de hidropatia.[12] Convidada para uma reunião, atendeu de pronto. Era encantadora – pelo menos é o que disseram as mulheres, os homens presentes disseram a Maurice que ele era um rapaz de sorte. Ele riu, riram-se os homens também, e, depois de a princípio ignorá-la, passou a dispensar-lhe atenção.

A essa altura, Maurice, embora não o soubesse, havia se tornado um rapaz atraente. Os exercícios frequentes haviam domado seus gestos desajeitados. Ele era corpulento, mas alerta, e seu rosto parecia seguir o exemplo de seu corpo. A sra. Hall resumia tudo a seu bigode – "O bigode de Maurice vai ser o seu trunfo" –, uma observação mais profunda do que ela se dava conta. Sem dúvida, o pequeno traço preto colaborava para dar unidade ao seu rosto, realçando os dentes quando ele sorria. E os trajes também estavam de acordo com seu porte: a conselho de Durham, ele só usava calças de flanela, mesmo aos domingos.

Abriu um sorriso para a srta. Olcott – parecia a coisa adequada a se fazer. Ela retribuiu. Ele exibiu seu preparo físico ao levá-la para dar uma volta no sidecar novo.[13] Atirou-se aos pés dela. Quando soube que ela fumava, persuadiu-a a permanecerem juntos na sala de jantar e fez com que ela olhasse nos olhos dele. Vapores azulados tremulavam, despedaçavam-se e formavam paredes evanescentes, e os pensamentos de Maurice vagavam com

---

12 Estabelecimentos semelhantes a termas, que prometiam curar diversas enfermidades por meio do uso da água e se tornaram populares no final do século XIX, na Inglaterra. (N. E.)

13 Pequeno carro de rodas, anexado a uma motocicleta e usado para transportar passageiros ou carga. (N. T.)

eles, para desaparecer tão logo alguém abrisse uma janela em busca de ar fresco. Viu que ela estava gostando e que havia deixado sua própria família intrigada, juntamente com os empregados e todo mundo; estava determinado a ir além.

Mas um dia algo deu errado. Maurice fez-lhe um elogio, disse que seu cabelo etc. estava espetacular. Ela tentou fazer com que ele parasse, mas ele não tinha sensibilidade para perceber que a estava deixando contrariada. Havia lido que as garotas sempre tentam fazer parar os homens que as elogiam. Ele a assediou. Quando, no último dia, ela se esquivou de sair com ele, Maurice agiu como um homem voluntarioso. Ela era sua convidada e atendeu, ele a levou a um cenário que considerou romântico e esmagou as mãozinhas dela entre as suas.

Não que a srta. Olcott fizesse objeção a ter suas mãos espremidas. Outros já o haviam feito, e Maurice também poderia tê-lo conseguido, se ao menos soubesse como fazê-lo. Mas ela notou que havia algo errado. O toque dele a deixou enojada. Era como o de um cadáver. Levantando-se de súbito, ela gritou:

— Sr. Hall, deixe de tolices. Peço-lhe que *deixe* de tolices. E eu não digo isso apenas para provocar ainda mais suas tolices.

— Srta. Olcott! Gladys! Longe de mim querer ofendê-la — rosnou o rapaz, tentando se recompor.

— Preciso pegar o trem de volta — ela disse, choramingando. — Preciso mesmo, sinto muito.

Ela chegou em casa antes dele com uma história muito bem elaborada sobre uma dor de cabeça e um cisco no olho, mas a família de Maurice também notou que algo havia dado errado.

A não ser por esse episódio, as férias transcorreram de forma aprazível. Maurice dedicou-se um pouco à leitura, seguindo mais as indicações do amigo do que as de seu tutor, e de uma maneira ou de outra afirmou sua crença de que agora era gente grande. Por sua insistência, a mãe dispensou o casal Howell, que havia muito paralisara os serviços nas dependências externas da casa, e trocou a carruagem por um automóvel. Ficaram todos impressionados, inclusive os Howell. Fez uma visita ao antigo sócio do pai. Havia herdado certo tino para os negócios e um tanto de dinheiro, e ficou acertado que, quando terminasse Cambridge, entraria para a firma como assessor de investimentos iniciante; Corretora de Valores Hill & Hall. Maurice estava adentrando o nicho que a Inglaterra lhe havia preparado.

# CAPÍTULO IX

No ano letivo anterior, Maurice havia atingido um amadurecimento incomum, mas as férias fizeram com que ele regredisse a níveis escolares. Estava menos alerta, voltara a se comportar da maneira como supunha que os outros supunham que ele deveria se comportar: uma façanha perigosa para quem não é dotado de imaginação. Seus pensamentos, não de todo obscurecidos, eram frequentemente cruzados por nuvens, e, embora a srta. Olcott fosse coisa do passado, permanecia a insinceridade que o conduzira a ela. Sua família era a principal causa disso. Faltava-lhe ainda perceber que elas eram mais fortes do que ele e o influenciavam de maneira incalculável. Três semanas na companhia delas haviam deixado Maurice desleixado, desatento, vitorioso em cada detalhe, mas fracassado no geral. Havia voltado para a faculdade pensando, e até mesmo falando, como Ada e a mãe.

Até a chegada de Durham, Maurice não percebera a deterioração. Durham estivera indisposto e havia retornado com alguns dias de atraso. Quando seu rosto, mais pálido do que de costume, espreitou à porta, Maurice teve um espasmo de desespero e tentou lembrar onde haviam parado da última vez que se viram, para retomar o fio da meada. Sentia-se lerdo e com medo de agir. Seu pior lado veio à tona e fez com que preferisse a comodidade ao prazer.

— Olá, meu velho — disse desajeitadamente.

Durham passou para dentro dos aposentos sem dizer nada.

— Qual o problema?

— Nenhum. — E Maurice soube que havia perdido a conexão. No semestre anterior, ele teria entendido o significado daquela entrada silenciosa.

— Não importa. Sente-se.

Durham sentou-se no chão, longe do alcance de Maurice. Era fim de tarde. Os ruídos da turma de maio e os aromas do ano letivo em flor entravam pela janela de Maurice em Cambridge a lhe comunicar: "Você não é digno de estar entre nós". Sentia-se exaurido e deslocado, como um forasteiro, um caipira simplório perdido em Atenas. Estava no lugar e na companhia errados.

— Quer dizer, Durham…

Durham se aproximou. Maurice estendeu a mão e sentiu a cabeça do amigo se aninhar. Esqueceu-se do que ia dizer. Os ruídos e os aromas diziam: "Somos um só na juventude". Muito delicadamente, acariciou os cabelos e penetrou os cachos com os dedos, como se quisesse acariciar-lhe o cérebro.

— Quer dizer, Durham, você passou bem as férias?

— Você passou?

— Não.

— Nas cartas você disse que estava tudo bem.

— Mas não estava.

A verdade em sua própria voz fez Maurice tremer. "Que férias horríveis, eu nem tinha me dado conta", e se perguntou havia quanto tempo já sabia disso. A bruma haveria de baixar de novo, isso era certo, e com um suspiro de tristeza, acomodou a cabeça de Durham entre seus joelhos, como se fosse um talismã para trazer-lhe iluminação. Maurice experimentou uma nova ternura — e acariciou com firmeza, das têmporas à garganta, aquela cabeça que permanecia em seu colo. Depois, tirou as mãos e deixou que elas repousassem, uma de cada lado. Permaneceu ali sentado, suspirando.

— Hall.

Maurice olhou.

— Algum problema?

Ele o acariciou e novamente tirou as mãos. Às vezes parecia que não tinha e, às vezes, que tinha um amigo.

— Algo a ver com aquela moça?

— Não.

— Você escreveu que gostava dela.

— Não gostava. Não gosto.

Suspiros vieram de suas profundezas, causaram uma trepidação em sua garganta e brotaram como murmúrios. A cabeça pendeu para trás, e ele se esqueceu do peso de Durham em seu colo, esqueceu-se de que Durham testemunhava sua túrbida agonia. Olhou para o teto com a boca e os olhos espremidos sem entender nada, exceto que o homem havia sido criado para penar na solidão, sem nenhum conforto celestial.

Foi quando Durham chegou-se mais perto e acariciou-lhe os cabelos. Abraçaram-se apertado. Logo estavam deitados frente a frente, com a cabeça um no ombro do outro. Mas, bem no momento em que seus rostos se encontraram, alguém chamou do pátio, "Hall", e ele respondeu; sempre respondia quando o chamavam. Num sobressalto violento, os dois se levantaram e Durham foi parar junto à lareira, encostado, com a cabeça apoiada na mão. Uma gente surgida do nada subiu as escadas fazendo balbúrdia. Queriam chá. Maurice apontou onde podiam se servir, foi capturado pela conversa do grupo e mal percebeu que o amigo tinha ido embora. Para ele, havia sido uma conversa como outra qualquer, quem sabe um pouco sentimental demais, e passou a alimentar expectativas ligeiras quanto ao próximo encontro.

Não demorou para acontecer. Ele se preparava para ir ao teatro com meia dúzia de colegas, depois do jantar, quando Durham apareceu.

— Sabia que você tinha lido *O banquete* nas férias — disse em voz baixa.

Maurice ficou sem graça.

— Então você entende, sem que eu tenha que me explicar...

— Como assim?

Durham não conseguia se segurar. Seus olhos ficaram de um azul insano, e, apesar de toda aquela gente em volta, murmurou:

— Eu te amo.

Maurice ficou escandalizado, horrorizado. Estava chocado até o fundo de sua alma suburbana, e exclamou:

— Ora, que absurdo! — As palavras e o modo como as dizia fugiram de seu controle. — Durham, você é um cavalheiro inglês. Eu também. Não diga bobagens. Não estou ofendido porque sei que essa não foi sua intenção, mas, como você sabe, este é o único tema absolutamente fora dos limites, é o pior de todos os crimes, e você nunca mais deve tocar neste assunto. Durham! Que ideia deplorável...

Mas o amigo foi embora, sem dizer nenhuma palavra, atravessou o pátio correndo e deu para ouvir quando bateu a porta em meio aos sons da primavera.

# CAPÍTULO X

Uma natureza morosa como a de Maurice pode parecer insensível, pois precisa de tempo até para sentir. Seu instinto é supor que nada aconteceu, nem de bom nem de ruim, e resistir ao invasor. Uma vez arrebatada, tem sentimentos pungentes, e suas sensações de amor são particularmente profundas. Com o tempo, pode vir a experimentar e a conceder o êxtase; com o tempo, pode submergir ao coração do inferno. Assim é que sua agonia principiou como um ligeiro remorso; noites mal dormidas e dias passados na solidão intensificaram-na a ponto de se tornar um frenesi que o consumia, de fora para dentro, até tocar a raiz de onde corpo e alma brotam juntos, aquele "eu" que ele fora treinado para ocultar e que, descoberto por fim, redobrou a força e tornou-se super-humano. Maurice experimentou o júbilo. Com isso, novos mundos interiores se libertaram, e ele vislumbrou, pela vastidão das ruínas, a dimensão do êxtase e da comunhão que havia perdido.

Não se falaram por dois dias. Durham teria demorado mais, mas agora os amigos em comum eram maioria, e era inevitável encontrarem-se. Ao se dar conta disso, escreveu para Maurice um bilhete frio, sugerindo que, pelo bem do grupo, seria melhor que agissem como se nada tivesse acontecido. E acrescentou: "Ficarei agradecido se você não mencionar a ninguém minha morbidez criminosa. Estou certo de que é assim que agirá, tendo em vista a maneira sensata com que recebeu a notícia". Maurice não respondeu; em vez disso, juntou o bilhete às cartas que recebera nas férias e queimou tudo.

Supôs que o clímax da agonia houvesse passado. Mas era tão inexperiente no sofrimento verdadeiro quanto em qualquer tipo de realidade. Eles ainda haviam de se encontrar. Na segunda vez que se viram, jogando tênis em duplas, o desconforto ficou insuportável. Maurice mal conseguia ficar de pé ou enxergar; se rebatia um serviço de Durham, a pancada da bola fazia seu braço latejar. Em certo momento, formaram uma dupla; na primeira vez que trombaram, Durham teve um sobressalto, mas conseguiu dar uma risada, como antes.

Além do mais, acabou se mostrando conveniente que ele voltasse para a faculdade no sidecar de Maurice. Entrou sem hesitar. Maurice, que não dormia havia duas noites e estava com a cabeça em outro lugar, pegou uma estrada vicinal e acelerou sua máquina a toda velocidade. À frente deles apareceu uma carroça carregada de mulheres. Maurice avançou na direção delas, mas, quando gritaram, enfiou o pé no freio e por pouco evitou o desastre. Durham não fez nenhum comentário. Como havia dito em seu bilhete, só falaria quando houvesse outros por perto. Todas as outras formas de interação deveriam ser interrompidas.

Nessa noite, Maurice foi para a cama como de costume. Mas quando encostou a cabeça no travesseiro, uma torrente de lágrimas correu-lhe pelas faces. Ficou horrorizado. Um homem chorando! Fetherstonhaugh iria ouvir. Ele abafou o choro com as cobertas, de um salto beijou o ar, então bateu com a cabeça na parede e derrubou louças. Alguém subiu as escadas. Maurice se aquietou e assim permaneceu depois que os passos se afastaram. Quando acendeu uma vela, surpreendeu-se ao perceber que havia rasgado o pijama e que seus membros tremiam. Continuou chorando, pois não conseguia parar, mas o momento suicida havia passado, e, depois de refazer a cama, deitou-se. Ao abrir os olhos, viu que o servente estava dando uma arrumada no estrago. Achou estranho que um servente tivesse sido chamado. Perguntou-se se acaso ele teria suspeitado de algo, mas voltou a dormir. Ao acordar pela segunda vez, encontrou cartas no chão — uma do velho sr. Grace, seu avô, a respeito da festa que eles dariam quando Maurice atingisse a maioridade, outra da esposa de um professor emérito, convidando-o para almoçar ("O sr. Durham também virá, assim o senhor não se sentirá inibido"), uma outra de Ada, com menção a Gladys Olcott. E tornou a dormir.

A loucura não é para qualquer um, mas Maurice sentiu relampejar o raio que faz as nuvens se abrirem. Essa tempestade não estava se formando havia três dias, como ele supunha, mas seis anos. Ela se armara nos cantos escuros do ser, onde a vista não alcança, e deixara seu entorno carregado. A tempestade irrompera, e ele não havia morrido. A claridade do dia estava ao seu redor, ele galgara o topo da cordilheira que faz sombra à juventude, havia enxergado.

Passou o dia quase todo sentado, de olhos abertos, como se observasse o vale que deixara para trás. Estava tudo tão claro agora. Ele havia mentido. Dizia que fora "alimentado com mentiras", mas as mentiras são o alimento natural da meninice, e ele se fartara com vontade. Sua primeira resolução foi a de ser mais cuidadoso no futuro. Ele teria uma vida direita, não porque fosse da conta dos outros, mas porque esse era o jogo. Não iria se enganar tanto. Não iria — e esta era a provação — fingir se interessar por mulheres quando a única atração que sentia era por seu próprio sexo. Amava os homens, e sempre os amara. Ansiava por abraçá-los e sentir que seu ser e o deles se amalgamavam. Agora que havia perdido o homem que retribuíra seu amor, ele podia admitir.

# CAPÍTULO XI

Depois dessa crise, Maurice tornou-se homem. Até então — se é que se pode julgar um ser humano — ele não fora merecedor da afeição de ninguém, havia sido meramente convencional, mesquinho e desleal com os outros e consigo mesmo. Agora, ele tinha a mais valiosa dádiva a oferecer. O idealismo e a brutalidade que haviam percorrido sua infância finalmente se entrelaçavam num cordão de amor. Ainda que ninguém quisesse esse amor, não tinha do que se envergonhar, pois era "ele", nem corpo ou alma, nem corpo e alma, mas "ele" a dominar os dois. Ainda sofria, porém conquistara uma sensação de vitória vinda de outro lugar. A dor lhe havia revelado um abrigo, a salvo dos julgamentos do mundo, onde ele podia se recolher.

Ainda havia muito a aprender, e anos se passariam até que ele explorasse certos abismos de seu ser — e quão horrendos eles eram. Mas descobriu um método e nunca mais se pôs a olhar os rabiscos na areia. Havia despertado tarde demais para ser feliz, mas não para ser forte, e pôde sentir uma alegria austera, como a de um guerreiro que perdeu o lar, mas manteve as armas todas.

Mais adiante no semestre, achou que era hora de falar com Durham. Atribuía grande valor às palavras, tendo-as descoberto tão tarde. Por que sofrer e causar sofrimento a seu amigo, quando as palavras podiam pôr fim ao suplício? Ouviu sua própria voz, que dizia: "Eu te amo de verdade, como você me ama", ao que Durham respondia, "Se é assim, eu o perdoo", e, ao ardor de sua juventude, esse diálogo pareceu plausível, embora, de alguma forma, não conseguisse ver um final feliz. Foram várias as tentativas, mas, em parte por sua timidez, em parte pela de Durham, todas falharam. Se ele rondava, a porta estava fechada, ou havia gente dentro; se ele entrava, Durham saía junto com as visitas. Convidou-o para comerem juntos — mas o outro nunca podia; ofereceu-se para dar-lhe carona de novo ao tênis, mas sempre havia uma desculpa. Mesmo quando se encontravam no pátio, Durham fingia que havia esquecido algo e passava direto por ele. Surpreendeu-se que os amigos não notassem a mudança, mas poucos universitários são observadores — eles têm muito a descobrir dentro de si mesmos, e foi um professor titular quem reparou que Durham não estava mais em lua de mel com aquele rapaz, o Hall.

Uma oportunidade se ofereceu em razão de um grupo de estudo ao qual os dois pertenciam. Invocando compromissos com os exames,[14] Durham havia comunicado seu desligamento, mas suplicou que o grupo se encontrasse uma última vez em seus aposentos, pois desejava retribuir a hospitalidade. Isso era bem ao estilo de Durham, que detestava ficar em dívida com quem quer que fosse. Maurice compareceu e se sujeitou a uma noite maçante. Quando todos, inclusive o anfitrião, escaparam para o pátio, ele permaneceu no cômodo, relembrando a primeira noite em que estivera ali, e matutou se não seria mesmo possível fazer o passado voltar.

Durham entrou e a princípio não viu que ele estava ali. Ignorando-o por completo, continuou a arrumar o quarto para dormir.

---

14 Vide nota 10, p. 54.

— Sua crueldade é espantosa — disparou Maurice —, você não sabe o que é ter a mente em turbilhão, e isso o torna insensível.

Durham balançou a cabeça como quem não quer ouvir. Parecia tão doente que Maurice sentiu um desejo ardente de tomá-lo nos braços.

— Você bem podia me dar uma oportunidade, em vez de ficar me evitando. Eu só quero conversar.

— Passamos a noite toda conversando.

— Quero conversar como no *Banquete* dos gregos antigos.

— Ah, Hall. Não se faça de tonto. Você deve bem saber que estar a sós com você é doloroso para mim. Por favor, não reabra essa ferida. Acabou. Acabou. — Durham passou ao outro cômodo e começou a se despir. — Desculpe o mau jeito, mas eu simplesmente não consigo. Meus nervos estão em frangalhos depois de três semanas disto.

— Os meus também — exclamou Hall.

— Ah, coitadinho!

— Durham, estou vivendo um inferno.

— Ah, você vai superar. É apenas o inferno da repulsa. Você não tem nada do que se envergonhar, de modo que não sabe o que é viver um inferno de verdade.

Maurice deu um grito de dor. Foi tão inequívoco que Durham, que estava prestes a fechar a porta entre os dois, disse:

— Muito bem. Eu converso, se é isso que você quer. Qual o problema? Está parecendo que você quer me pedir desculpas por alguma coisa. Você age como se eu estivesse chateado com você. O que você fez de errado? Você foi correto do começo ao fim. — Maurice protestou em vão. — Tão correto que confundi sua simples amizade. E você sempre foi tão bom comigo, sobretudo naquela tarde em que me declarei. Achei que havia algo a mais. Palavras são insuficientes para dizer o quanto eu lamento. Eu não tinha o direito de largar meus livros e músicas para ir atrás de você; foi isso o que fiz no dia em que nos conhecemos. Você não está interessado nas minhas desculpas, nem em nada que eu possa lhe oferecer, mas, Hall, eu peço mesmo assim, com toda a sinceridade. Tê-lo insultado é um pesar que carregarei para sempre.

Sua voz era tênue, mas clara, e sua face luzia como uma espada. Maurice disparou palavras inúteis de amor.

— Acho que isso é tudo. Case-se logo e esqueça.

— Durham, eu te amo — e riu com amargor. — Amo. Sempre amei.

— Boa noite, boa noite.

— Estou dizendo. Eu te amo. Vim para dizer isso. Do jeito que você é. Sempre fui como os gregos e não sabia.

— Desenvolva...

As palavras o abandonaram imediatamente. Ele não conseguia falar quando era instado a fazê-lo.

— Hall, não seja grotesco. — Durham ergueu a mão, pois Maurice havia soltado uma exclamação. — O fato de estar aqui me consolando mostra que você é um camarada decente, mas há limites, existem coisas que eu não vou engolir.

— Não sou grotesco...

— Eu não devia ter dito isso. Por favor, vá embora. Estou feliz que caí nas mãos de alguém como você. A maioria teria me denunciado para o decano ou para a polícia.

— Ah, vá para o inferno! Você não tem jeito — gritou Maurice, e correu para o pátio.

Ouviu novamente o estrondo da porta. Furioso, prostrou-se sobre a ponte, e a noite se parecia com aquela primeira — a garoa embaçava as estrelas. Maurice não concebia três semanas de tortura vividas de uma maneira diferente da que ele experimentara, nem o fato de que o veneno segregado por um homem pudesse ter um efeito diferente sobre outro. Estava possesso por não ter encontrado seu amigo do jeito como o havia deixado. Bateu meia-noite, uma hora, duas, ele ainda estava a planejar o que iria dizer, mesmo sem nada a dizer, esgotados os recursos da palavra.

Então, selvagem e impetuoso, encharcado de chuva, viu com os primeiros raios do amanhecer a janela dos aposentos de Durham, e seu coração teve um sobressalto de vida, deixando-o em pedaços. Seu coração dizia: "Você ama e é correspondido". Olhou pelo pátio, ao redor. Seu coração bradou: "Você é forte, ele é fraco e solitário", sua vontade prevaleceu. Tomado de terror do que viria a fazer, agarrou-se ao parapeito e saltou.

— Maurice...

Assim que pôs os pés no chão, seu nome foi chamado, como num sonho. A violência desapareceu, e uma pureza que nunca imaginara fez morada em seu coração. Seu amigo o havia chamado. Permaneceu quieto por um instante, em transe, depois, essa nova emoção indicou-lhe as palavras, e pousando sua mão muito delicadamente sobre os travesseiros, respondeu:

— Clive!

90

# PARTE II

# CAPÍTULO XII

Clive não havia sido uma criança suscetível à perplexidade. Em compensação, um intelecto sincero e um senso aguçado do que é certo e errado fizeram-no crer que havia sido amaldiçoado. Profundamente religioso, com um desejo vívido de alcançar e agradar a Deus, já nos primeiros anos sentiu-se dividido por um outro desejo: o da sodomia, claro. Não tinha dúvidas do que se tratava. Seu emocional, mais compacto que o de Maurice, não estava cindido entre a brutalidade e o idealismo, e ele não precisou passar anos tentando atravessar esse abismo. Trazia consigo o impulso que levou as Cidades da Planície[15] a serem destruídas. Isso nunca se tornaria uma realidade carnal. Mas por que ele, de todos os cristãos, havia sido punido assim?

A princípio, acreditou que Deus o estava pondo à prova e que bastava não blasfemar para ser recompensado, como Jó. Dessa forma, baixou a cabeça, fez jejum e se manteve afastado de qualquer um de quem se sentisse inclinado a gostar. Aos dezesseis, viveu um ano de

15 "Cidades da Planície" é a forma como algumas traduções da Bíblia se referem a Sodoma e Gomorra em passagens do Gênesis. (N. T.)

tortura incessante. Não contou a ninguém, mas, por fim, teve um ataque nervoso e precisou ser levado embora da escola. Durante a convalescença, percebeu que estava se apaixonando por um primo, um homem jovem e casado, que passara junto à sua *Bath chair*.[16] Era inútil, ele estava perdido.

Esses horrores também haviam visitado Maurice, mas apenas vagamente: para Clive eles eram nítidos, frequentes, e não mais insistentes na eucaristia do que em outros momentos. Nunca se iludiu quanto a eles, apesar das rédeas que mantinha nas indecências. Ele controlava bem o corpo; era a alma corrompida que fazia troça de suas orações.

Desde sempre o garoto havia sido um intelectual, atento ao mundo das letras, e os horrores que a Bíblia evocava nele seriam postos abaixo apenas por Platão. Jamais se esqueceu da emoção de ler pela primeira vez o *Fedro*.[17] Ali, viu sua doença descrita de forma primorosa, plácida, tal qual uma paixão que se pode direcionar, como qualquer outra, para o bem ou para o mal. Não se tratava de um convite à libertinagem. A princípio, não conseguiu acreditar em sua boa sorte — achou que fosse um mal-entendido, ele e Platão deviam estar pensando em

---

16 Cadeira de rodas para pessoas com deficiência motora, popular em spas ingleses do século XIX, semelhante a uma charrete com lugar para apenas uma pessoa. Podia ser puxada por animais ou empurrada por empregados e enfermeiros. Seu nome está associado à cidade de Bath, na Inglaterra, onde foi inventada. (N. T.)

17 Neste diálogo, escrito por Platão em 360 a.C., Sócrates e Fedro discutem, entre outros assuntos, o amor entre homens, em particular a diferença entre o verdadeiro amante e o "escravo do prazer" que é "vítima de suas paixões". (N. E.)

coisas diferentes. Daí, se deu conta de que aquele filósofo pagão e comedido o compreendia de verdade e oferecia a ele um novo guia para a vida, que mais ignorava a Bíblia do que se opunha a ela. "Aproveitando bem aquilo de que já disponho." Sem reprimir seu sentimento, sem desejar em vão que ele fosse outra coisa, mas cultivando-o de forma a não aborrecer nem a Deus, nem à humanidade.

Ele foi obrigado, no entanto, a rejeitar o cristianismo. Aqueles que baseiam sua conduta naquilo que são — em vez de baseá-la naquilo que deveriam ser — mais dia menos dia precisam rejeitá-lo, além do mais, existe um embate secular entre as pessoas com a tendência de Clive e essa religião. Ninguém que tenha clareza de intelecto consegue conciliá-los. Diz a lei que tal tendência "não deve ser mencionada entre os cristãos", e, reza a lenda, todos os que dela partilhavam morreram na manhã da Natividade.[18] Clive achava isso deplorável. Ele vinha de uma família de advogados e juízes de paz, em sua maior parte pessoas de bem e capazes, e não tinha intenção de abandonar a tradição dessa linhagem. Esperava que o cristianismo fizesse algumas concessões em seu nome e recorreu à Bíblia em busca de apoio. Havia a passagem

18 Forster se refere a uma passagem do livro *Legenda áurea*, de Tiago de Voragine, do século XIII, citada aqui em tradução livre: "E até os sodomitas deram testemunho ao serem exterminados, onde quer que estivessem no mundo, naquela noite, conforme disse Jerônimo: 'Uma luz ergueu-se sobre eles tão fulgurosa que todos os praticantes desse vício foram varridos; e Cristo fez isso para que tal imundície não mais fosse encontrada em meio à natureza que ele assumiu'. Pois, conforme disse Agostinho, Deus hesitou fazer-se carne ao ver que esse vício contrário à natureza abundava em meio à natureza humana". (N. E.)

de Davi e Jônatas;[19] havia até mesmo o "discípulo que Jesus amava".[20] No entanto, a interpretação da Igreja ia contra ele; não era possível encontrar ali nenhum alento para sua alma sem fazer dela um aleijão; assim, ano a ano, mergulhou cada vez mais nos clássicos.

Aos dezoito, sua maturidade era incomum. Era tão absolutamente controlado que podia se permitir ser amistoso com qualquer um que lhe despertasse atração. A harmonia sucedeu-se ao ascetismo. Em Cambridge, cultivava sentimentos ternos por outros colegas de curso, e sua vida, até então cinzenta, ganhou o leve matizado das tonalidades delicadas. Cauteloso e sensato, avançou, sem que houvesse nenhuma pequenez em sua cautela. Estava preparado para ir adiante naquilo que julgasse correto.

No segundo ano conheceu Risley, o próprio, "daquele jeito". Clive não retribuiu a confiança que lhe foi dada, pode-se dizer, de forma gratuita, nem simpatizou com Risley e sua turma. Sentiu-se, antes, motivado. Ficou feliz de saber que havia outros como ele espalhados por aí, e a franqueza com que se tratavam acabou por incentivá-lo a contar para a mãe sobre seu agnosticismo; era tudo o que podia contar-lhe. A sra. Durham, uma mulher do mundo, foi econômica em seu protesto. A situação só se tornou mesmo um problema no Natal. Por serem os únicos aristocratas da paróquia local, os Durham comungavam separadamente, e ter o vilarejo todo como testemunha de

---

19 Referência à passagem da Bíblia que menciona Davi e Jônatas, em Samuel 18,1: "Aconteceu que, terminado ele de falar com Saul, a alma de Jônatas apegou-se à alma de Davi. E Jônatas começou a amá-lo como a si mesmo". Na Inglaterra do final do século XIX, a expressão "Davi e Jônatas" passou a ser uma senha para homossexualidade, especialmente para o grupo dos poetas uranistas. (N. E.)

20 João 13,23; 19,26; 20,2; e 21,20. (N. E.)

que ela e as filhas se ajoelharam sem Clive, naquele longo genuflexório, encheu-a de vergonha e de ódio. Discutiram. Ele a viu como ela realmente era — murcha, insensível, vazia — e, em sua desilusão, surpreendeu-se ao pensar em Hall de forma vívida.

Hall: apenas um dos muitos homens a quem ele se afeiçoara com certa intensidade. É fato que, como ele, aquele rapaz também só tinha a mãe e duas irmãs, mas Clive era sensato demais para fazer de conta que essa era a única característica que os unia. Provavelmente gostava de Hall mais do que chegava a perceber — quem sabe estivesse até um pouco apaixonado. E assim que se conheceram, sentiu um turbilhão de emoções e um desejo de partilhar com ele suas intimidades.

Hall era burguês, sem refinamento e tolo — o pior dos confidentes. Ainda assim, Clive contou-lhe sobre seus problemas em casa e ficou extremamente comovido quando o outro impediu que Chapman os interrompesse. Ficou encantado quando Hall começou a lhe fazer provocações. Outros teriam dado um passo atrás, por considerar Clive reservado, mas, a bem da verdade, ele adorava ser arremessado de um lado para outro por um rapaz imponente e bem-apessoado. Ele também se sentia nas nuvens quando Hall acariciava seus cabelos, era como se estivessem a sós na sala: ele ia se aconchegando até que seu rosto tocasse a flanela da calça do amigo, e um calor o atravessava. Não havia engano nessa hora. Sabia exatamente o tipo de prazer que estava recebendo, e recebia-o com honestidade, certo de que isso não haveria de causar mal a nenhum deles. Hall era o tipo de homem que só gostava de mulheres — isso estava na cara.

Mais para o fim do ano, percebeu que Hall havia adquirido uma expressão peculiar e bela. Ela só aparecia de vez em quando, era sutil e muito profunda; percebeu-a pela primeira vez quando os dois tiveram uma discussão sobre teologia. Era afetuosa, benigna e, nesse sentido, uma expressão natural, mas havia nela algo que ele ainda não havia reparado em Hall, um toque de... atrevimento? Não tinha certeza, mas gostava disso. A expressão reaparecia quando se encontravam por acaso ou ficavam em silêncio. Ela acenava desde o outro lado de seu intelecto, dizendo: "Está tudo muito bem, você é esperto, já percebemos... agora, venha!".[21] Ela o assombrava e ele passou a espreitá-la enquanto mantinha o cérebro e a língua ocupados, e quando ela aparecia era como se ele respondesse: "Estou indo... eu não sabia".

— Você não pode mais resistir. Você tem que vir.

— Eu não quero resistir.

— Então venha.

E ele foi. Lançou ao chão todos os obstáculos — não de uma vez, pois não habitava uma casa que pudesse ser destruída em um dia. Durante todo o período letivo e, depois, por cartas, foi limpando o caminho. Certificou-se de que Hall o amava e só então desatou o seu amor. Até então, tudo não passara de brincadeira, um passatempo prazeroso para o corpo e para a mente. Agora, ele desdenhava esse joguinho. O amor era harmonioso e imenso. Clive derramara nessa relação toda a dignidade e a riqueza de seu ser e, com efeito, para aquela alma estável e bem ajustada, os dois eram um só. Não havia nenhuma humildade em Clive. Ele conhecia seu próprio valor e, nos momentos em que achou que passaria a vida sem amor, pôs sempre a culpa nas circunstâncias, nunca em si mesmo. Por mais atraente e bem-apessoado que fosse, Hall não havia aberto a guarda. Eles haveriam de se reencontrar em pé de igualdade no semestre seguinte.

---

21 Em inglês, o verbo usado é *to come*, que, além do sentido de "vir", tem ainda uma conotação sexual de "gozar". O mesmo verbo se repete nas próximas linhas, reforçando o sentido erótico do delírio do personagem. (N. T.)

Mas Clive dava tanta importância aos livros que não percebeu que estes poderiam causar perplexidade nos outros. Se tivesse confiado no corpo, o desastre não teria acontecido, mas ao relacionar esse amor ao passado, relacionou-o também ao presente, e isso suscitou na mente de seu amigo as convenções e o medo da lei. E ele não se deu conta de nada disso. O que Hall dissera deve ter sido sincero. Se não, por que o teria dito? Hall o desprezava, foi o que ele disse, "Ora, que absurdo!" — palavras machucam mais do que qualquer maltrato, e essas ficaram em seus ouvidos por dias. Hall era um típico cidadão inglês de boa saúde, que nunca desconfiava do que estava acontecendo.

Imensa era a dor, imensa a mortificação, mas o pior estava por vir. Clive estava tão identificado com o amado, que começou a sentir desprezo por si mesmo. Toda a sua filosofia de vida desmoronou, e, das ruínas, renasceu uma sensação de pecado que saiu engatinhando pelos corredores. Hall o havia chamado de criminoso, e vai ver sabia o que estava dizendo. Clive estava amaldiçoado. Nunca mais se atreveria a fazer amizade com um jovem rapaz, com medo de que viesse a corrompê-lo. Não tinha feito Hall perder a fé no cristianismo e atentado contra sua pureza?

Naquelas três semanas, Clive ficou imensamente alterado, e estava para além do alcance da argumentação quando Hall — aquela criatura boa e desajeitada — veio aos seus aposentos trazer-lhe consolo, fez algumas tentativas e depois sumiu, num arroubo temperamental. "Ah, vá para o inferno! Você não tem jeito." As palavras do amado nunca foram tão verdadeiras e tão difíceis de aceitar. A derrota de Clive escalou: sua vida fora reduzida a cacos, e ele não dispunha de forças internas para reconstruí-la e expurgar o mal. Sua conclusão foi: "Rapaz ridículo! Eu nunca o amei. Eu tinha apenas uma imagem que criei em minha mente poluída, e que Deus me ajude a ficar livre dela".

Mas era justo essa imagem que o visitava no sono e fazia com que sussurrasse seu nome.

— Maurice...

— Clive...

— Hall! — engasgou-se, já totalmente desperto. Um calor apoderou-se de seu corpo. — Maurice, Maurice, Maurice... Oh, *Maurice*...

— Eu sei.

— Maurice, eu te amo.

— E eu te amo.

Beijaram-se, quase sem querer. E Maurice se foi como havia vindo, pela janela.

# CAPÍTULO XIII

Maurice, que tomava café da manhã de pijama, observou:

— Já perdi duas palestras.

— Enforque todas. O pior que pode acontecer é deixarem você de castigo.

— Você vai sair com o sidecar?

— Vou, pra bem longe — disse Clive, acendendo um cigarro. — Não posso ficar em Cambridge com este calor. Vamos para um lugar bem longe daqui, onde dê para tomar banho de rio. Dá para eu estudar no caminho... Droga! — disse ao ouvir passos na escada. Joey Fetherstonhaugh espiou dentro do quarto e convidou um dos dois para jogar tênis à tarde. Maurice aceitou.

— Maurice, por que você fez isso, seu tonto?

— Pra me livrar dele depressa. Clive, me encontre na garagem em vinte minutos, traga seus livros imundos e pegue os óculos de proteção emprestados com o Joey. Vou me vestir. E traga alguma coisa pra comer de almoço.

— E se a gente fosse a cavalo?

— Muito devagar.

Encontraram-se como combinado. Foi fácil pegar os óculos de Joey, já que ele estava fora. Mas, quando entraram na ruela do Jesus College, foram parados pelo decano.

— Hall, você não tinha uma palestra?

— Perdi a hora dormindo — respondeu Maurice com desdém.

— Hall! Hall! Pare quando eu falar!

Maurice acelerou.

— Esse argumento não convence — comentou.

— Nem um pouco.

E lá se foram os dois, ziguezagueando pela ponte até a estrada para Ely. Maurice disse:

— Agora vamos para o inferno.

O motor era potente, e ele, naturalmente destemido. Saltaram lamaçal adentro, fazendo recuar o domo dos céus. Viraram uma nuvem de poeira, de mau cheiro, um brado para o mundo, mas o ar que respiravam era puro, e o único som que ouviam era o rugido longo e arrastado do vento. Não ligavam para ninguém, estavam além da humanidade, e a morte, se chegasse, haveria apenas de prolongar aquela busca por um horizonte sempre inalcançável. Uma torre, um vilarejo — Ely — ficou para trás; adiante, o mesmo céu, que finalmente começava a empalidecer como que a anunciar o mar. "Uma curva à direita", de novo, depois "esquerda", "direita", até que qualquer sentido de direção se perdesse. Ouviu-se um barulho de serra, rascante. Maurice não ligou. Fez-se um estrondo, como se milhares de pedregulhos chacoalhassem entre suas pernas. Não foi um acidente, mas o motor travou em meio à escuridão dos campos. Ouviram o canto de uma cotovia, a trilha de areia começou a se assentar atrás deles. Estavam sós.

— Vamos comer — disse Clive.

Comeram sobre o gramado de uma encosta. Acima deles, as águas de um dique se moviam imperceptivelmente, refletindo incontáveis salgueiros. Quem quer que houvesse criado toda aquela paisagem estava muito longe dali. Depois do almoço, Clive pensou em estudar. Esparramou os livros ao redor e em dez minutos pegou no sono. Maurice ficou deitado à beira da água, fumando. A carroça de um fazendeiro apontou, e ocorreu-lhe perguntar que condado era aquele. Mas não disse nada, nem o fazendeiro pareceu notar sua presença. Quando Clive despertou, já eram mais de três horas.

— Daqui a pouco, vamos querer um chá — foi só o que disse.

— Tudo bem. Você consegue arrumar essa droga de motociclo?[22]

— Claro, será que alguma coisa emperrou? — Bocejou e foi até a máquina. — Não consigo, Maurice. Você consegue?

— De jeito nenhum.

Abraçaram-se e começaram a gargalhar. O motociclo quebrado parecia-lhes muito engraçado. E o fato de ser presente do avô! Ele havia presenteado Maurice por razão de sua maioridade, em agosto. Clive disse:

— E se a gente deixá-lo aqui e for andando?

— Sim. Quem vai ligar? Deixe os casacos e as coisas dentro. Deixe os óculos do Joey também.

— E os meus livros?

— Deixe também.

— Será que não vou precisar deles depois do jantar?

— Ah, sei lá! O chá é mais importante do que o jantar. Faria sentido supor… do que você está rindo?… que, se a gente for seguindo o dique, uma hora vai dar num pub.

---

22 Forster não é preciso quanto à natureza do veículo de duas rodas dirigido por Maurice. Em alguns trechos do livro, ele é chamado apenas de "bicicleta", embora em outras passagens fique claro que é motorizado. Na tradução, optou-se pela forma "motociclo", termo usado no Brasil no começo do século XX para bicicletas com motor. Reportagens da época atestam o amor dos ingleses por esse tipo de veículo: "O Sr. E. H. Arnott atacou em Londres o recorde de 100 milhas em motociclo, em 2 horas, 34 minutos e 50 3/5 segundos". (*Jornal do Brasil*, 25/10/1902). (N. T.)

— Por acaso eles usam essa água pra fazer render a cerveja?

Maurice deu-lhe um golpe nas costelas e, por dez minutos, fizeram algazarra entre as árvores, sem conseguir falar, de tão abobalhados. Novamente pensativos, ficaram parados, um ao lado do outro, depois esconderam o motociclo atrás de um arbusto de rosa-mosqueta e partiram. Clive levou consigo o caderno, que não sobreviveria íntegro ou útil, pois o dique que seguiam se ramificava.

— A gente vai ter que entrar na água. Não dá pra contornar por fora, ou não vamos chegar a lugar nenhum. Olha, Maurice, a gente tem que se manter em linha reta para o sul.

— Tudo bem.

Nesse dia, não importava quem fazia a sugestão, o outro sempre concordava. Clive tirou os sapatos e as meias e arregaçou a barra da calça. Deu um passo sobre a superfície marrom do dique e afundou. Ressurgiu nadando.

— É bem fundo! — disse, cuspindo água, ao sair do tanque. — Eu não imaginava, Maurice! Você viu?

Maurice gritou:

— Acho que preciso dar um mergulho de verdade.

E foi o que fez, enquanto Clive carregava suas roupas. O sol estava fulgurante. Em pouco tempo chegaram a uma fazenda.

A mulher do fazendeiro era ríspida e rabugenta, mas, depois, diriam que era "absolutamente formidável". Ela acabou servindo-lhes chá e permitindo que Clive se secasse junto ao fogo da cozinha. No fim, apresentou-lhes uma "conta" e resmungou quando eles pagaram mais do que deviam. Nada causava revés ao ânimo dos rapazes. Tudo era transmutado por eles.

— Adeus, agradecemos sobremaneira — disse Clive. — E se por acaso algum de seus homens encontrar nosso motociclo, eu gostaria de poder explicar melhor onde o colocamos. De qualquer forma, deixo-lhe o cartão do meu amigo. Peça para que o prendam ao motociclo, se possível, e deixem-no na estação mais próxima. Algo assim, não sei. O chefe da estação há de nos enviar uma mensagem.

A estação ficava a quase dez quilômetros. Quando a alcançaram, o sol já estava baixo, e chegaram de volta a Cambridge só depois do jantar. Toda essa parte final do dia foi perfeita. O trem, por alguma razão desconhecida, estava lotado, e eles se sentaram juntos, apertados, falando baixinho sob o alarido, e sorrindo. Quando se despediram, foi de maneira casual: nenhum dos dois teve o impulso de dizer algo especial. O dia inteiro havia sido normal. Ainda assim, isso nunca lhes havia acontecido, nem nunca haveria de se repetir.

# CAPÍTULO XIV

O decano suspendeu Maurice.

O sr. Cornwallis não era uma autoridade severa, e o rapaz tinha um currículo tolerável, mas não podia fazer vista grossa para uma violação disciplinar tão gritante.

— E por que você não parou quando eu chamei, Hall?

Hall não respondeu, nem ao menos se mostrou arrependido. Tinha os olhos em brasa, e o sr. Cornwallis, embora muito contrariado, percebeu que estava diante de um homem. De forma alienada e impassível, até supunha o que havia acontecido.

— Ontem você faltou à missa, a quatro palestras, incluindo minha aula de tradução, e ao jantar. Você já fez isso antes. É muita impertinência, não acha? E então? Nenhuma resposta? Você está suspenso e vai informar o motivo à sua mãe. Eu devo informá-la também. Até que você me escreva uma carta com desculpas formais, não recomendarei à faculdade a sua readmissão em outubro. Tome o trem do meio-dia.

— Tudo bem.

O sr. Cornwallis o conduziu até a porta.

Nenhum castigo foi aplicado a Durham. Ele estava dispensado de todas as palestras por causa dos exames, e, mesmo que tivesse culpa no cartório, o decano não o teria incomodado; sendo o melhor aluno de estudos clássicos do ano, ele ganhou tratamento especial. Era bom que não tivesse mais Hall para distraí-lo. O sr. Cornwallis sempre tivera suspeitas desse tipo de amizades. Não era natural que homens de personalidades e gostos tão diversos tivessem tanta intimidade, e, embora os estudantes universitários, ao contrário dos garotos da escola, fossem considerados oficialmente aptos, os professores titulares exerciam um certo grau de controle e se sentiam no direito de estragar um romance sempre que podiam.

Clive ajudou-o a fazer as malas e o acompanhou até a estação. Disse pouco, com medo de deprimir o amigo, que ainda estava se sentindo heroico, mas seu coração desabou. Era seu último período, pois a mãe não deixou que ele ficasse para o quarto ano, o que significava que ele e Maurice nunca mais se encontrariam em Cambridge. O amor dos dois estava ligado àquele lugar, particularmente a seus aposentos, de forma que não podia conceber encontrar-se com Maurice a não ser ali. Preferia que ele não tivesse entrado em confronto com o decano — mas era tarde demais agora — e também que o sidecar não tivesse sido estropiado. Ele associava o sidecar com sentimentos intensos — a agonia da quadra de tênis, a alegria do dia anterior. Atados em um movimento único, ali pareciam mais próximos um do outro do que em qualquer outro lugar; o motociclo adquiria vida própria, na qual eles se encontravam e vivenciavam a unidade pregada por Platão. Estava acabado, e quando o trem de Maurice partiu, deixando suas mãos sem as dele, Clive desmoronou, e ao retornar aos seus aposentos escreveu páginas e páginas de desespero passional.

Maurice recebeu a carta na manhã seguinte. Ela completava o que sua família havia começado. Assim, viveu sua primeira explosão de fúria contra o mundo.

# CAPÍTULO XV

— Não posso me desculpar, mãe. Já expliquei ontem à noite que não tenho pelo que me desculpar. Eles não tinham o direito de me suspender. Todo mundo mata aulas. É puro despeito. Pode perguntar para qualquer um... Ada, eu pedi para você trazer café, não água suja.

Ela soluçava.

— Maurice, você está deixando a mamãe nervosa: como pode ser tão insensível e grosseiro?

— Garanto que não foi minha intenção. Não vejo como eu possa ter sido insensível. Agora vou entrar direto nos negócios, como fez o papai, sem tirar aquele diploma nojento. Não vejo o que há de mal nisso.

— Deixe seu pai fora dessa, ele nunca passou por um episódio desagradável como esse — disse a sra. Hall. — Ah, Morrie, meu querido. E nós depositávamos tantas esperanças em Cambridge.

— Toda esta choradeira é um equívoco — anunciou Kitty, que achou por bem animar a conversa. — Desse jeito, Maurice vai acabar se achando muito importante, o que ele não é: vai escrever para o decano assim que todos pararem de implorar.

— Não vou. Não faz sentido — respondeu o irmão, com rigidez absoluta.

— Não vejo por quê.

— Menininhas não veem um monte de coisas.

— Eu não teria tanta certeza.

Maurice dirigiu-lhe o olhar. Mas ela queria dizer apenas que conseguia enxergar mais coisas do que alguns menininhos que já se achavam homenzinhos. Ela estava só falando por falar, e o medo que havia brotado nele, com uma ponta de respeito, dissipou-se. De jeito nenhum ele iria se desculpar. Não tinha feito nada de errado e não ia dizer que fizera, havia anos não sentia o gosto da honestidade, e honestidade é como sangue. Num estado de espírito inflexível, o rapaz chegou a acreditar que poderia viver sem fazer concessões, ignorando tudo que não servisse aos seus propósitos junto a Clive! A carta de Clive o havia enlouquecido. É claro que era um tolo — um amante sensato pediria desculpas e voltaria para confortar seu amado —, mas tratava-se de uma tolice da paixão, para a qual a vida é tudo ou nada.

Eles continuaram conversando e chorando. Por fim, ele se levantou e disse:

— Não consigo comer com esse acompanhamento. — E saiu para o jardim. A mãe foi atrás dele com uma bandeja. O coração mole da mãe o enfureceu, pois o amor deixa o atleta mais forte. A ela, não custava nada fazer rodeios com palavras delicadas e torradas: ela só queria amolecê-lo também.

Ela queria saber se havia escutado direito, ele estava mesmo se recusando a pedir desculpas? Imaginou o que o pai dela diria, e sem querer descobriu que o presente de aniversário estava jogado em alguma estrada do litoral. Aí, ficou seriamente alarmada, pois essa perda era mais inteligível para ela do que a perda de um diploma. As meninas se preocuparam também. Elas passaram a manhã inteira de luto pelo motociclo, e, embora Maurice sempre pudesse fazer com que elas se calassem ou se mantivessem fora de seu campo de audição, sentiu que todo aquele choramingo podia acabar drenando suas forças, como no feriado de Páscoa.

No meio da tarde, Maurice teve um colapso. Lembrou-se de que Clive e ele haviam passado apenas um dia juntos! E, em vez de ficarem nos braços um do outro, passaram o dia correndo de lá para cá! Maurice não percebia que essa era uma forma perfeita de se passar um dia, ele era jovem demais para apreciar o valor da simples proximidade. Se não tivesse sido restringido pelo amigo, ele teria saciado aquela paixão. Mais tarde, quando seu amor recobrou as forças, percebeu que o destino o havia favorecido. Aquele único abraço no escuro, aquele único dia de claridade ao vento eram como colunas duplas, que só cumprem sua função se juntas. E toda a agonia da separação pela qual estava passando não era para destruí-lo, mas para completá-lo.

Tentou responder às cartas de Clive. Já temia parecer falso. De noite, recebeu outra, composta pelas palavras: "Maurice! Eu te amo". Respondeu: "Clive, eu te amo". A partir daí, escreveram-se todos os dias e, com o maior cuidado, construíram novas imagens no coração um do outro. Cartas se deturpam ainda mais rapidamente do que o silêncio. Um pânico de que algo estava dando errado tomou conta de Clive, e logo antes do exame ele tirou uma licença para ir até a cidade. Maurice almoçou com ele. Foi horrível. Estavam ambos cansados e haviam escolhido um restaurante onde não podiam ouvir a voz um do outro. "Não foi bom para mim", disse Clive ao se despedir. Maurice sentiu-se aliviado, pois havia fingido para si mesmo que tinha apreciado o encontro, e isso aumentara sua desgraça. Concordaram que nas cartas haveriam de se ater aos fatos, e que só escreveriam se houvesse algo urgente. A tensão emocional afrouxou, e Maurice, mais próximo do ponto de ebulição mental do que supunha, pôde por fim dormir noites restauradoras, sem sonhar. Mas a vida diurna continuava um fardo.

Sua situação em casa era anômala: a sra. Hall gostaria que alguém resolvesse isso por ela. Ele parecia um homem adulto e tinha dispensado os Howell na última Páscoa; por outro lado, havia sido suspenso de Cambridge e ainda nem tinha vinte e um anos. Que lugar ele ocupava na casa dela? Instigada por Kitty, a mãe tentou se impor, mas Maurice, com um olhar genuíno de surpresa, reagiu como um bicho acuado. A sra. Hall titubeou e, embora tivesse carinho pelo filho, tomou a decisão insensata de apelar para o dr. Barry. Uma noite, pediu que Maurice fosse ter uma conversa com ele.

— E então, Maurice, como vai indo a carreira? Bem diferente do que você imaginou, não é?

Maurice ainda tinha medo do vizinho.

— Bem diferente do que a sua mãe imaginou, seria mais exato dizer.

— Bem diferente do que todos esperavam — disse Maurice olhando suas mãos.

O dr. Barry então disse:

— Ah, no fim, foi melhor. Para que você vai querer um diploma universitário? Eles não têm serventia para as classes suburbanas. Você não vai ser nem vigário, nem advogado, nem professor. Você não é nem cavalheiro deste condado. Pura perda de tempo. Melhor arrumar logo um trabalho. Fez muito bem de insultar o decano. O seu lugar é a cidade. Sua mãe… — Pausou por um instante e acendeu um charuto, sem oferecer nada ao rapaz. — Sua mãe não entende. Ela está preocupada porque você não pediu desculpas. De minha parte, acredito que essas coisas se consertam sozinhas. Você se meteu em um ambiente que não era para o seu bico e aproveitou a primeira oportunidade que teve de cair fora.

— Como assim, senhor?

— Ah, ainda não está claro o suficiente? Quis dizer que um cavalheiro do condado teria se desculpado, por reflexo, ao se dar conta de que agiu como um plebeu. Mas você vem de outra estirpe.

— Acho que já está na hora de eu ir embora — disse Maurice, ainda com dignidade.

— Acho que sim. Não o chamei aqui para passar uma noite divertida, imagino que isso estava claro.

— O senhor foi bem direto. Espero algum dia poder ser direto assim também. Será um prazer.

Isso deixou o médico furioso, e ele gritou:

— Como se atreve a ser arrogante com a sua mãe, Maurice? Você quer ser idolatrado. Mas que gracinha! Pavoneando-se por aí... Você devia é pedir desculpas! Eu sei de tudo. Ela veio aqui com os olhos marejados e me pediu para falar com você. Ela e suas irmãs são minhas estimadas vizinhas, e, para mim, o pedido de uma mulher é uma ordem. Não retruque quando eu falo, senhor, não retruque, não estou interessado no que você tem a dizer, seja de forma direta ou indireta. Você é uma desgraça para o cavalheirismo, não sei onde o mundo vai parar desse jeito. Estou decepcionado e enojado com você.

Maurice, finalmente fora da casa, enxugou a testa. De certa forma, sentia-se envergonhado. Sabia que havia agido mal com a mãe, e todo o seu esnobismo havia sido atacado até o osso. Mas algo o impedia de mudar de opinião e se retratar. Quando saiu daquele atoleiro, sentiu-se livre para sempre. "Uma desgraça para o cavalheirismo." Ponderou sobre essa acusação. Se fosse uma mulher que estivesse naquele sidecar, e se então ele tivesse se recusado a parar por ordem do decano, será que agora o dr. Barry estaria pedindo que ele se desculpasse? Claro que não. Teve dificuldade para acompanhar essa linha de raciocínio. Sua mente ainda estava debilitada. Mas estava sendo obrigado a usá-la, pois grande parte da linguagem e das ideias corriqueiras precisava ser traduzida para que ele compreendesse.

A mãe parecia envergonhada quando o encontrou; ela sentia, e ele também, que ela mesma deveria ter se encarregado de toda aquela reprimenda. Queixou-se para

Kitty que Maurice havia crescido; ainda ontem as crianças eram pequenas; isso era tão triste. Kitty assegurou à mãe que Maurice ainda não passava de um menino, mas essas mulheres todas pressentiam uma mudança na boca, nos olhos e na voz do rapaz, desde que ele enfrentara o dr. Barry.

# CAPÍTULO XVI

Os Durham viviam numa parte remota da Inglaterra, na fronteira entre Wiltshire e Somerset. Embora não fossem uma família antiga, eram proprietários de terras havia quatro gerações, e sua influência estava no sangue. O tio-bisavô de Clive havia sido chefe do Judiciário durante o reinado de George IV. Em Penge, ele havia feito um ninho forrado de plumas. Mas agora as plumas começavam a voar. Os últimos cem anos haviam dilapidado a fortuna, que não fora reabastecida por nenhuma noiva rica, e tanto a casa quanto a propriedade estavam marcadas, senão por ruína de fato, ao menos pelo imobilismo que a precede.

A casa ficava em meio ao verde. Um parque, ainda sulcado por fileiras de cercas que já não estavam ali, estendia-se ao redor, fornecendo luz, ar fresco e pasto às vacas leiteiras. Mais além, começavam as árvores, plantadas em sua maioria pelo velho Sir Edwin, que anexara os terrenos comunais. Havia duas entradas, uma pelo vilarejo e outra pela estrada barrenta que dava na estação. Antigamente não havia estação, e o acesso modesto, que agora saía dela e passava pelos fundos da propriedade, representava um acréscimo tardio ao estilo inglês.

Maurice chegou de noite vindo direto da casa do avô, em Birmingham, onde, de forma bastante morna, foi comemorada a sua maioridade. Mesmo tendo perdido as graças da família, não foi privado de seus presentes, embora estes tenham sido dados e recebidos sem entusiasmo. Havia tanto tempo ansiava por completar vinte e um anos. Kitty insinuou que ele não tinha se comovido porque estava corrompido. De maneira brincalhona, ele a beliscou na orelha e depois deu-lhe um beijo, deixando-a irritadíssima.

— Você não tem a *mínima* noção das coisas — ela disse, contrariada.

Ele sorriu.

De Alfriston Gardens, com seus jantares leves na companhia de primos, para Penge, a mudança foi drástica. Famílias da aristocracia rural, mesmo as esclarecidas, têm algo de alarmante, e Maurice sempre encarava as refeições com reverência. É bem verdade que Clive o havia buscado de charrete, mas uma tal sra. Sheepshanks chegara no mesmo trem. Ela estava acompanhada de uma ama, que os seguiu logo atrás, num carro de aluguel, levando as bagagens dela e as dele, e Maurice ficou em dúvida se também deveria ter trazido um empregado. Uma garotinha segurava a porta do chalé. A sra. Sheepshanks expressou o desejo de que *todos* fizessem reverência. Clive pisou em seu pé quando ela disse isso, e Maurice não teve certeza se havia sido sem querer. Ele não tinha certeza de nada. Ao se aproximarem da casa, confundiu os fundos com a frente e se adiantou para abrir a porta. A sra. Sheepshanks disse: "Oh, mas que cortês!". Para piorar, havia um mordomo para fazer isso.

Eles eram aguardados por um chá, amargo demais, que a sra. Durham despejou para um lado enquanto olhava para o outro. As pessoas se sentaram, todas com uma aparência distinta, ou parecendo ter motivos distintos para estar ali. Quando não estavam trabalhando, estavam colocando outros para trabalhar por elas: a sra. Durham o convocou para debaterem a reforma tarifária no dia seguinte. Eles concordavam em relação a política; mas o grito com que ela celebrou essa aliança não o agradou.

— Mãe, o sr. Hall pode ouvi-la *perfeitamente*.

O major Western, um primo que também passaria a noite na casa, perguntou-lhe sobre Cambridge. Será que um militar teria algo contra alguém que foi suspenso?... Foi pior do que no restaurante, pois lá Clive também estava fora de seu elemento.

— Pippa, o sr. Hall já sabe onde é o quarto dele?

— O Aposento Azul, mamãe.

— O quarto sem lareira — acrescentou Clive. — Mostre para ele.

Clive conversava com algumas visitas.

A sra. Durham entregou Maurice para o mordomo. Eles subiram um lance de escadas. Maurice viu a escadaria principal para a direita e ficou em dúvida se estaria sendo tratado com descaso. Seu quarto era pequeno, com mobília barata. Não tinha vista. Ao se ajoelhar para desfazer a mala, foi tomado por uma sensação que o remeteu a Sunnington e decidiu que, enquanto estivesse em Penge, iria repassar todas as suas roupas. Ninguém ali iria supor que ele não ligava para moda; ele era tão bom quanto qualquer pessoa daquelas. Mas, mal chegou a essa conclusão, Clive entrou no quarto trazendo consigo os raios do sol.

— Maurice, eu hei de beijá-lo!

E assim o fez.

— Onde... O que fica ali?

— Nosso estúdio. — Clive não parava de rir, com uma expressão radiante e arrebatadora.

— Ah, é por isso...

— Maurice! Maurice! Você veio mesmo. Você está aqui. Finalmente conseguirei amar este lugar, e ele nunca mais será o mesmo.

— Para mim, esta viagem é uma alegria — disse Maurice embargado: um jorro súbito de alegria fez seus pensamentos transbordarem.

— Continue a desfazer as malas. Eu coloquei você aqui de propósito. Teremos este canto da escadaria só para nós. Ficou o mais parecido com a faculdade que eu consegui.

— Ficou ainda melhor.

— Eu sinto que será.

Houve um ruído no corredor. Maurice teve um sobressalto, mas Clive, embora sentado sobre o ombro do amigo, disse: "Entre!", com indiferença. Uma serviçal entrou com água quente.

— A gente não precisa ir para outras partes da casa, a não ser para comer — ele prosseguiu. — Ou aqui, ou lá fora. Divertido, não? Tenho um piano — e arrastou Maurice até o estúdio. — Olhe a vista. Dá pra atirar nos coelhos aqui da janela. Por falar nisso, se minha mãe ou Pippa disserem, durante o jantar, que amanhã você precisa fazer isto ou aquilo, não se preocupe. Diga "sim", se quiser. Mas na verdade você vai andar a cavalo comigo, e elas sabem. Faz parte do ritual delas. No domingo, quando você não for à missa, elas farão de conta, depois, que você estava lá.

— Mas eu não tenho calças de montaria.

— Nesse caso, não posso ser visto em sua companhia — disse Clive, e saiu.

Quando Maurice voltou à sala de visitas, sentiu que tinha mais direito de estar ali do que qualquer outra pessoa. Foi até a sra. Sheepshanks e desatou a falar antes que ela abrisse a boca, dizendo-lhe coisas encorajadoras. Ao entrarem, já tinha um lugar no absurdo octeto que se formara: Clive e a sra. Sheepshanks, o major Western e uma outra mulher, um outro homem e Pippa, ele e a anfitriã. Esta se desculpou pelo tamanho reduzido da festa.

— De maneira alguma — disse Maurice, e viu que Clive o observava de maneira maliciosa: o comentário a desagradou. A sra. Durham então o submeteu a uma série de testes, mas ele não estava nem aí se a agradava ou não. Ela tinha os traços do filho e aparentava a mesma destreza, embora sem a mesma sinceridade. Maurice entendeu por que Clive teria passado a desprezá-la.

Depois do jantar, os homens fumaram antes de se juntarem às damas. Tratava-se de uma noitada suburbana, mas com uma diferença; essa gente tinha um ar de quem estava tramando algo: ou bem tinham acabado de arrumar ou em breve rearrumariam toda a Inglaterra. Ainda assim, na chegada, havia notado que os mourões e a estrada estavam em mau estado de conservação, os madeiramentos não estavam bem cuidados, as janelas emperravam e as tábuas do piso rangiam. Ficara menos impressionado com Penge do que havia imaginado.

Quando as damas se recolheram, Clive disse:

— Maurice, você também está com cara de sono.

Maurice entendeu a deixa, e, cinco minutos mais tarde, encontraram-se novamente no estúdio, com a noite toda pela frente para conversar. Acenderam os cachimbos. Era a primeira vez que experimentavam juntos a tranquilidade absoluta, e palavras deliciosas haveriam de ser ditas. Sabiam disso, mas mal conseguiam começar.

— Vou lhe contar minha última novidade — disse Clive. — Assim que cheguei em casa, tive uma briga com minha mãe e disse que queria continuar em Cambridge para fazer o quarto ano.

Maurice soltou um gemido.

— O que foi?

— Eu fui suspenso.

— Mas você vai voltar em outubro.

— Não vou. Cornwallis disse que eu precisava pedir desculpas, e eu não pedi. Achei que você não ia estar lá, por isso não liguei.

— E eu insisti para ficar mais um ano, porque achei que você ia voltar. Comédia de erros.

Maurice olhou-o entristecido.

— Comédia de erros, não tragédia. Você ainda pode pedir desculpas.

— Tarde demais.

Clive riu.

— Por que tarde demais? É muito mais simples. Você não queria se desculpar enquanto o ano letivo em que a ofensa foi cometida não chegasse ao fim. "Caro sr. Cornwallis: agora que o período letivo acabou, arrisco-me a escrever-lhe." Amanhã farei um rascunho da carta.

Maurice ponderou e finalmente exclamou:

— Clive, você é um demônio!

— Sou um tanto fora da lei, admito, mas é o que essas pessoas merecem. Enquanto continuarem falando do vício inominável dos gregos, elas não podem esperar jogo limpo. Foi o que minha mãe mereceu quando eu fugi aqui para cima, antes do jantar, para beijar você. Ela não teria nem um pingo de misericórdia se soubesse. Não ia tentar, não ia nem querer tentar entender que o que eu sinto por você é como o que Pippa sente pelo noivo, só que muito mais nobre, muito mais profundo, corpo e alma, sem medievalismos desgastados, é claro, apenas uma sintonia única de corpo e alma que não acredito que as mulheres compreendam. Mas você entende.

— Sim. Vou pedir desculpas.

Houve um longo intervalo: falaram sobre o motociclo do qual nunca mais tiveram notícia. Clive passou um café.

— Diga: o que fez você me acordar aquela noite, depois do grupo de estudos? Descreva.

— Fiquei pensando em algo pra dizer e não consegui. Por fim, não conseguia mais nem pensar, e resolvi ir até o seu quarto.

— É o tipo de coisa que você faria.

— Você está caçoando? — perguntou Maurice, tímido.

— Meu Deus! — Fez-se um silêncio. — Agora conte sobre a noite em que me declarei. Por que você teve que nos fazer tão infelizes?

— Não sei mesmo. Não consigo explicar nada. Você me deixou confuso com aquela história detestável de

Platão. Eu ainda estava desnorteado. Muitas coisas que hoje eu sei ainda não haviam se encaixado em mim naquela época.

— Mas você não estava me cozinhando havia meses? Desde que me viu na casa do Risley, para ser exato.

— Não me pergunte.

— Seja como for, foi um negócio bem esquisito.

— Foi.

Clive deu uma gargalhada, satisfeito, e contorceu-se na cadeira.

— Maurice, quanto mais eu penso nesse assunto, mais tenho certeza de que o demônio aqui é você.

— Então, está bem.

— Eu teria seguido a vida semidesperto, se você tivesse tido a decência de me deixar em paz. Desperto intelectualmente, sim, e em alguns aspectos emocionais também; mas aqui... — e apontou o coração com a haste do cachimbo; os dois sorriram. — Quem sabe tenhamos despertado um ao outro. Pelo menos, é o que eu gosto de achar.

— Quando você percebeu que gostava de mim?

— Não me pergunte — ecoou Clive.

— Fale sério... qual foi minha característica que primeiro chamou sua atenção?

— Quer mesmo saber? — perguntou Clive, que estava num estado de espírito que Maurice adorava: meio malvado, meio apaixonado: um estado de espírito de afeto supremo.

— Sim.

— Foi a sua beleza.

— Minha o quê?

— Beleza... Antes era aquele homem ali no alto da estante o que eu mais admirava.

— Ouso dizer que sei reconhecer o valor de um quadro — disse Maurice, depois de olhar de relance o Michelangelo na parede. — Clive, você é um tolinho, e, já que puxou o assunto, eu acho você lindo, a única pessoa linda que já vi. Amo a sua voz e tudo o que tem a ver com você, até a sua roupa e o cômodo onde você estiver. Eu adoro você.

Clive enrubesceu.

— Sente-se direito, e vamos mudar de assunto — disse, já sem nenhuma empolgação.

— Não foi minha intenção aborrecê-lo...

— Essas coisas precisam ser ditas uma vez, ou nunca saberemos que elas existem no coração de um e de outro. Eu não teria imaginado. Não nessa intensidade, pelo menos. Você fez bem em falar, Maurice.

Clive não mudou o assunto, apenas desenvolveu-o para falar de um tema que muito o interessava recentemente, a medida exata em que o desejo influencia os julgamentos estéticos.

— Veja aquela pintura, por exemplo. Adoro-a porque adoro o tema, assim como o pintor o adorava. Não posso julgá-la com os olhos de um homem normal. Há dois caminhos para se atingir a beleza: um é comum, e todo mundo chega a Michelangelo através dele. Mas o outro é particular, apenas para mim e algumas outras pessoas. Nós conseguimos acessar Michelangelo por ambas as vias. Por outro lado, existe Greuze.[23] O tema de suas pinturas parece-me repugnante. Só posso acessá-lo por uma via. O resto do mundo chega a ele pelas duas.

Maurice não o interrompeu: isso tudo lhe parecia uma grande e encantadora bobagem.

— Talvez esses caminhos particulares sejam um erro — concluiu Clive. — Mas sempre que o tema de uma pintura for um corpo nu, essas vias serão percorridas. A paisagem é o único tema seguro. Ou, quem sabe, algo geométrico,

---

23 Jean-Baptiste Greuze (1725-1805), pintor francês conhecido por seus retratos, pinturas históricas e composições de apelo moralizante. (N. E.)

rítmico, não humano em absoluto. Pergunto-me se essa não seria a preocupação dos muçulmanos e do velho Moisés. Acabo de pensar nisso. Tão logo a figura humana é introduzida, desperta-se a repulsa ou o desejo. Às vezes, muito sutilmente, mas mesmo assim aparece. "Não farás para ti nenhuma imagem esculpida."[24] Até porque não se pode fazer para todas as outras pessoas também. Maurice, será que devemos reescrever a história? "A filosofia estética do Decálogo."[25] Sempre achei notável que nele Deus não houvesse amaldiçoado as pessoas como eu e você. Antes eu atribuía isso à justiça divina, mas agora creio apenas que Deus estava mal-informado. Ainda assim, é capaz que eu defenda esse argumento. Será que devo fazer disso um tema de dissertação para uma bolsa de estudos?

— Não estou conseguindo acompanhar — disse Maurice, um pouco embaraçado.

E a cena de amor dos dois se desenrolou com a aquisição inestimável de uma nova linguagem. Não havia nenhuma tradição para subjugá-los. Nenhuma convenção para dizer o que era poesia, o que era absurdo. Ocupavam-se de uma paixão criada sem amarras, que poucos intelectos ingleses admitiram. Por fim, uma beleza deliciosa emergiu do espírito de ambos, algo inesquecível e eterno, mas construído a partir dos mais humildes destroços da fala e das mais singelas emoções.

---

24 "Não farás para ti imagem esculpida de nada que se assemelhe ao que existe lá em cima, nos céus, ou embaixo na terra, ou nas águas que estão debaixo da terra" (Êxodo 20,4). Nessa passagem bíblica, Moisés recebe as tábuas da lei. No trecho específico, a proibição de esculpir imagens de seres vivos é compreendida como uma proibição à idolatria. (N. T.)

25 O Decálogo é a coleção de preceitos escrita em duas tábuas de pedra dadas por Deus a Moisés no monte Sinai, comumente chamada de Dez Mandamentos. (N. E.)

— Você não vai me beijar? — perguntou Maurice, quando os pardais despertaram nos beirais acima deles e, ao longe, na floresta, os pombos começaram a arrulhar.

Clive balançou a cabeça, e se separaram sorrindo, estabelecendo a perfeição em suas vidas, pelo menos por um tempo.

# CAPÍTULO XVII

Pode parecer estranho que Maurice tenha ganhado o respeito da família Durham, mas eles não desgostavam dele. Eles só não gostavam de pessoas que almejassem conhecê-los intimamente — era uma mania positiva —, e bastava o rumor de que determinada pessoa queria adentrar os círculos da aristocracia rural para que ela fosse excluída. Nesses círculos (uma região de intercâmbios altivos e movimentações decorosas, ainda que vazias) podia-se encontrar várias pessoas que, como o sr. Hall, nem adoravam seu destino nem o temiam e que deixariam seu posto sem dar um suspiro se fosse necessário. Os Durham sentiam que estavam fazendo um favor a Maurice ao tratá-lo como um deles e sentiam-se aliviados que ele encarasse isso com naturalidade. Na cabeça deles, a gratidão estava misteriosamente conectada à falta de berço.

Maurice só queria saber da comida e do amigo, de forma que não se deu conta do sucesso que fazia. Ao fim da visita, surpreendeu-se que a velha senhora fizesse questão de ter uma conversa com ele. Ela o havia questionado a respeito da família e descobrira sua falta de recursos. Mas, desta vez, sua atitude foi respeitosa: ela queria uma opinião sobre Clive.

— Sr. Hall, gostaríamos da sua ajuda: Clive tem tanta consideração pelo senhor. O senhor acha sensato que ele fique em Cambridge para fazer o quarto ano?

Maurice queria mesmo era estar refletindo sobre qual cavalo iria montar naquela tarde: ele estava apenas parcialmente presente, o que lhe conferiu uma aparência de profundidade.

— Depois do desempenho deplorável que teve nos exames, será que isso é sensato?

— Ele quer muito — disse Maurice.

A sra. Durham assentiu com a cabeça.

— Você chegou à raiz do problema. Clive quer muito. E ele é dono do próprio nariz. Este lugar todo é dele. Ele lhe contou?

— Não.

— Penge é toda dele, pelo testamento do meu marido. Eu me mudarei para a residência da viúva[26] assim que ele se casar...

Maurice teve um sobressalto; ela o fitou e percebeu que havia enrubescido. "Quer dizer que *existe* uma moça", ela pensou. Esquecendo-se desse assunto por um instante, retomou a conversa sobre Cambridge, observando quão pouco o quarto ano de faculdade traria de benefício para um "caipira" — palavra que ela usava com alegria e confiança — e quão desejável era que Clive tomasse logo seu lugar na propriedade rural. Havia a caça, havia os arrendatários e havia, por fim, a política.

— O pai dele era representante deste distrito, como, sem dúvida, o senhor deve saber.

— Não sabia.

— Sobre o que ele conversa com o senhor? — riu-se a mãe. — Seja como for, meu marido foi membro do

---

26 No original, *dower house*, casa para onde a viúva do proprietário das terras se mudava assim que o herdeiro tomava posse do imóvel principal. (N. T.)

Parlamento durante sete anos, e, embora um liberal esteja lá agora, todo mundo sabe que isso não vai durar. Todos os nossos amigos estão à disposição. Mas ele tem que assumir o lugar dele, precisa se aprumar. E de que serve todo esse... como é mesmo o nome... trabalho acadêmico avançado? Ele deveria passar este ano viajando. Tem que ir para a América e, se possível, para as colônias. Isso hoje em dia é indispensável.

— Ele fala em viajar depois de Cambridge. Quer que eu vá junto.

— Estou segura de que o senhor irá. Mas não para a Grécia, sr. Hall. Isso é viagem de lazer. Por favor, o senhor tem que dissuadi-lo de ir para a Itália e para a Grécia.

— Pessoalmente, prefiro a América.

— Claro. Qualquer pessoa com bom senso preferiria; mas ele é um estudante, um sonhador. Pippa diz que ele escreve versos. O senhor já viu algum?

Maurice havia visto um poema escrito para ele próprio. Consciente de que a vida ia se tornando cada dia mais impressionante, não disse nada. Seria ele o mesmo homem que oito meses antes havia ficado confuso ao conhecer Risley? Como foi que sua visão se aguçara? Batalhão após batalhão, os exércitos do mundo ganhavam vida. Uma vida ligeiramente absurda, pois não tinham ideia de quem era *ele*: expunham seus pontos fracos nos momentos em que se achavam mais invencíveis. Só lhe restava sorrir.

— É evidente que o senhor... — E de repente: — Sr. Hall, existe alguém? Alguma garota de Newham? Pippa tem certeza de que existe.

— Pippa devia perguntar-lhe, então — respondeu Maurice.

A sra. Durham estava impressionada. Maurice rebatia uma impertinência com outra. Quem poderia esperar tamanha destreza em um rapaz tão jovem? Ele parecia até mesmo indiferente à sua vitória e sorria para um dos convidados, que havia se aproximado do gramado para o chá. Utilizando um tom de voz reservado apenas para seus iguais, ela disse:

— Tente de alguma forma convencê-lo sobre a América. Ele precisa colocar os pés no chão. Percebi isso no ano passado.

Maurice tentou convencê-lo, como solicitado, enquanto cavalgavam sozinhos pelas clareiras.

— Acho que você foi bem aceito — foi o comentário de Clive. — Como se fosse um deles. Eles nem se dignariam a olhar para Joey.

Clive estava em plena reação contra a família. Detestava-lhes o espírito mundano, combinado com a mais completa ignorância do mundo.

— Essas crianças vão ser um estorvo — comentou enquanto trotavam.

— Que crianças?

— As minhas! Precisamos de um herdeiro para Penge. Minha mãe fica falando em casamento, mas ela só está preocupada é com um herdeiro.

Maurice ficou em silêncio. Até esse momento não lhe havia ocorrido que nem ele nem o amigo deixariam uma prole para a posteridade.

— Isso será uma preocupação eterna para mim. Eles vivem trazendo moças para passar temporadas na casa.

— Mas é só continuar envelhecendo...

— O quê?

— Nada — disse Maurice, puxando as rédeas.

Uma tristeza imensa avolumou-se em sua alma. Ele se achava imune a esses aborrecimentos. Ele e seu amado haveriam de desaparecer completamente. Não haveriam de deixar descendência nem no céu nem na terra. Haviam derrotado as convenções, mas a natureza ainda os encarava, dizendo com uma voz plácida: "Muito bem, vocês são o que são; não culpo nenhuma de minhas criaturas. Mas vocês estão fadados à esterilidade". O simples pensamento de que fosse estéril pesou em Maurice, juntamente com uma culpa repentina. A mãe dele ou a sra. Durham podiam até carecer de intelecto ou coração, mas tinham feito um trabalho visível; mantiveram a chama acesa até ali... e agora os filhos iriam extingui-la.

Maurice não queria preocupar Clive com essas ideias, mas elas escapuliram quando eles se deitaram na moita de samambaias. Clive não se conformava.

— Por que filhos? — perguntava. — Por que essa insistência em filhos? Se o amor que acaba onde começa é tão mais belo, e a natureza sabe disso.

— Sim, mas se todos...

Clive puxou Maurice de volta para o mundo só deles. Murmurou algo sobre a eternidade em um instante: Maurice não compreendeu, mas aquela voz o tranquilizou.

# CAPÍTULO XVIII

Durante os dois anos seguintes, Maurice e Clive foram tão felizes quanto qualquer homem sob o sol poderia ser. Eram afetuosos e constantes por natureza e, graças a Clive, extremamente sensatos. Clive sabia que o êxtase não era duradouro, mas podia abrir um canal para algo durável, e ele tinha planos para uma relação que se provasse eterna. Se Maurice era o responsável pelo amor, então Clive era o responsável por preservá-lo, fazendo com que seus rios irrigassem os jardins. Ele não suportava a ideia de que uma única gota fosse desperdiçada, seja em amargura ou em sentimentalismo, e, à medida que o tempo passava, abstinham-se de declarações ("Já dissemos tudo") e quase totalmente de carícias. Sua alegria consistia em estarem juntos; irradiavam tranquilidade na companhia de outras pessoas e se integravam à sociedade.

Clive havia avançado nessa direção desde que aperfeiçoara a compreensão do grego. O amor que Sócrates dedicara a Fédon[27] estava agora a seu alcance, um amor passional, mas com temperança, desses que apenas as almas refinadas podem compreender, e ele encontrou em Maurice uma natureza que não chegava a ser de fato refinada, mas era de uma disposição encantadora. Ele conduziu o amado por uma senda estreita e bela, muito acima de seus abismos. Um caminho que se estendia até a escuridão final — único terror à vista —, e, quando ao fim esta se abatesse, eles saberiam ter vivido mais plenamente do que todos os santos ou libertinos e teriam extraído ao limite toda a nobreza e a doçura do mundo. Ele havia educado Maurice, ou melhor, seu espírito havia educado o espírito de Maurice, pois ambos tinham se tornado iguais. Nenhum dos dois pensava "Estou sendo guiado ou sou guia?". O amor havia resgatado Clive da trivialidade e Maurice da perplexidade, de forma que duas almas imperfeitas pudessem tocar a perfeição.

Assim, na aparência, continuaram a viver como qualquer outro homem. A sociedade os recebeu, da mesma forma como recebe outros, semelhantes a eles, aos milhares. Às costas da sociedade, a lei tirava uma soneca. Passaram juntos o último ano em Cambridge, viajaram pela Itália. Por fim, a prisão dos compromissos cotidianos os encarcerou. Clive se preparava para exercer a advocacia, e Maurice já assumira o batente num escritório. Ainda estavam juntos.

27 Fédon era um rapaz de linhagem nobre de Elis que, quando essa cidade foi saqueada em 401 a.C., foi capturado e forçado a trabalhar como prostituto. Fédon escapou de sua prisão no bordel para conhecer Sócrates, que acabou convencendo Cebes, Alcibíades ou Críton a resgatar o rapaz para que ele pudesse estudar filosofia. O diálogo *Fédon*, de Platão, foi escrito em 360 a.C. (N. E.)

# CAPÍTULO XIX

À essa altura, as duas famílias já haviam se conhecido. "Elas nunca se darão bem", concordaram. "Pertencem a estratos diferentes da sociedade." Mas, talvez por perversidade, as famílias se deram bem, e Clive e Maurice achavam divertido vê-las juntas. Ambos eram misóginos, sobretudo Clive. Dominados cada qual por seu temperamento, não desenvolveram suficientemente a imaginação para mudar essa visão, e, durante seu relacionamento amoroso, as mulheres transformaram-se em criaturas tão alheias quanto cavalos ou gatos, e tudo o que faziam parecia-lhes tolo. Quando Kitty pediu para segurar o bebê de Pippa, ou quando a sra. Durham e a sra. Hall visitaram juntas a Royal Academy, eles enxergaram nisso um desajuste da natureza, e não apenas a quebra de uma convenção social. Para tanto, deram explicações mirabolantes. Na verdade, não havia nada de estranho ali: era só o olhar deles. A paixão que sentiam um pelo outro era a força mais poderosa em ambas as famílias e arrastava tudo detrás de si, como uma correnteza invisível que leva um barco. A sra. Hall e a sra. Durham aproximaram-se porque os filhos eram amigos: "E agora", dizia a sra. Hall, "somos amigas também".

Maurice estava presente no dia em que a "amizade" delas começou. As matriarcas encontraram-se na casa de Pippa em Londres. Pippa havia se casado com um certo sr. London, uma coincidência que causou grande impressão em Kitty, que ficou preocupada de se lembrar disso no meio do chá e ter um ataque de risos. Ada, considerada muito boba para ser levada a uma primeira visita, foi deixada em casa, por recomendação de Maurice. Nada aconteceu. Depois, Pippa e a mãe foram de carro até o campo, para retribuir a visita. Ele estava na cidade, mas, de novo, nada parece ter acontecido, a não ser o fato de que Pippa elogiou a inteligência de Kitty para Ada e a beleza de Ada para Kitty, ofendendo, assim, as duas meninas, e de que a sra. Hall desaconselhou a sra. Durham a instalar um aquecedor de ar em Penge. Depois, encontraram-se novamente e, tanto quanto Maurice conseguia ver, era sempre assim; nada, nada e nada de novo.

A sra. Durham tinha seus motivos, é claro. Ela estava à procura de noivas para Clive e pusera as meninas Hall em sua lista. Ela tinha uma teoria de que é preciso cruzar as raças um pouquinho, e Ada, embora suburbana, vendia saúde. Sem dúvida, a menina era uma tonta, mas na prática a sra. Durham não estava disposta a se retirar para a residência da viúva, apesar do que pregava em teoria, e acreditava que conseguiria controlar melhor Clive por meio da esposa. Kitty tinha menos qualificações. Era menos tonta, menos bonita e menos rica. Ada herdaria toda a fortuna de seu avô, que era considerável, e já herdara seu bom humor. A sra. Durham havia encontrado o velho sr. Hall uma vez e até gostara dele.

Se ela suspeitasse que os Hall também estavam arquitetando, teria recuado. Elas tinham a mesma indiferença de Maurice que a cativara. A sra. Hall era preguiçosa demais para fazer maquinações, e as meninas, muito inocentes. A sra. Durham escolheu Ada como sua candidata favorita e convidou-a para visitar Penge. Mas Pippa, cuja mente já se havia aberto a um sopro de modernidade, considerou estranha a frieza do irmão.

— Clive, você *vai* se casar? — perguntou de supetão.

— Não. Por favor, avise a mamãe.

Essa resposta a tranquilizou, pois é exatamente isso que diria um homem que pretende se casar.

Ninguém se preocupava com Maurice. Em casa, seu poder estava estabelecido, e a mãe tinha passado a falar dele com o tom de voz que utilizava para o marido. Ele não apenas era o filho homem da casa, como incorporava esse personagem melhor do que se esperava. Ele administrava bem os empregados, sabia como funcionava o carro, simpatizava com algumas ideias e não com outras, proibia que as meninas tivessem certas amizades. Aos vinte e três anos, era um projeto promissor de déspota suburbano, cujo domínio era mais forte por ser razoavelmente justo e brando. Kitty protestava, mas não contava com apoio nem experiência. Ao fim, ela tinha que se desculpar e aceitar um beijinho. Ela não era páreo para aquele jovem bem-humorado e um tanto hostil e perdeu a oportunidade de aproveitar a vantagem que a suspensão de Cambridge havia dado a ela.

Os hábitos de Maurice haviam se tornado regulares. Tomava um café da manhã reforçado e pegava o trem das 8h36 para a cidade. No caminho, lia o *Daily Telegraph*. Trabalhava até uma hora da tarde, comia um almoço leve e tornava a trabalhar até o fim da tarde. De volta em casa, fazia um pouco de exercício e jantava fartamente. De noite, lia a gazeta noturna, dava lições de moral ou jogava bilhar ou bridge.

Mas, toda quarta-feira, pernoitava num pequeno apartamento de Clive, na cidade. Os fins de semana eram também de lei. Em casa, diziam: "Não se deve nunca interferir nas quartas-feiras ou nos fins de semana de Maurice. Ele fica profundamente irritado".

# CAPÍTULO XX

Clive passou com louvor no exame para exercício da advocacia, mas, logo antes de ser convocado, teve uma gripe leve, com febre. Maurice foi visitá-lo durante a recuperação, pegou a doença e também caiu de cama. Dessa forma, viram-se pouco por várias semanas, e, quando se reencontraram, Clive ainda estava pálido e irritadiço. Passou uns dias na casa dos Hall, achou que era preferível à casa de Pippa, esperava que a boa comida e a tranquilidade o restaurassem. Comia pouco e, quando falava, o assunto era a futilidade de todas as coisas.

— Sou advogado porque pretendo ingressar na vida pública — disse Clive, em resposta a uma pergunta de Ada. — Mas por que eu deveria entrar na vida pública? Quem me quer?

— Sua mãe diz que o país quer.

— O país só quer saber de radicais. Mas eu tenho ouvido muita gente, não só a minha mãe, e eles estão fartos de pessoas como nós, das classes ociosas, que damos voltas de carro por aí, atrás de algo para fazer. Todo esse vai e vem solene, de uma mansão para a outra, é uma brincadeira sem graça. Isso só existe na Inglaterra. (Maurice, estou indo para a Grécia.) Ninguém nos quer. As pessoas só querem uma moradia decente.

— Mas a vida pública serve para dar às pessoas uma moradia decente — esganiçou Kitty.

— Serve ou deveria servir?

— Dá na mesma, não?

— O que é e o que deveria ser não são a mesma coisa — replicou a mãe, orgulhosa por apreender a diferença. — Você não deveria estorvar o sr. Clive quando ele fala, e, no entanto, você...

— É um estorvo! — completou Ada, e a gargalhada da família inteira provocou um sobressalto em Clive.

— O que somos é muito diferente do que devemos ser — concluiu a sra. Hall.

— Nem sempre — contradisse Clive.

— Nem sempre, lembre-se bem, Kitty — ecoou a mãe, com uma vaga reprimenda: em outras circunstâncias, Clive se incomodara com ela. Estridente, Kitty reafirmou o que dissera antes. Ada disse qualquer coisa, Maurice, nada. Ele apenas comia, placidamente, acostumado demais a esse tipo de conversa durante as refeições para reparar que seu amigo estava incomodado. Entre um prato e outro, contou uma anedota. Todos se calaram para ouvi-lo. Falou devagar, como um tolo, sem dar atenção às palavras e sem se dar ao trabalho de ser interessante. De repente, Clive o interrompeu para dizer: "Acho que vou desmaiar", e caiu da cadeira.

— Kitty, traga uma almofada! Ada, água de colônia! — ordenou-lhes o irmão. Maurice afrouxou o colarinho de Clive. — Mãe, abane; não; abane!

— Que ridículo — murmurou Clive.

Enquanto ele falava, Maurice o beijou.

— Já estou bem.

As meninas e uma empregada entraram correndo.

— Já consigo andar — disse, enquanto a cor retornava ao seu rosto.

— De jeito nenhum — exclamou a sra. Hall. — Maurice vai carregá-lo. Sr. Durham, ponha os braços em torno de Maurice.

— Vamos lá, meu velho. O médico: alguém telefone. — Ergueu o amigo, que de tão fraco começou a chorar.

— Maurice, sou um tolo.

— Pois seja um tolo — respondeu Maurice, enquanto o carregava para o andar de cima, depois o despiu e o colocou na cama. A sra. Hall bateu na porta, e, ao sair, Maurice disse-lhe rapidamente: — Mãe, não precisa dizer aos outros que beijei Durham.

— Claro que não.

— Ele não iria gostar. Eu estava muito nervoso e fiz isso sem pensar. Como você sabe, somos amigos íntimos, é quase como se fôssemos parentes.

Não precisou dizer mais nada. Ela gostava de ter segredinhos com o filho; fazia com que se lembrasse do tempo em que havia sido tão importante para ele. Ada se juntou a eles com uma garrafa de água quente, que ele levou para dentro do quarto do paciente.

— O médico vai me ver assim — soluçou Clive.

— Espero que sim.

— Por quê?

Maurice acendeu um cigarro e sentou-se na beira da cama.

— Queremos que o médico veja você em seu pior estado. Como é que Pippa deixou você viajar?

— Já era para eu estar bem.

— Que vá pro inferno.

— Podemos entrar? — pediu Ada, do outro lado da porta.

— Não. Mande o médico sozinho.

— Ele chegou — gritou Kitty de longe.

Um homem, apenas um pouco mais velho do que os dois, foi anunciado.

— Olá, Jowitt — disse Maurice, erguendo-se. — Faça o favor de curar este rapaz aqui. Ele teve uma gripe e já devia estar bem a esta altura. Resultado: desmaiou e agora não consegue parar de chorar.

— Sabemos tudo a esse respeito — observou o sr. Jowitt, e enfiou um termômetro na boca de Clive. — Muito trabalho?

— Muito. E agora quer ir para a Grécia.

— E poderá ir. Dê-nos licença agora. Conversamos lá embaixo.

Maurice obedeceu, convencido de que o estado de Clive era grave. Jowitt desceu depois de dez minutos e disse à sra. Hall que não era nada sério, apenas uma simples recaída. Deixou receitas e disse que enviaria uma enfermeira. Maurice o seguiu até o jardim e, tocando-o no braço, disse:

— Agora me diga, doutor, qual o estado dele? Isto não é uma recaída. É algo mais grave. Por favor, me diga a verdade.

— *Ele* está bem — disse o médico; um tanto ofendido, pois se orgulhava de dizer sempre a verdade. — Achei que você havia entendido. O ataque histérico passou, e daqui a pouco vai dormir. Nada além de uma recaída. Desta vez, ele vai ter que se cuidar melhor, só isso.

— E por quanto tempo essas simples recaídas, como você diz, podem persistir? A qualquer momento ele pode voltar a sentir essas dores terríveis?

— Ele está sentindo apenas um ligeiro desconforto. Acha que foi por causa da friagem que tomou no trem.

— Jowitt, honestamente, um homem adulto não chora a menos que esteja muito abalado.

— Isso foi por causa da fraqueza.

— Vá lá, chame como quiser — disse Maurice, soltando o braço do médico. — Além do mais, não o quero reter.

— De jeito nenhum, meu caro jovem, estou aqui para atender qualquer emergência.

— Me diga uma coisa. Se o estado dele é tão leve, por que você está enviando uma enfermeira?

— Para entretê-lo. Pelo que entendi, ele pode arcar com esse conforto.

— E nós não podemos entretê-lo?

— Não, por causa do contágio. Você estava lá quando eu disse à sua mãe que ninguém deve entrar no quarto.

— Achei que você se referia às minhas irmãs.

— Você também. E ainda mais porque já pegou essa gripe dele uma vez.

— Não precisamos de enfermeira.

— A sra. Hall já ligou para o instituto.

— Por que tudo é feito com tanta pressa nesta casa? — disse Maurice, erguendo a voz. — Eu mesmo cuidarei dele.

— Em breve, você estará empurrando o carrinho do bebê.

— Como é que disse?

E Jowitt foi-se, dando risada.

Com um tom de voz que não admitia argumentação, Maurice comunicou à mãe que ele dormiria no quarto do paciente. Não precisava colocar mais uma cama, para não acordar Clive. Maurice dormiria no chão, com a cabeça apoiada num escabelo, e passaria a noite lendo à luz de velas. Não demorou muito para que Clive se contorcesse na cama, gemendo: "Ai, maldição! Ai, maldição!".

— Precisa de algo? — perguntou Maurice.

— Estou com um nó nas entranhas.

Maurice o ergueu da cama e colocou sentado no penico. Depois que Clive se aliviou, Maurice o colocou de volta na cama.

— Eu consigo andar. Você não devia fazer esse tipo de coisa.

— Você faria o mesmo por mim.

Levou o penico para baixo e o limpou. Agora que Clive estava humilhado e fraco, amava-o mais do que nunca.

— Você não devia... — repetiu Clive, quando retornou. — É muita imundície.

— Eu não ligo — disse Maurice, deitando-se de novo. — Volte a dormir.

— O médico disse que ia me mandar uma enfermeira.

— Para que você quer uma enfermeira? É só um pouco de diarreia. Pelo que sei, pode durar a noite toda. Honestamente, eu não ligo. E não digo isso para agradar você. Não ligo mesmo.

— Eu não consigo... Seu trabalho...

— Olha, Clive... Você prefere uma enfermeira profissional ou a mim? Esta noite vem uma, mas deixei avisado que é para a dispensarem, pois prefiro faltar ao trabalho amanhã para cuidar de você, e achei que você também preferiria.

Clive ficou em silêncio por tanto tempo que Maurice achou que ele tivesse dormido. Por fim, suspirou:

— Acho que prefiro a enfermeira.

— Está bem. Ela vai deixar você mais à vontade do que eu. Talvez você tenha razão.

Clive não respondeu.

Ada havia se voluntariado para ficar de vigília no aposento de baixo, e, conforme o combinado, Maurice bateu no chão três vezes. Enquanto esperava por ela, analisou o rosto de Clive, besuntado de suor. A conversa com o médico não tinha adiantado nada. Continuava achando que o amigo estava agonizante. Desejava abraçá-lo, mas lembrou-se do que havia desencadeado a histeria, e, além do mais, Clive era contido, a ponto de ser quase maçante. Como Ada não subisse, Maurice desceu e descobriu que ela havia pegado no sono. Deitada numa grande poltrona de couro, ela exalava saúde, com as mãos caídas, uma de cada lado, e os pés estendidos. Seu colo subia e descia, o cabelo denso e negro emoldurava-lhe o rosto e, entre os lábios, Maurice avistou os dentes e uma língua escarlate.

— Acorde! — gritou, irritado.

Ada despertou.

— Como você espera ouvir chamarem à porta quando a enfermeira chegar?

— Como está o pobre sr. Durham?

— Muito doente; em perigo!

— Oh, Maurice! Maurice!

— A enfermeira vai ficar. Eu chamei, mas você não vinha nunca. Agora, vá para a cama, pois você mal consegue me ajudar.

— Mamãe pediu para eu ficar acordada, pois a enfermeira não pode ser recebida por um homem. Não é de bom-tom.

— Não sei de onde vocês tiram tempo para pensar em tanta bobagem — disse Maurice.

— Precisamos zelar pelo bom nome da casa.

Maurice ficou em silêncio, depois riu de um jeito que as meninas detestavam. No fundo do coração, elas o detestavam por completo, mas tinham a mente muito atrapalhada para ter consciência disso. A risada dele era o único traço que elas admitiam detestar.

— Enfermeiras não são decentes. Nenhuma moça decente viraria uma enfermeira. Quem vira enfermeira, pode ter certeza, é porque não veio de um bom lar. Se viesse, não seria enfermeira, teria ficado em casa. Ada, quanto tempo você fez de escola? — perguntou o irmão, enquanto se servia de um drinque.

— Para mim, ir à escola é o mesmo que ficar em casa.

Maurice largou o copo, com um estrondo, e a deixou. Os olhos de Clive estavam abertos, mas ele não disse nada, nem pareceu se dar conta de que Maurice tinha voltado, nem se empolgou com a chegada da enfermeira.

# CAPÍTULO XXI

Em poucos dias ficou claro que nada de sério havia se passado com o visitante. O surto, apesar do início dramático, havia sido menos grave do que seu antecessor, e logo Clive pôde ser removido para Penge. Sua aparência e seu ânimo ainda eram de dar dó, mas isso é o que se espera depois de uma gripe, e ninguém, exceto Maurice, estava minimamente preocupado.

Era raro Maurice pensar em doenças ou na morte, mas quando o fazia era com profunda reprovação. Não seria permitido que elas atrapalhassem nem a sua vida nem a de seu amigo, e ele investiu toda a sua saúde e juventude no restabelecimento de Clive. Estava ao lado dele o tempo todo e aparecia sem ser convidado em Penge, para passar fins de semana ou feriados, tentando animar Clive com seu exemplo pessoal e não com conselhos. Clive não reagia. Ele até que se animava na companhia de outras pessoas, e até fingia interesse quando o assunto era alguma disputa legal de terras da família Durham contra o poder público britânico, mas, quando ficavam a sós, voltava a ficar amuado, não falava, ou falava num tom meio sério, meio brincalhão, que apenas dava mostras de sua exaustão mental. Estava determinado a ir para a Grécia. Esse era o único ponto do qual não arredava pé. Iria certamente para a Grécia, tinha que ser no mês de setembro, e iria sozinho. "Essa viagem tem que acontecer", ele dizia. "É uma promessa. Todo bárbaro deve se dar a chance de ir à Acrópole pelo menos uma vez."

Maurice não tinha o menor interesse na Grécia. Seu fascínio pelos clássicos havia sido passageiro e obsceno e chegara ao fim quando se apaixonou por Clive. As histórias de Harmódio e Aristógito,[28] de Fedro[29] e do Batalhão de Tebas[30] podem ter até algum apelo para aqueles que trazem o coração vazio, mas não são páreo para a vida real. Maurice ficava perturbado pelo fato de que Clive, às vezes, lhes desse preferência. Na Itália, que ele tolerava, apesar da comida e dos afrescos, recusara-se a atravessar para terras ainda mais sagradas, além do Adriático. "Parece que as coisas lá já não têm conserto", foi seu argumento. "Um monte de pedras velhas e já sem pintura. Pelo menos aqui...", e apontou para a biblioteca da Catedral de Siena, "você pode dizer o que quiser, mas tudo funciona perfeitamente." Clive achava isso divertido e saltava por

---

28 Harmódio e Aristógito foram amantes e revolucionários atenienses que, em 514 a.C., assassinaram Hiparco, irmão do tirano Hípias. São lembrados como os Tiranicidas e símbolos da resistência contra a tirania em Atenas. (N. E.)

29 Fedro foi um aristocrata e intelectual ateniense do século V a.C., conhecido por sua participação nos diálogos de Platão, especialmente no *Banquete* e no diálogo que leva seu nome. Entre outras coisas, Fedro reflete sobre o valor do amor e da amizade entre homens. (N. T.)

30 O Batalhão de Tebas ou Banda Sagrada de Tebas foi uma tropa de elite do exército tebano, composta por 150 casais de homens, criada no século IV a.C. (N. E.)

sobre os azulejos encomendados por Piccolomini,[31] e o zelador também achava graça, em vez de adverti-los. A Itália havia sido uma alegria, pelo menos quanto ao que se espera de uma viagem de turismo, mas nos últimos dias o assunto da Grécia havia despontado novamente. Maurice detestava a simples menção da palavra e por uma curiosa inversão conectava-a com morbidez e morte. Sempre que ele queria combinar alguma coisa, ou jogar tênis ou bater papo, o assunto da Grécia surgia. Clive percebeu sua antipatia e deu de fazer provocações, de forma nem um pouco amável.

Pois Clive não era amável: para Maurice, esse era o pior dos seus sintomas. Ele fazia comentários ligeiramente maldosos e usava a intimidade entre eles para magoá-lo. Mas era em vão, ou seja, seu conhecimento era parcial, ou ele saberia que é impossível demover um amor atlético. Se às vezes parecia que Maurice reagia aos seus golpes, era apenas porque isso lhe parecia mais humano: ele sempre desconfiara do mandamento cristão de oferecer a outra face. Por dentro, nada o demovia. O desejo de preservar a união era forte demais para admitir o ressentimento. E, de quando em quando, com bastante alegria, ele puxava uma conversa paralela, mencionando Clive aqui e ali, como forma de reconhecer sua presença, mas desviando o assunto em direção a temas leves, na esperança de que o amado o seguisse.

A última conversa que tiveram seguiu por esse rumo. Foi na noite anterior à partida de Clive, e ele levou toda a família Hall para jantar no Savoy, como forma de retribuir a gentileza que tiveram com ele, e os espremeu na mesa com outros amigos.

---

31 Embora se refira à Biblioteca Piccolomini, anexa à Catedral de Siena, onde Maurice considera que "tudo funciona perfeitamente", Clive provavelmente está pulando nos ladrilhos de mármore do piso da própria catedral.(N. E.)

— *Desta vez* saberemos qual terá sido o motivo de um desmaio — disse Ada, apontando para o champanhe.

— À sua saúde! — ele respondeu. — E à saúde de todas as damas. Venha, Maurice!

Clive gostava de ser ligeiramente antiquado. Vários brindes foram feitos, e só Maurice percebeu uma amargura subjacente.

Depois do banquete, ele perguntou a Maurice:

— Você vai dormir na sua casa?

— Não.

— Achei que você ia querer acompanhar sua família.

— Imagine, sr. Durham — interveio a mãe. — Não há nada que eu possa fazer ou dizer que o faça perder uma quarta-feira. Maurice é um solteirão de hábitos arraigados.

— Meu apartamento está de pernas para o ar com a bagagem — observou Clive. — Eu parto no trem matinal e vou direto para Marselha.

Maurice ignorou a indireta e foi para lá mesmo assim. Bocejaram na cara um do outro enquanto o elevador descia para buscá-los, subiram rapidamente, mais um andar de escada, e desceram por um corredor que fazia lembrar a entrada dos aposentos de Risley no Trinity College. O apartamento, pequeno, sombrio e silencioso, ficava ao fundo. Estava uma bagunça, como Clive bem avisara, mas a camareira havia deixado arrumada a cama de Maurice, como de costume, e havia preparado drinques.

— Mais uma vez — ressaltou Clive.

Maurice gostava de álcool e tinha boa resistência.

— Vou me deitar. Já vi que você encontrou o que queria.

— Cuide-se. Não exagere nas ruínas. Por falar nisso — e tirou um frasco do bolso. — Sabia que você ia se esquecer: Chlorodyne.[32]

— Chlorodyne! Sua contribuição!

Assentiu com a cabeça.

— Chlorodyne para a Grécia... Ada me contou que você achou que eu ia morrer. Por que raios você se preocupa tanto com a minha saúde? Não tenha medo. Eu nunca terei uma experiência tão límpida e certeira como a morte.

— Sei que uma hora vou morrer e não quero, nem quero que você morra. Se qualquer um de nós se for, nada de nós restará. Não sei se você chama isso de límpido e certeiro.

— Chamo, sim.

— Então, prefiro ser sujo — disse Maurice depois de uma pausa. Clive sentiu um calafrio. — Você não prefere?

— Você está ficando igual a todo mundo. Daqui a pouco, vai ter uma teoria. Ninguém mais consegue apenas seguir adiante, em silêncio. É preciso estar sempre inventando fórmulas, embora elas sempre se desintegrem. "Sujo a todo custo" será o seu lema. Na minha opinião, há casos em que a gente se suja demais. Uma sujeira que só o rio Lete[33] pode lavar, se é que esse rio existe. Mas e se não

---

32 Clorodyne foi um medicamento popular na Inglaterra do século XIX, inventado por John Collis Browne (1819-1884), médico do Exército britânico. Originalmente, o tônico tinha o propósito de tratar a cólera, mas com o tempo passou a ser divulgado como um tratamento também para diarreia, insônia, nevralgia e enxaqueca, entre outras doenças. Sua fórmula continha láudano (solução alcoólica de ópio), tintura de cannabis e clorofórmio. Diversos casos de intoxicação e morte por uso desse remédio foram registrados. (N. T.)

33 Na mitologia grega, Lete é um dos rios do Hades. Ao adentrar o reino dos mortos, aqueles que bebem de suas águas experimentam o esquecimento completo. (N. E.)

existir? Os gregos não desenvolveram muito essa ideia, embora quem sabe já tenha sido o suficiente. Pode ser que não exista o tal esquecimento pós-túmulo. Que toda esta parafernália, quem sabe, siga adiante. Em outras palavras, pode ser que depois da morte haja o inferno.

— Oh, que asneira!

Normalmente, Clive se divertia com as reflexões metafísicas de Maurice. Mas, desta vez, prosseguiu.

— O esquecimento completo, até da felicidade. A felicidade! Uma titilação ligeira que nos é provocada por alguém ou por algo, nada além. Melhor seria se nunca tivéssemos sido amantes. Pois assim, Maurice, você e eu poderíamos dormir tranquilos, descansar em paz, com os reis e os ministros da terra que construíram suas moradias em lugares desolados...[34]

— De que raios você está falando?

— Ou qual aborto ocultado, não existiríamos... como crianças que não viram a luz. Mas, como se sabe... Não me olhe com essa cara tão séria.

— Então pare de bancar o engraçadinho — disse Maurice. — Nunca achei grande coisa dos seus discursos.

— Palavras encerram pensamentos. Essa é a teoria?

— Elas fazem muito barulho. E eu também não ligo para os seus pensamentos.

— Em mim, você liga para o quê, então?

Maurice sorriu. Toda vez que essa pergunta surgia, ele ficava feliz e se recusava a responder.

— Minha beleza? — perguntou Clive com cinismo. — Para estes encantos já um pouco murchos? Meu cabelo está caindo. Está ciente disso?

---

34 Clive cita o Livro de Jó 3,13-14; 3,16: "Agora dormiria tranquilo, descansaria em paz, com os reis e os ministros da terra que construíram suas moradias em lugares desolados; [...] Que eu fosse como um aborto escondido, que não existisse agora, como crianças que não viram a luz". (N. E.)

— Aos trinta, você estará calvo como um ovo.

— Como um ovo choco. Talvez você me queira pelo meu intelecto. Durante e após a minha doença, devo ter sido uma companhia deliciosa.

Maurice o olhou com ternura. Estudou-o, como nos primeiros dias em que se conheceram. Naquele tempo, tinha sido para descobrir como ele era; agora, queria saber o que havia de errado com ele. E algo estava errado. As doenças, ainda em torvelinho, atordoavam--lhe o cérebro, tornando-o soturno e perverso, mas Maurice não se abalava: esperava ser bem-sucedido onde o médico havia falhado. Estava ciente de sua própria força. De uma hora para a outra, poderia curar o amigo, simplesmente emanando o seu amor, mas, antes, era preciso investigar.

— Espero de verdade que você goste de mim pelo meu intelecto, em toda a sua debilidade. Você sempre soube que eu era inferior. Sua consideração é maravilhosa. Você sempre me dá corda e nunca me esnoba, diferentemente do que fez com a sua família no jantar. — Era como se quisesse provocar uma briga. — De tempos em tempos, você me dá um puxão de orelha — e beliscou o outro, como se estivesse brincando. Maurice deu um pulo. — O que foi agora? Está cansado?

— Vou me deitar.

— Ou seja, você está cansado. Por que não responde à minha pergunta? E eu nem perguntei se estava cansado "de mim", embora eu devesse.

— Você agendou o táxi para o trem das nove?

— Não. Nem comprei a passagem. Quem sabe eu nem vá mais para a Grécia. Quem sabe lá esteja tão insuportável quanto a Inglaterra.

— Boa noite, meu velho.

Maurice se retirou para o quarto, profundamente preocupado. Por que alguém atestaria que Clive estava apto a viajar? O próprio Clive sabia que não estava. Ele, tão metódico em geral, havia adiado a compra da passagem até o último instante. Ainda havia a possibilidade de que Clive não fosse, mas expressar essa esperança seria como destruí-la. Maurice se despiu e, ao ver o próprio vulto no espelho, pensou: "É uma glória eu estar em forma". Viu um corpo bem treinado e operante, com um rosto que já não estava em descompasso. A virilidade os havia harmonizado com um sombreado de pelos escuros. Depois de vestir o pijama, entrou debaixo das cobertas, preocupado, mas com uma felicidade profunda, por se sentir forte o bastante para viver pelos dois. Clive o havia ajudado. Clive o ajudaria novamente quando o pêndulo voltasse, e enquanto isso cabia a ele ajudar Clive, e por toda a vida eles se alternariam assim: enquanto pegava no sono, teve mais essa visão do amor, que não estava longe do amor definitivo.

Ouviu-se uma pancada na parede que dividia os quartos.

— O que foi? — ele chamou; e então: — Entre! — pois Clive já estava em sua porta.

— Posso me deitar com você?

— Deite-se — respondeu Maurice, abrindo espaço.

— Estou com frio e infeliz. Não consigo dormir. Não sei por quê.

Maurice não teve dúvidas do que se tratava. Ele sabia, e já havia dado sua opinião a esse respeito. Deitaram-se lado a lado sem se tocar. De repente, Clive disse:

— Aqui não está melhor. Vou pra minha cama.

Maurice não achou ruim, pois também não estava conseguindo dormir, embora por uma razão diferente, e tinha medo de que Clive ouvisse seu coração batendo forte e adivinhasse do que se tratava.

# CAPÍTULO XXII

Clive sentou-se no Teatro de Dionísio.[35] O palco estava vazio, como estivera havia muitos séculos, o auditório também vazio; o sol já se havia posto, ainda que a Acrópole, ao fundo, continuasse irradiando calor. Viu planícies áridas que se estendiam até o mar, Salamina, Egina,[36] montanhas, tudo se mesclava em um cntardecer violeta. Esses eram os domínios de seus deuses. Palas Atena[37] em primeiro lugar: dava para imaginar seu santuário intocado e sua estátua a receber os últimos raios de sol. Ela compreendia todos os homens, embora não tivesse mãe e fosse virgem. Havia anos que Clive vinha ali agradecer por a deusa tê-lo içado do pântano.

---

35 O Teatro de Dionísio situa-se na encosta sul da Acrópole de Atenas. (N. E.)

36 Ilhas gregas localizadas na costa de Atenas. Salamiss (antigamente Salamis; hoje em dia Salamina) foi o local de nascimento de Eurípides, enquanto Egina foi a primeira cidade grega a cunhar moedas. (N. E.)

37 A deusa grega da sabedoria; chamada Minerva pelos romanos. (N. E.)

Mas viu apenas campos sem vida sob uma luz que morria. Não murmurou prece alguma, pois não acreditava em nenhuma deidade e sabia que o passado era destituído de significado, como o presente, e um refúgio para os covardes.

Pelo menos, havia enfim escrito para Maurice. Sua carta seguia em direção ao litoral. Onde a aridez encontra o mar, embarcaria em sua viagem para além de Sunião e Citera,[38] seguiria por terra, por mar e por terra outra vez. Maurice a receberia ao chegar ao trabalho: "Contra minha própria vontade, tornei-me normal. Não pude evitar". As palavras agora estavam escritas.

Clive desceu o teatro pesaroso. Mas quem é que podia evitar qualquer coisa? Não apenas no sexo, mas em qualquer circunstância, os seres humanos movem-se cegamente, evoluíram a partir da lama e para ela haverão de voltar, dissolvidos, quando este acidente, com todas as suas consequências, chegar ao fim. μη φῦναι τὸν ἅπαντα νικᾷ λόγον,[39] declamaram atores entre suspiros, dois mil anos atrás, neste mesmo lugar. E até essa observação, mais desprovida de vaidade do que muitas, ainda assim era vã.

---

38 Sunião é um cabo no sul da Ática no qual localiza-se um templo de Poseidon. Citera é a mais meridional das ilhas Jônicas. Forster parece estar fazendo alusão à pintura de Watteau de 1717, *O embarque para Citera*. (N. E.)

39 Verso declamado pelo coro na peça *Édipo em Colono*, de Sófocles: "Não ser nascido prevalece a todo argumento". (ZANIRATTO, Cristiane Patrícia. *Tradução, comentário e notas de* Édipo em Colono *de Sófocles*. Campinas: IEL-Unicamp, 2003). No contexto da peça, o autor pondera que, para o ser humano, o melhor é não nascer, mas, uma vez nascido, mais vale morrer o quanto antes. (N. T.)

# CAPÍTULO XXIII

Caro Clive,

Por favor, retorne ao receber esta carta. Verifiquei suas conexões, e você pode chegar à Inglaterra na terça da semana que vem, se partir imediatamente. Sua carta deixou-me muito preocupado com relação ao seu estado, pois ela demonstra quão doente você se encontra. Esperei notícias suas por duas semanas, e agora recebo duas linhas dizendo-me, aparentemente, que você não pode mais amar pessoas do mesmo sexo. Veremos se isso é mesmo verdade quando você chegar!

Visitei Pippa ontem. Ela estava assoberbada pela questão do processo e acha que sua mãe errou ao fechar a estrada. Sua mãe comunicou à aldeia que a passagem não estará fechada para eles. Fui para tentar obter notícias suas, mas Pippa também não sabia de nada. Você vai achar graça em saber que ultimamente tenho me dedicado um pouco a estudar música clássica, e ao golfe também. No escritório da Hill & Hall estou me saindo tão bem quanto se pode esperar. Minha mãe foi para Birmingham depois de uma semana de idas e vindas. Agora você sabe de todas as notícias. Mande um telegrama ao receber esta mensagem e outro quando chegar a Dover.

Maurice.

Clive recebeu a carta e sacudiu a cabeça. Estava indo visitar o monte Pentélico com pessoas que conhecera no hotel. Ao chegar no alto, rasgou-a em pedaços. Havia deixado de amar Maurice e teria de dizê-lo com todas as letras.

# CAPÍTULO XXIV

Clive permaneceu uma semana a mais em Atenas, por medo de que pudesse estar errado. A mudança havia sido tão chocante que ele às vezes tinha medo de que Maurice pudesse estar certo e de que talvez este fosse o último estágio de sua doença. Sentia-se humilhado, pois, como ele próprio costumava dizer, desde os quinze anos conseguia compreender sua alma. Mas o corpo é mais profundo que a alma, e seus segredos são inescrutáveis. Não houve aviso, apenas uma alteração cega do espírito vital, apenas um anúncio: "Você, que ama homens, de agora em diante amará mulheres. Compreenda você ou não, dá no mesmo". Depois disso, ele teve um colapso. Ele tentou cobrir a mudança com as vestes da razão e compreendê-la, para sentir-se menos humilhado: mas ela tinha a natureza da morte ou do nascimento, e ele falhou.

A mudança se manifestou durante a doença, possivelmente por meio dela. Durante o primeiro episódio, quando foi alijado da vida cotidiana e ficou febril, ela se aproveitou de uma oportunidade que teria surgido uma hora ou outra. Clive notou que sua enfermeira era encantadora e achou graça em obedecê-la. Quando saía para dar voltas de carro, seu olhar repousava em mulheres. Pequenos detalhes, um chapéu, a maneira de segurar uma saia, um perfume, uma risada, o jeito delicado de andar pela lama... tudo isso formava um todo encantador, e ficou satisfeito ao notar que as mulheres geralmente retribuíam seu olhar com o mesmo prazer. Os homens nunca retribuíram. Eles não supunham que Clive os admirasse e reagiam com indiferença ou perplexidade. Mas as mulheres não tratavam a admiração com espanto. Às vezes se ofendiam, ou agiam com recato, mas sempre o compreendiam e o acolhiam em um mundo de intercâmbios prazerosos. Durante todo o passeio, Clive esteve radiante. Como era feliz a vida das pessoas normais! Que limitada havia sido sua vida nos últimos vinte e quatro anos! Conversou com a enfermeira e sentiu que ela poderia ser dele para sempre. Reparou nas estátuas, nos anúncios, nos jornais. Ao passar por um cinema, entrou. Artisticamente, o filme era insuportável, mas os homens que o haviam feito, os homens e as mulheres que assistiam a ele, eles sabiam, e ele era um deles.

De forma alguma essa animação poderia durar. Ele parecia uma pessoa cujos ouvidos tivessem sido lavados com uma seringa; nas primeiras horas, captava sons muito além do normal, que em seguida desapareciam à medida que a audição se ajustava de volta às capacidades humanas. Clive não havia ganhado um novo sentido, apenas reconfigurado um antigo, e a vida não continuaria a parecer um feriado por muito mais tempo. Logo de cara, foi triste, pois Maurice o estava aguardando na estação, e isso resultou num ataque: como se ele fosse atingido por uma pancada por trás do cérebro. Murmurou que estava cansado demais para conversar e escapuliu. Maurice ficou doente, e isso funcionou como uma trégua estendida, durante a qual Clive se convenceu de que a relação entre os dois não havia mudado e ele poderia olhar para mulheres sem que isso fosse uma traição. Escreveu afetuosamente e aceitou o convite para passar uns dias de repouso, sem hesitações.

Disse que havia pegado um resfriado no trem; mas em seu coração acreditava que a causa da recaída era espiritual: estar com Maurice ou qualquer pessoa relacionada a ele havia, de uma hora para outra, se tornado asqueroso. O calor durante o jantar. O vozerio na casa dos Hall! As gargalhadas! As anedotas de Maurice! Tudo isso misturado com a comida — havia sido a comida. Incapaz de distinguir matéria e espírito, desmaiou.

Mas, quando abriu os olhos, deparou com a constatação de que o amor havia morrido e, por isso, chorou quando o amigo o beijou. A cada gesto de bondade, seu sofrimento crescia mais, até que pediu à enfermeira que proibisse a entrada do sr. Hall no quarto. Depois que se recuperou, foi voando para Penge. Lá, amou Maurice como nunca, até que ele apareceu. Clive percebia a devoção, até mesmo o heroísmo, mas o amigo o aborrecia. Não via a hora de que ele voltasse para a cidade, e chegou a dizê-lo, de tão incomodado que estava. Maurice sacudiu a cabeça e ficou.

Clive não abriu mão do espírito vital sem antes lutar. Acreditava no intelecto e tentou se convencer a recobrar o antigo estado. Primeiro, desviou o olhar das mulheres e, quando isso falhou, passou a adotar expedientes infantis e violentos. O primeiro havia sido a visita à Grécia, o outro... não podia recordá-lo sem repulsa. Isso só seria possível quando toda a emoção tivesse se esvaído. Lamentava isso tudo profundamente, pois Maurice agora provocava-lhe uma aversão física que fazia o futuro ficar mais difícil, e ele gostaria de continuar amigo de seu ex-amante e dar-lhe apoio para enfrentar a catástrofe que se avizinhava. Tudo era tão complicado... Quando o amor acaba, ele já não é lembrado como amor, mas como outra coisa. Bem-aventurados os iletrados, que esquecem completamente os amores passados, sem jamais terem consciência da tolice ou da lascívia de incontáveis palavras lançadas ao vento.

# CAPÍTULO XXV

Clive não enviou um telegrama nem partiu imediatamente. Embora desejasse ser amável e estivesse se preparando para pensar em Maurice de forma razoável, recusava-se a obedecer a ordens, como no passado. Retornou à Inglaterra no momento que julgou mais conveniente. Mandou um telegrama para o escritório de Maurice quando chegou a Folkestone e esperava ser recebido em Charing Cross, mas não foi. Tomou então um trem nos subúrbios para se explicar o quanto antes. Sua postura era afetuosa e tranquila.

Era uma noite de outubro; as folhas secas, o orvalho e o uivo da coruja enchiam-no de uma deliciosa melancolia. A Grécia havia sido luminosa, mas fúnebre. Apreciava os ares do norte, que pregam não o evangelho da verdade, mas o do compromisso. Ele e o amigo haveriam de chegar a um acordo que incluísse mulheres. Mais tristes e envelhecidos, mas sem uma crise, eles adentrariam uma relação, como a tarde adentra a noite. E ele também gostava da noite. Ela trazia graciosidade e descanso. A escuridão não era completa. Bem quando ia se perder na saída da estação, viu uma luz de rua e depois daquela, uma outra. As correntes seguiam em todas as direções, e uma delas o levou ao seu destino.

Kitty ouviu sua voz e veio da sala de visitas para recebê-lo. Kitty sempre fora a pessoa de quem ele menos gostava naquela família. Ela não era uma mulher de verdade, como ele mesmo dizia. E foi ela quem deu a notícia de que Maurice estava fora aquela noite, a trabalho.

— Mamãe e Ada estão na igreja — completou. — Tiveram que ir a pé, pois Maurice levou o carro.

— Para onde ele foi?

— Não me pergunte. Ele deixa o endereço com os empregados. Sabemos ainda menos da vida de Maurice hoje em dia do que quando você esteve aqui da última vez, se é que isso é possível. Ele virou uma pessoa cheia de mistérios.

Kitty serviu-lhe chá, cantarolando baixinho.

Seu jeito despropositado e desprovido de charme acabou por produzir uma impressão não desfavorável do irmão. Continuou a reclamar dele da mesma maneira submissa que herdara da sra. Hall.

— São só cinco minutos até a igreja — lembrou Clive.

— Sim, elas estariam aqui para recebê-lo, se Maurice tivesse nos avisado. Mas ele mantém tudo em segredo e ainda faz troça de nós, as meninas.

— Fui eu quem não o avisou.

— Como estava a Grécia?

Ele contou. Ela reagiu com o mesmo desinteresse que o irmão demonstraria e sem o dom que ele tinha para escutar além das palavras. Clive se lembrou das longas conversas que tinha com Maurice e como lhe davam uma sensação de extrema intimidade. Havia muito a ser salvo do naufrágio daquela paixão. Maurice era magnânimo e haveria de ser sensato tão logo compreendesse.

Kitty prosseguiu, fazendo um esboço dos próprios interesses, de uma forma ligeiramente mais interessante. Ela havia pedido para estudar num instituto, para aprender economia doméstica, e a mãe havia autorizado, mas Maurice bateu o pé ao saber que iria custar três guinéus por semana. Os problemas de Kitty eram em sua maioria de ordem financeira. Ela queria uma mesada. Ada recebia uma. Ada, como herdeira presumível, tinha que "aprender o valor do dinheiro; já eu, pelo jeito, não preciso aprender nada". Clive decidiu que pediria ao amigo para tratar melhor a menina; uma vez havia interferido, e Maurice, do alto de seus encantos, fizera com que Clive acreditasse que podia dizer qualquer coisa.

Uma voz grave os interrompeu; as devotas haviam voltado. Ada entrou. Vestia um suéter, uma boina escocesa com pompom e uma saia cinza; o orvalho outonal havia deixado um brilho delicado em seus cabelos. As bochechas rosadas, os olhos brilhantes, Ada cumprimentou-o com um prazer visível, e, embora suas interjeições fossem as mesmas de Kitty, o efeito era bem diferente.

— Por que não nos avisou? — exclamou. — Teríamos preparado um verdadeiro jantar inglês. Agora não tem nada para comer além de torta.

Clive explicou que precisaria voltar para a cidade em poucos minutos, mas a sra. Hall insistiu para que ele pernoitasse. Ele ficou contente com o convite. A casa agora se enchia de lembranças caras, em especial quando Ada falava. Esquecera-se de quão diferente de Kitty ela era.

— Achei que você fosse Maurice — disse Clive a Ada. — As vozes de vocês são maravilhosamente parecidas.

— É porque estou gripada — falou ela, entre risos.

— Não, suas vozes são parecidas — disse a sra. Hall. — Ada tem a voz de Maurice, o nariz, e por causa disso a boca também, e o bom humor e a boa saúde. Três coisas, sempre penso nelas. Já Kitty tem a mesma inteligência.

Todos riram. Era evidente que as três mulheres gostavam uma da outra. Clive enxergou relações que não teria imaginado, pois estavam sendo expansivas longe do homem da casa. Plantas vivem ao sol, mas há algumas poucas que florescem ao anoitecer, e as mulheres da família Hall pareciam as prímulas noturnas que brotavam em um canteiro arenoso em Penge. Quando conversava com a mãe e a irmã, até mesmo Kitty adquiria alguma beleza, e Clive decidiu dar uma bronca em Maurice por causa dela; não com rispidez, pois Maurice também era belo, e sob essa nova perspectiva parecia ainda mais imponente.

As meninas haviam sido incentivadas pelo dr. Barry a fazer um curso de primeiros socorros, e, depois do jantar, Clive ofereceu seu corpo para praticarem ataduras. Ada enrolou sua cabeça, Kitty, os tornozelos, enquanto a sra. Hall repetia, feliz e despreocupada:

— Veja bem, sr. Durham, esta doença é melhor do que a última que o senhor teve.

— Sra. Hall, eu adoraria que a senhora me chamasse por meu nome de batismo.

— Pois bem. Mas, Ada e Kitty, vocês não.

— Eu adoraria que elas também...

— É Clive, então! — disse Kitty.

— É Kitty, então!

— Clive.

— Ada... muito melhor. — Mas ele enrubesceu. — Detesto formalidades.

— Eu também — elas repetiram em coro. — Não estou nem aí para a opinião dos outros, nunca liguei — e dirigiram-lhe um olhar cândido.

— Maurice, por sua vez — disse a sra. Hall —, é outra história.

— Maurice é, sem dúvida, um tipo... Ai! Você está apertando demais minha cabeça!

— Ai, ai! — imitou Ada.

O telefone tocou.

— Ele recebeu o seu telegrama no escritório — anunciou Kitty. — Quer saber se você está aqui.

— Diga que sim.

— Ele está voltando hoje, então. E quer falar com você.

Clive pegou o fone, mas só ouviu um zumbido. Haviam sido desconectados. Não dava para ligar de volta para Maurice, pois não sabiam onde ele estava, e Clive sentiu-se aliviado, pois a aproximação da realidade o alarmava. Estava tão feliz sendo atado: o amigo chegaria dali a pouco. Foi quando Ada se debruçou sobre ele. Viu seus traços já conhecidos, mas com uma contraluz que os favorecia. Sua atenção dirigiu-se dos cabelos e olhos escuros para a boca iluminada e para as curvas do corpo, e ele encontrou nela a solução exata para sua transição. Já havia visto mulheres mais sedutoras, mas nenhuma que prometesse tamanho apaziguamento. Ela era a conciliação entre memória e desejo e encarnava a serenidade de um anoitecer que a Grécia jamais conheceu. Nenhum alarido a tocava, pois ela era a ternura que reconcilia o presente e o passado. Jamais imaginara que existisse tal criatura, a não ser no paraíso, e ele não acreditava em paraíso. De repente, muitas coisas tornavam-se possíveis. Permaneceu deitado, olhando nos olhos dela, onde suas esperanças apareceram refletidas. Sabia que poderia fazer com que ela o amasse, e essa certeza o acendeu com uma chama moderada. Era encantador. Por enquanto, não desejava mais nada, sua única ansiedade era que Maurice estava para chegar, pois uma memória deve permanecer como memória. Toda vez que as outras saíam para ver se determinado barulho era o carro chegando, Clive mantinha Ada na sala, e em pouco tempo ela percebeu que era isso o que ele queria e passou a ficar por conta própria.

— Se soubesse como estou feliz de estar na Inglaterra! — ele disse de repente.

— A Grécia não é boa?

— Horrível.

Ela estava angustiada, e Clive suspirava. Os olhares se encontraram.

— Sinto muito, Clive.

— Está tudo acabado.

— O que exatamente era...

— Ada, foi assim. Enquanto eu estava na Grécia, precisei reconstruir minha vida do nada. Não foi uma tarefa fácil, mas acho que consegui.

— Nós sempre falávamos de você. Maurice disse que você iria gostar da Grécia.

— Maurice não sabe. Ninguém sabe tanto quanto você! Contei a você mais do que a qualquer outra pessoa. Pode guardar um segredo?

— Claro.

Clive estava desconcertado. A conversa havia ficado impossível. Mas Ada nunca imaginou que haveria continuação. Estar a sós com Clive, que ela inocentemente admirava, já bastava. Disse-lhe que estava muito grata por ele haver voltado. Ele concordou com veemência:

— Sobretudo por ter voltado aqui.

— O carro! — berrou Kitty.

— Não vá — ele repetiu, segurando sua mão.

— Eu tenho que... Maurice...

— Dane-se Maurice — e a segurou.

Houve um tumulto no saguão.

— Para onde ele foi? — vociferou o amigo. — Onde vocês o colocaram?

— Ada, me leve para dar uma volta amanhã. Passe mais tempo comigo... Está decidido.

O irmão entrou subitamente na sala. Ao ver as ataduras, acreditou por um instante que houvera um acidente, depois riu-se do engano.

— Tire isso, Clive! Por que deixou que elas fizessem isso? Acho que ele está com ótima aparência! Você está ótimo. Bom rapaz. Venha tomar um drinque. Eu mesmo vou libertá-lo das ataduras. Meninas, vocês não!

Clive o seguiu, mas virou-se a tempo de captar uma senha imperceptível de Ada, que assentiu com a cabeça.

Maurice parecia um animal imenso com o casaco de couro. Retirou-o assim que ficaram a sós e aproximou-se sorrindo.

— Quer dizer que você não me ama — desafiou.

— Esta conversa terá que ficar pra amanhã — disse Clive, evitando seu olhar.

— Pois sim. Tome uma bebida.

— Maurice, não quero brigar.

— Eu quero.

Clive afastou o copo com um gesto. A tempestade se formava no horizonte.

— Mas você não deve falar assim comigo. Isso só aumenta as minhas dificuldades.

— Eu quero uma briga, e eu a terei. — Chegou mais perto, como nos velhos tempos, e enfiou a mão nos cabelos de Clive. — Agora sente-se. Por que você me escreveu aquela carta?

Clive não respondia. Sentiu uma consternação crescente ao olhar aquela face que uma vez havia amado. O horror da masculinidade havia voltado, e se perguntou o que aconteceria se Maurice tentasse abraçá-lo.

— Por quê, hein? Agora você está bem outra vez. Diga por quê.

— Saia de cima da minha cadeira e eu direi.

Clive então deu início a um dos discursos que havia preparado. Era científico e impessoal, para não machucar Maurice demais.

— Eu me tornei um homem normal, como os outros. Não sei como aconteceu, assim como não tenho ideia de como nasci. Não foi racional, aconteceu de modo alheio à minha vontade. Faça as perguntas que quiser. Eu vim até aqui para respondê-las, pois não consegui entrar em detalhes na carta. Mas escrevi a carta porque era verdade.

— Você está dizendo que é verdade?

— Era e continua sendo verdade.

— Você agora só se importa com as mulheres, não mais com os homens. É isso?

— Eu me importo com os homens, Maurice, e vou sempre me importar, no sentido de humanidade.

— E isso tudo foi de repente...

Maurice também adotava um tom impessoal, mas não saíra da cadeira. Seus dedos continuavam na cabeça de Clive, tocando as ataduras, seu estado de espírito já não era brincalhão, mas ligeiramente preocupado. Não estava nem com raiva nem com medo, queria apenas algum alento, e Clive, em meio a toda a repulsa, deu-se conta do amor esplêndido que estava a perder e de quão frágeis, ou irônicas, devem ser as forças que governam a humanidade.

— Quem fez você mudar?

Clive detestou o formato dessa pergunta.

— Ninguém. Foi uma mudança meramente física que aconteceu em mim.

E começou a relatar suas experiências.

— É claro. A enfermeira — disse Maurice, pensativo. — Você devia ter me dito antes... Sabia que algo havia dado errado e imaginei várias coisas. Mas não imaginei que fosse isso. É por isso que não se deve guardar segredos, eles podem virar coisas piores. É preciso falar sem parar... desde que se tenha alguém com quem falar, como é o nosso caso. Se tivesse me contado, agora você já estaria bem.

— Por quê?

— Porque eu teria curado você.

— Como?

— Você vai ver — disse, sorrindo.

— Não é assim que funciona. Eu mudei.

— Será que um leopardo pode trocar de pelagem? Clive, você está confuso. É só mais um sintoma do seu quadro geral de saúde. Agora já não estou ansioso, porque, em outros aspectos, você está bem, parece até que está feliz, e todo o resto vai se encaixar. Vejo que você estava preocupado em me contar, com medo de me magoar, mas nós já passamos desse estágio, de nos pouparmos. Você tinha que ter me contado. É para isso que estou aqui. Você não deve confiar em mais ninguém. Você e eu somos fora da lei. Tudo isto — e apontou para os objetos de decoração de classe média da sala — nos seria retirado se as pessoas descobrissem.

— Mas eu mudei! Eu mudei! — Clive urrou.

Cada um só pode interpretar o mundo segundo as próprias experiências. Maurice conseguia compreender que o amigo estivesse confuso, mas não que tivesse passado por uma mudança.

— Você apenas acredita que está mudado — disse, sorrindo. — Eu também pensei que estava mudado quando a srta. Olcott esteve aqui, mas tudo passou quando voltei para você.

— Eu me conheço — disse Clive, com calor, levantando-se da cadeira. — Eu nunca fui como você.

— Você está sendo, neste momento. Lembra-se de como eu fingia?...

— É claro que eu me lembro. Não seja infantil.

— Nós nos amamos e sabemos disso. O que mais...

— Ah, pelo amor de Deus, Maurice, espere aí. Se é que eu amo alguém, essa pessoa é Ada — acrescentou. — E digo o nome dela aleatoriamente, apenas como exemplo...

Mas exemplos eram algo que Maurice conhecia bem.

— Ada? — disse ele, com outro tom de voz.

— Só para provar o que está acontecendo.

— Você mal conhece Ada.

— Eu também não conhecia a enfermeira ou as outras mulheres que mencionei. Como disse antes, não se trata de ninguém em especial, é apenas uma tendência.

— Quem estava aqui quando você chegou?

— Kitty.

— Mas é Ada, não Kitty...

— Sim. Mas eu não quis dizer... Ah, não seja tonto!

— O que quis dizer?

— Seja como for, agora você entende — disse Clive, tentando manter-se impessoal e recorrendo às palavras de conforto que deveriam encerrar seu discurso. — Eu mudei. E quero que você também entenda que essa mudança não afetará nossa amizade, que é real. Eu gosto de você profundamente. Mais do que de qualquer homem que já conheci. — Não sentia isso ao dizê-lo. — Admiro e respeito você profundamente. E não é por causa de uma paixão, mas pelo seu caráter, essa é nossa verdadeira ligação.

— Você disse algo para Ada antes de eu entrar? Vocês não ouviram meu carro chegando? Por que Kitty e minha mãe saíram e vocês não? Vocês devem ter me ouvido chegando. Você sabia que eu larguei o trabalho para vir encontrá-lo. Você nem chegou a falar comigo ao telefone. Você não mandou o telegrama da Grécia nem voltou quando eu pedi. Quanto tempo você passou junto de Ada antes de eu chegar?

— Veja bem, meu velho, não vou ser interrogado.

— Você disse que eu podia perguntar o que quisesse.

— Mas não sobre a sua irmã.

— Por que não?

— Cale a boca, estou mandando. Retomemos o que eu estava dizendo sobre o caráter. Essa é a verdadeira ligação entre os seres humanos. Não se pode construir uma casa sobre a areia, e a paixão é areia. Queremos uma fundação de pedra...

— Ada! — chamou Maurice, deliberadamente.

— Por que isso? — exclamou Clive, aterrorizado.

— Ada! Ada!

Clive correu até a porta e a trancou.

— Maurice, isso não precisa acabar assim. Sem brigas — ele implorou. E, enquanto Maurice se aproximava, arrancou a chave da fechadura e a agarrou com o punho fechado, pois o cavalheirismo havia finalmente despertado. — Você não pode envolver uma mulher — falou. — Eu não vou permitir.

— Desista.

— Nunca. Não piore as coisas. Não! Não!

Maurice foi para cima dele. Ele escapou: perseguiram-se ao redor da poltrona, discutindo, aos sussurros, sobre a chave.

Tocaram-se com hostilidade, depois separaram-se para sempre. A chave caiu entre os dois.

— Clive, machuquei você?

— Não.

— Meu querido, não foi minha intenção.

— Estou bem.

Entreolharam-se por um instante, antes de começarem uma vida nova.

— Mas que fim — soluçou Maurice —, mas que fim.

— E eu a amo mesmo — disse Clive, lívido.

— O que vai acontecer? — perguntou Maurice, sentando-se e enxugando a boca. — Dê um jeito. Estou perdido.

Clive foi atrás de Ada, no corredor. Seu primeiro dever era para com a mulher. Depois de acalmá-la com palavras vagas, retornou até o *fumoir*, mas encontrou a porta fechada entre ele e Maurice. Pôde ouvir quando Maurice desligou as luzes elétricas e sentou-se na poltrona com um estrondo.

— Não seja um cretino — disse com nervosismo.

Não houve resposta. Clive mal sabia o que fazer. De forma alguma ele dormiria na casa. Fazendo-se valer de sua prerrogativa de cavalheiro, anunciou que, por fim, decidira dormir na cidade, e as mulheres concordaram prontamente. Saiu de uma casa escura para enfrentar a escuridão de fora: as folhas caíam enquanto ele ia para a estação, as corujas uivavam e a neblina o envolvia. Era tão tarde que as lâmpadas das estradas suburbanas já haviam sido apagadas, e uma noite absoluta, sem concessões, caiu sobre ele bem como sobre o seu amigo. Ele sofria igualmente e exclamava "Mas que fim!", mas para ele havia a promessa de um amanhecer. O amor pelas mulheres haveria de se erguer como o sol, reduzindo a cinzas toda a imaturidade e anunciando o dia em que ele seria um ser humano completo, e, mesmo em sua dor, Clive sabia disso. Não se casaria com Ada — ela fora um amor de passagem —, mas com alguma deusa do novo universo que se abria para ele em Londres, alguém que fosse profundamente diferente de Maurice Hall.

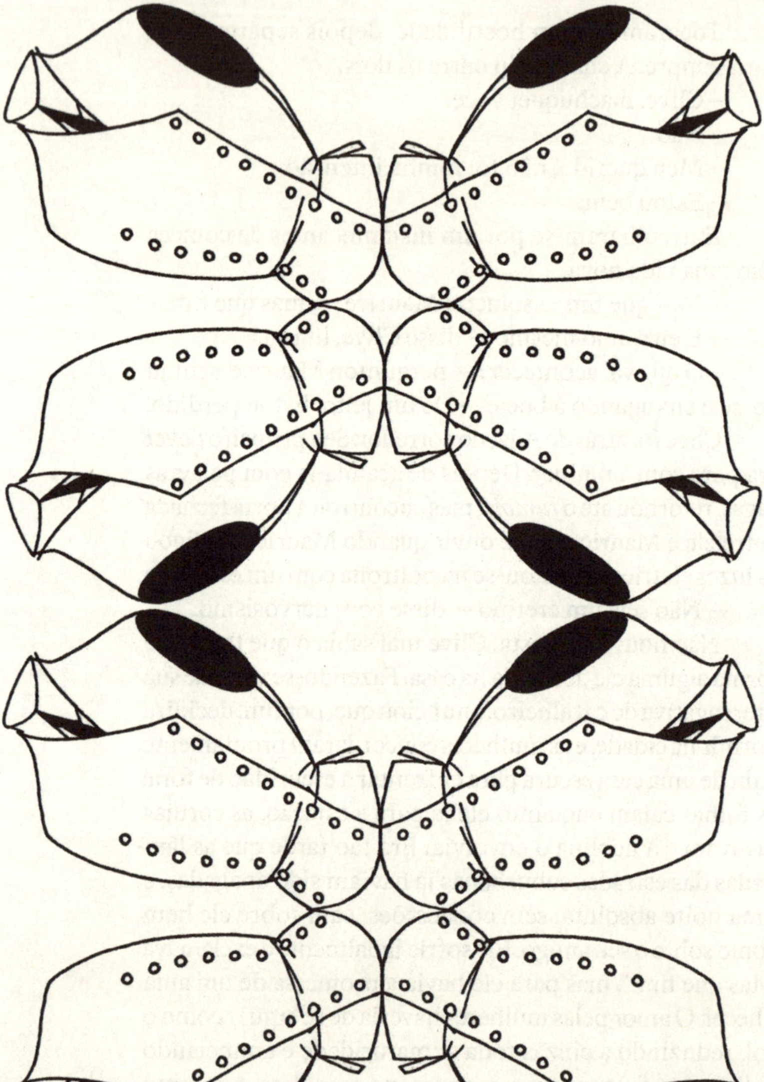

# 172

# PARTE

# III

# CAPÍTULO XXVI

Fazia três anos que Maurice se sentia tão feliz e bem-disposto que se deixou levar por mais um dia. Ele havia despertado com a sensação de que tudo se resolveria em breve. Clive retornaria, pedindo desculpas, caso contrário, pediria ele desculpas a Clive, contrariando seu desejo. Clive devia amá-lo, pois toda a sua vida dependia do amor, e ali estava ele, seguindo adiante como sempre. Como poderia dormir e descansar se não tinha mais seu amigo? Quando voltou da cidade sem notícias, permaneceu calmo por algum tempo e permitiu que a família especulasse sobre a partida de Clive. Mas pôs-se a observar Ada. Ela parecia triste — até a mãe percebeu. Cobrindo os olhos, ele a observava. A não ser pela menção a Ada, toda aquela cena poderia ser descartada como mais um dos "longos discursos de Clive", mas ela fora citada como um exemplo. E agora Maurice se perguntava por que ela estava triste.

— Escute... — disse ele quando os dois ficaram a sós; não tinha ideia do que iria dizer, embora aquela escuridão repentina devesse tê-lo alertado. Ela respondeu, mas ele não pôde ouvi-la. — O que há de errado com você? — perguntou, trêmulo.

— Nada.

— Alguma coisa há. Posso ver. Você não me engana.

— Não mesmo, Maurice. Não há nada.

— Por que... O que ele disse?

— Nada.

— Quem disse nada? — gritou, socando os dois punhos na mesa. Maurice a pegara.

— Nada... apenas Clive.

Pronunciado por ela, o nome abriu as portas do inferno. Para ele, foi um sofrimento terrível, e, antes que pudesse se controlar, disse palavras que nenhum dos dois jamais esqueceu. Acusou a irmã de corromper o amigo. Fez com que ela supusesse que Clive tinha reclamado de sua conduta e ido embora para a cidade por causa disso. Ada, em sua índole gentil, se sentiu tão ultrajada que nem conseguiu se defender, apenas soluçou, soluçou e, como se fosse culpada, implorou para que ele não contasse nada para a mãe. Ele concordou: o ciúme o enlouquecera.

— Mas quando o vir novamente, o sr. Durham, diga-lhe que eu não pretendia... Diga-lhe que não há ninguém com quem eu preferiria...

— Errar — ele completou: e só mais tarde entendeu a própria canalhice.

Cobrindo o rosto, Ada desabou.

— Não lhe direi. Nunca mais verei o sr. Durham para dizer-lhe. Espero que esteja satisfeita de ter acabado com essa amizade.

Ela soluçava.

— Não ligo. Você sempre foi um crápula com todas nós.

Maurice se calou, finalmente. Kitty já lhe dissera coisas assim, mas nunca Ada. Ele viu que, por baixo daquela superfície obsequiosa, as irmãs não gostavam dele: nem mesmo em casa ele havia dado certo.

— Não é minha culpa — resmungou. E a deixou.

Uma índole mais refinada haveria se comportado mais dignamente e, quem sabe, teria sofrido menos. Maurice não era intelectual nem religioso, tampouco conhecia aquela estranha consolação da autopiedade que é concedida a alguns. Salvo por um aspecto, seu temperamento era o mesmo de um homem normal que, depois de dois anos de felicidade, tivesse sido traído pela esposa. Maurice não conseguia entender que a natureza havia recuperado um fio perdido para seguir o seu padrão. Enquanto teve amor, Maurice manteve-se nos limites da razão. Agora, enxergando a mudança de Clive como uma traição e Ada como sua causa, retornaria, em poucas horas, ao abismo por onde errara na infância.

Depois dessa explosão, a carreira de Maurice deslanchou. Tomava o trem para a cidade, para ganhar e gastar dinheiro com as coisas de sempre; lia os mesmos jornais, discutia greves e leis de divórcio com os amigos. A princípio, tinha orgulho de seu autocontrole: afinal, tinha a reputação de Clive na palma de sua mão. Mas foi ficando amargo, queria ter gritado quando tinha forças e demolido essa fachada de mentiras. E daí que ele também estaria envolvido? A família, a posição na sociedade... Fazia anos que nada disso lhe importava. Maurice era um fora da lei disfarçado. Talvez entre os homens que se refugiaram na floresta,[40] no passado, houvesse dois como ele — dois. Por vezes, alimentava esse devaneio. Dois homens podem enfrentar o mundo.

Sim: o cerne de sua agonia seria a solidão. Lento como era, levou um tempo para se dar conta disso. O ciúme incestuoso, a mortificação, a fúria contra sua estupidez prévia — isso tudo passaria e, depois de causar muito estrago, realmente passou. As lembranças de Clive passariam. Mas a solidão permaneceu. Perdia o fôlego e acordava: "Não tenho ninguém!" ou "Meu Deus, que

40 Forster faz aqui uma alusão ao mito de Robin Hood, um bandoleiro que, segundo a lenda, tirava dos ricos para dar aos pobres e vivia com seus homens na floresta de Sherwood, na Inglaterra medieval. (N. T.)

mundo!". Clive passou a visitá-lo em sonhos. Ele sabia que não era real, mas Clive, com seu sorriso doce, dizia: "Desta vez sou eu mesmo", apenas para torturá-lo. Uma vez, sonhou que sonhava com o rosto e a voz, um sonho do sonho, apenas isso. Também tinha sonhos antigos de outro tipo, que tentavam desintegrá-lo. Dias seguiam-se às noites. Um silêncio imenso, como o da morte, circundava o rapaz e, certa manhã, enquanto ia para a cidade, foi acometido pela ideia de que, na verdade, estaria morto. Qual o propósito daquela vida de apego ao dinheiro, de comilança e jogatina? Nunca fizera nada diferente disso.

— A vida é um espetáculo de extremo mau gosto — resmungou enquanto amarrotava o *Daily Telegraph*.

Os outros passageiros do bonde, que gostavam dele, começaram a rir.

— Eu pularia da janela por dois tostões.

Depois de dizer essas palavras, começou a considerar o suicídio. Não havia nada que o detivesse. Não tinha um medo inicial da morte, nenhuma ilusão de um mundo além dela, nem se importava de desgraçar o nome da família. Sabia que a solidão o estava envenenando, de forma que foi se tornando mais perverso à medida que entristecia. O que poderia fazê-lo parar, considerando essas circunstâncias? Começou a comparar os meios e as formas e teria se matado com um tiro, não fosse por um acontecimento inesperado. O acontecimento foi a morte de seu avô, que induziu nele um novo estado de espírito.

Enquanto isso, ele recebia cartas de Clive, mas elas continham sempre a mesma frase: "É melhor não nos encontrarmos por enquanto". Agora ele compreendia. O amigo faria qualquer coisa por ele, menos encontrá-lo; era assim desde a primeira vez que havia ficado doente e, nesses termos, era-lhe oferecida uma amizade futura. Maurice não havia deixado de amar, mas seu coração se rompera; nunca mais teve pensamentos avassaladores de reconquistar Clive. Quando compreendia algo, agarrava-se a essa ideia com uma firmeza que daria inveja aos mais refinados e sofria até as últimas consequências.

Respondia a essas cartas com uma sinceridade curiosa. Ainda dizia a verdade, confidenciou que sentia uma solidão insuportável e que era possível que estourasse os miolos antes do fim do ano. Mas escrevia sem emoção. Era mais um tributo ao passado heroico dos dois, e Durham assim o recebia. Suas respostas eram impassíveis na mesma medida, e estava claro que, por mais que tentasse ou por mais ajuda que recebesse, não conseguiria mais penetrar a mente de Maurice.

# CAPÍTULO XXVII

O avô de Maurice era um exemplo do progresso que se pode obter com o avanço da idade. Por toda a vida, ele havia sido um homem de negócios comum, firme e temperamental, mas aposentou-se em idade não muito avançada, e com resultados surpreendentes. Dedicou-se então à "leitura", e, embora os efeitos imediatos disso tenham sido grotescos, nasceu uma delicadeza que transformou seu caráter. A opinião dos outros, coisa que antes suscitaria confrontamento ou desdém, tornou-se algo digno de nota, e os desejos alheios passaram a merecer sua complacência. Ida, a filha solteira que permaneceu ao seu lado, temia a chegada da hora em que "meu pai não terá nada para fazer" e, sendo ela própria impenetrável, não percebeu, até muito perto de sua partida, que ele havia mudado.

O velho cavalheiro dedicava seu tempo livre a desenvolver uma nova religião, ou melhor, uma nova cosmogonia, uma vez que esta não contradizia a Igreja. O ponto principal era que Deus moraria dentro do sol, cujo invólucro radiante consistia nos espíritos dos bem-aventurados. As manchas solares revelam Deus à humanidade, de modo que, quando elas ocorriam, o sr. Grace passava horas ao telescópio a analisar a escuridão no interior delas. A encarnação era um tipo de mancha solar.

Ele ficava feliz de discutir sua descoberta com qualquer um, mas sem proselitismo, observando que cada qual deve tomar a sua própria decisão: Clive Durham, com quem uma vez tivera uma longa conversa, era uma das pessoas que melhor conhecia suas opiniões. Eles eram daquele tipo de homens práticos que tentam pensar na espiritualidade de uma maneira absurda e materialista, mas inédita. O sr. Grace rejeitava os deliciosos relatos do oculto que eram propagados pelas igrejas, e, por esse motivo, o helenista se afeiçoou a ele.

Agora ele estava morrendo. Um passado de honestidade questionável se esvaíra, e ele ansiava pelo momento de se unir a seus entes queridos e também, a seu devido tempo, àqueles que deixara para trás. Convocou seus empregados remanescentes: homens sem ilusões que se dispuseram a "fazer as vontades do velho hipócrita". Convocou a família, que ele sempre tratou bem. Seus últimos dias foram belíssimos. Perguntar-se sobre o motivo para tanta beleza seria querer saber demais, e apenas um cínico se atreveria a dispersar o aroma, mescla de pesar e tranquilidade, que perfumava Alfriston Gardens enquanto aquele homem velho e querido morria em seu leito.

Os parentes vieram separadamente, em grupos de dois ou três. Todos, exceto Maurice, se emocionaram. Não houve intrigas, pois o sr. Grace havia sido franco quanto a seu testamento, e cada qual sabia o que esperar. Ada, por ser a neta favorita, dividiria a fortuna com a tia. Os outros receberiam bens legados. Maurice não pretendia aceitar os seus. Não fez nada para apressar a morte, mas ela estava esperando o momento certo para encontrá-lo, quem sabe quando ele voltasse.

Mas a visão de um companheiro de viagem o desconcertou. Seu avô estava se preparando para uma jornada ao sol. Acometido de tagarelice, por causa da doença, em uma tarde de dezembro pôs-se a falar sem parar com Maurice.

— Maurice, você que lê os jornais... Deve ter visto a nova teoria...

Uma chuva de meteoros havia colidido com os anéis de Saturno e seus fragmentos foram arremessados em direção ao Sol. Pela teoria do sr. Grace, os maus estavam presos aos planetas externos de nosso sistema, mas como ele não acreditava em castigo eterno, imaginava como é que eles poderiam se libertar. A nova teoria dava conta disso. Eles se fragmentavam e eram novamente absorvidos pelo bem! Com respeito e gravidade, o jovem escutava tudo, até que foi tomado por um medo de que esse delírio pudesse ser mesmo verdade. O medo foi passageiro, mas deu início a uma dessas reorganizações que afetam toda a personalidade. Deixou-o convencido dc que o avô estava convicto. Mais um ser humano ganhara vida. Maurice concretizara um ato de criação e, assim que o fez, a morte desviou os olhos dele.

— Essa sua capacidade de acreditar é algo fenomenal — disse Maurice, muito pesaroso. — Desde Cambridge, não creio mais em nada. A não ser num certo tipo de escuridão.

— Ah, quando eu tinha a sua idade... Mas agora vejo uma luz brilhante, que não se compara a nenhuma luz elétrica.

— Quando o senhor tinha a minha idade, o que aconteceu, vovô?

Mas o sr. Grace não respondia a perguntas. Disse apenas:

— Mais brilhante do que a queima de magnésio... a luz interior — e prosseguiu traçando um paralelo tolo entre Deus, a escuridão dentro do sol brilhante e a alma invisível dentro do corpo visível. — O poder interior... a alma, deixe que ela se liberte, mas ainda não, espere a noite chegar. — Ele pausou. — Maurice, seja bom para sua mãe, para as suas irmãs, para a sua esposa e seus filhos, para os seus funcionários, assim como eu fui. — Ele pausou novamente e Maurice deu um grunhido, mas sem desrespeito. Ele fora pego pela frase "Espere a noite chegar, não a liberte até a noite chegar". O velho continuou resmungando. As pessoas devem ser boas, amáveis, corajosas: os velhos conselhos de sempre. Mesmo assim, eram sinceros. Vinham de um coração vivo.

— Por quê? — ele interrompeu. — Por quê, vovô?

— A luz interior...

— Eu não tenho luz interior. — E riu, com medo de que a emoção tomasse conta dele. — Toda a luz que eu tinha se apagou seis semanas atrás. Eu não quero ser bom, nem amável, nem corajoso. E se eu continuar vivo, não vou me tornar essas coisas, mas o contrário delas. Também não quero isso; eu não quero nada.

— A luz interior...

Maurice teria feito confidências, mas elas não seriam ouvidas. O avô não as entenderia porque não conseguiria entendê-las. Bastava que ele se atentasse "à luz interior" e que fosse "bom". Mas essas palavras deram continuidade à reorganização que já estavam em curso dentro dele. Por que uma pessoa *haveria de* ser boa e amável? Pelo bem de si mesma, pelo bem de Clive, de Deus ou do sol? Mas ele já não possuía nada disso. Ninguém além da mãe lhe importava, e mesmo ela, apenas um pouco. Estava praticamente só, e por que deveria continuar vivo? Não havia, de fato, nenhuma razão, e, no entanto, um sentimento melancólico dizia-lhe que devia prosseguir, pois também não havia conhecido a morte. Assim como o amor, ela havia flertado com ele por um minuto e depois foi-se embora, deixando-o a "jogar o jogo". E era possível que ele tivesse que jogar por tanto tempo quanto o avô, para depois se aposentar da mesma maneira absurda.

# CAPÍTULO XXVIII

A mudança dele, então, não pode ser descrita como uma conversão. Não havia nada de edificante quanto a ela. Quando chegou em casa e examinou a pistola que nunca usaria, foi tomado pelo asco; quando cumprimentou a mãe, não aconteceu de brotar por ela nenhum amor inescrutável. Continuou vivendo, infeliz e incompreendido como antes, e cada vez mais solitário. Nunca é demais escrever estas palavras: a solidão de Maurice cresceu.

Mas uma mudança ocorreu. Ele se lançou a criar novos hábitos, em particular aquelas pequenas artes de viver que havia negligenciado enquanto estava com Clive. Pontualidade, cortesia, patriotismo, até cavalheirismo, para citar apenas alguns exemplos. Praticava uma autodisciplina severa. Era necessário não apenas adquirir determinada habilidade, mas saber quando aplicá-la, e modificar um pouco seu comportamento. A princípio, conseguiu fazer pouca coisa. Aderira a uma linha à qual a família e o mundo estavam acostumados, e qualquer desvio os preocupava. Isso se expressou muito fortemente em uma conversa com Ada.

Ada estava noiva de seu velho amigo Chapman, e ele podia enfim colocar uma pedra sobre a terrível rivalidade com ela. Mesmo depois da morte do avô, Maurice achava que ela poderia se casar com Clive, e ferveu de ciúme. Clive havia de se casar com alguém. Mas a simples ideia de que ele pudesse se unir a Ada continuava a enlouquecê-lo, e para Maurice era impossível se comportar adequadamente, a menos que esse pensamento fosse apagado.

Ada e Chapman formavam um casal perfeito e, depois de dar sua aprovação pública, Maurice chamou-a num canto:

— Ada, querida, eu me comportei tão mal com você depois da visita de Clive. Queria deixar isso claro e pedir seu perdão. Isso já provocou tanto sofrimento. Eu sinto muito.

Ada ficou surpresa e não exatamente contente; ele percebeu que ela ainda não gostava dele.

— Já passou. Eu amo Arthur agora — ela murmurou.

— Queria não ter ficado tão transtornado aquela noite, mas calhou de eu estar com a cabeça cheia de preocupações. Clive nunca disse o que induzi você a acreditar que disse. Ele nunca culpou você.

— Não ligo se culpou ou não. Não significa mais nada para mim.

As desculpas do irmão eram tão raras que ela aproveitou a oportunidade para tripudiar:

— Quando foi a última vez que você o viu? — Kitty havia sugerido que eles tinham brigado.

— Faz algum tempo.

— Todos aqueles fins de semana e quartas-feiras parecem ter acabado.

— Desejo-lhe felicidades. O velho Chappie é um bom camarada. Para mim, o casamento de duas pessoas apaixonadas é uma grande alegria.

— É muito amável de sua parte desejar-me felicidade, Maurice, eu bem sei. E espero ser mesmo feliz, sejam os seus votos sinceros ou não. — Esta conversa seria mais tarde relatada a Chapman como uma "troca de farpas". — De minha parte, desejo-lhe as mesmas coisas que você tem me desejado todos estes anos. — O rosto dela enrubesceu. Ela havia sofrido um bocado, e nem de longe era indiferente a Clive, cujo afastamento a magoara profundamente.

Maurice intuía muitas dessas coisas e olhou-a desolado. Depois ele mudou de assunto, e, como era desmemoriada, ela recuperou o humor. Mas não pôde perdoar o irmão: e de fato não era correto que alguém com o temperamento dela o perdoasse, uma vez que ele a havia insultado em seu âmago e fizera malograr um amor que nascia.

Dificuldades semelhantes surgiram com Kitty. Ela também pesava na consciência dele, mas ficou irritada quando ele tentou se redimir. Maurice se ofereceu para pagar as mensalidades no Instituto de Economia Doméstica, que ela desejava do fundo da alma havia tanto tempo, e, embora tenha aceitado, o fez de uma maneira deselegante e com o comentário "Espero não estar velha demais a esta altura para aprender alguma coisa direito". Ela e Ada se incentivavam mutuamente a sabotá-lo em pequenas coisas. A princípio, a sra. Hall ficou chocada e as repreendeu, mas, ao ver que o filho era tão indiferente que mal se defendia, passou a agir com indiferença também. Ela gostava dele, mas não lutaria por ele mais do que havia lutado contra ele quando desrespeitou o decano. E assim ele foi perdendo prestígio em casa, e no inverno perdeu a posição que havia conseguido em Cambridge. E começaram a dizer coisas como: "Ah, o Maurice não vai ligar, ele pode ir andando/ ele pode dormir no catre/ele pode fumar sem isqueiro". Ele não fazia objeção a nada — era para isso que vivia agora —, mas notou a mudança sutil, e que ela coincidia com a chegada da solidão.

O mundo ao redor ficou igualmente perplexo. Ele se alistou na Força Territorial.[41] Até então, recusara-se,

---

41 Força Territorial, em inglês The Territorials, é um batalhão voluntário do Exército britânico criado em 1908. Desde 2014, o grupo é conhecido simplesmente como Reserva do Exército. (N. E.)

alegando que o país só podia ser salvo pelo serviço militar obrigatório. Apoiava o trabalho social até mesmo da Igreja. Abriu mão do golfe aos sábados para jogar futebol com os rapazes do Assentamento Universitário[42] no sul de Londres, e às quartas-feiras dava-lhes aulas de aritmética e boxe. O pessoal que viajava com ele no trem percebeu a mudança. Hall tinha ficado sério, ora essa! Cortou suas despesas para poder contribuir mais generosamente com instituições de caridade. Apenas instituições de trabalho preventivo: ele não dava um tostão furado para trabalhos de resgate. Com tudo isso e com a corretagem de ações, conseguia manter sua rotina.

Ainda assim, Maurice fazia uma boa coisa: provava que a alma precisa de muito pouco para sobreviver. Não alimentado nem pelos céus nem pela terra, ele seguia adiante, uma lâmpada que já devia ter se queimado, se o materialismo estivesse correto. Maurice não tinha nem um deus nem um amor — os dois estímulos habituais à virtude. Mas continuou lutando, com a espinha ereta, porque a dignidade assim o exigia. Ninguém o estava vigiando, nem ele próprio se vigiava, mas batalhas como as dele representam a conquista extrema da humanidade e superam quaisquer lendas sobre os céus.

Nenhuma recompensa o aguardava. Sua empreitada, como muitas antes dessa, estava destinada a ruir. Mas ele não cairia com ela, e a força que conquistara até ali agora era dele, para outros usos.

---

42 Os Assentamentos (ou Settlements em inglês) foi um movimento social que existiu na Inglaterra entre os anos de 1880 e 1920. O movimento se propunha a criar mutirões de trabalho voluntário em que, a fim de criar laços de comunidade, pessoas de diferentes estratos sociais trabalhavam lado a lado na construção de moradias e escolas em regiões carentes. (N. E.)

# CAPÍTULO XXIX

O colapso veio num domingo de primavera — um clima esplêndido. Sentados ao redor da mesa de café da manhã, estavam de luto pelo avô, mas já se divertiam. Além da mãe e das irmãs, ali estavam a impossível tia Ida, que agora vivia com eles, e uma certa srta. Tonks, uma amiga que Kitty havia feito no Instituto de Economia Doméstica e que parecia a única prova concreta de quc esse lugar realmente existia. Entre Ada e ele, havia uma cadeira vazia.

— O sr. Durham está noivo e vai se casar — exclamou a sra. Hall, lendo uma carta. — Que amistoso da parte de sua mãe me comunicar. Donos de Penge, uma propriedade rural — explicou à srta. Tonks.

— Isso não impressiona Violet, mãe. Ela é socialista.

— Sou, Kitty? Que bom.

— "Que pena", você quis dizer, não é, srta. Tonks? — disse tia Ida.

— Contra quem, mamãe?

— Que piada velha...

— Ah, mamãe, diga logo quem é a noiva — pediu Ada, engolindo a mágoa.

— Lady Anne Woods. Leiam a carta com seus próprios olhos. Conheceram-se na Grécia. Lady Anne Woods, filha de Sir H. Woods.

Houve uma comoção entre os bem-informados. Descobriu-se posteriormente que a sra. Durham havia escrito assim: "Revelarei agora o nome da dama: Anne Woods: filha de Sir H. Woods". Ainda assim, a informação era impressionante e, graças à Grécia, ganhava um toque de romantismo.

— Maurice! — disse a tia por sobre o burburinho.

— Oi!

— Aquele rapaz está atrasado.

Inclinando-se para trás na cadeira e mirando o sótão, Maurice gritou:

— Dickie!

Eles estavam fazendo a gentileza de receber o jovem sobrinho do dr. Barry durante o fim de semana.

— Ele nem dorme lá em cima. Esse grito não serve para nada — disse Kitty.

— Vou lá ver.

Fumou meio cigarro no jardim e voltou. A notícia por pouco não o abalara, afinal. Viera de uma forma tão inesperada e — o que mais o magoara — ninguém agiu como se tivesse a ver com ele. E não tinha. A sra. Durham e sua mãe eram as protagonistas agora. A amizade delas havia sobrevivido heroicamente.

"Clive devia ter escrito, em consideração ao passado." Essa ideia passava pela cabeça de Maurice quando ele foi interrompido pela tia:

— Esse rapaz não vem nunca — reclamou.

— Minha culpa. Esqueci. — E se levantou com um sorriso.

— Esqueceu? — Todas olharam para ele. — Mas você foi lá só pra isso e se esqueceu? Ah, Morrie, você é engraçado.

Maurice deixou a sala apupado pela zombaria e quase se esqueceu de novo. "O trabalho me espera", pensou, e uma fadiga de morte se abateu sobre ele.

Subiu as escadas com os passos de um homem velho e chegou ao andar de cima já sem fôlego. Abriu os braços o mais que pode. A manhã estava deliciosa... mas só para os outros: por eles as folhas murmuravam e o sol se derramava casa adentro. Bateu na porta de Dickie Barry e, como não teve resposta, abriu-a.

O rapaz, que fora a um salão de baile na noite anterior, continuava dormindo, com os braços e as pernas descobertos. Seu corpo jazia sem pudor, abraçado e penetrado pelo sol. Os lábios estavam entreabertos, com fulgurações douradas, os cabelos repartiam-se em incontáveis glórias e a pele era de um âmbar delicado. Qualquer pessoa o consideraria um belo rapaz, mas para Maurice, que o acessava por duas vias, ele era o mais desejado do mundo.

— Já passou das nove — disse, assim que conseguiu falar.

Dickie deu um grunhido e puxou o lençol até o queixo.

— Café da manhã. Acorde.

— Você está aqui faz tempo? — perguntou abrindo os olhos, que agora era tudo o que se via dele e que encaravam os de Maurice.

— Um pouco — respondeu, depois de uma pausa.

— Sinto muito.

— Pode demorar quanto quiser. Só não queria que você perdesse esse dia lindo.

Lá embaixo, elas davam um espetáculo de esnobismo. Kitty perguntou a Maurice se, antes da carta, ele já sabia a respeito da srta. Woods. Ele disse que sim, uma mentira que marcou época. Ouviu-se a voz da tia:

— Aquele menino não vai descer nunca?

— Eu disse para ele não se apressar — respondeu Maurice, trêmulo.

— Maurice, querido, você não é muito prático — disse a sra. Hall.

— Ele é uma visita.

Titia ressaltou que o primeiro dever de uma visita é se adequar às regras da casa. Até então, Maurice não havia rebatido o que ela dizia, mas dessa vez retrucou:

— E a regra desta casa é que cada um pode fazer o que quiser.

— O café da manhã é às oito e meia.

— Para quem gosta. Quem gosta de dormir até tarde, prefere o café da manhã às nove ou dez.

— Nenhuma casa pode funcionar assim, Maurice. Os empregados não iam ficar, pode apostar.

— Eu prefiro que os empregados vão embora a que os convidados sejam tratados como garotos numa escola.

— Um garoto na escola! E é exatamente isso o que ele *é*!

— O sr. Barry está cursando Woolwich[43] — disse Maurice.

Tia Ida bufou, mas a srta. Tonks dirigiu-lhe um olhar de respeito. As outras não chegaram a ouvir, comovidas que estavam com o fato de que a pobre sra. Durham agora teria de se mudar para a residência da viúva. Maurice ficou feliz de ter perdido as estribeiras. Logo em seguida, Dickie se juntou a eles, e Maurice se levantou para cumprimentar seu deus. O cabelo do rapaz havia sido assentado com o banho, e o corpo gracioso estava escondido debaixo das roupas, mas sua beleza era ainda extraordinária. Havia um certo frescor que o acompanhava, como se ele trouxesse sempre flores consigo, e ele transmitia um ar de modéstia e boa vontade. Quando se desculpou com a sra. Hall, o tom de sua voz fez Maurice trepidar. E era este o garoto que ele não se dignara a tomar sob suas asas em Sunnington! Era este o convidado cuja chegada, na noite anterior, Maurice havia considerado um estorvo.

Tão forte foi essa paixão, enquanto durou, que ele pensou que havia batido no fundo do poço. Desmarcou todos os compromissos, como outrora. Depois do café da manhã, acompanhou Dickie até a casa do tio, passeou de braços dados com ele e extorquiu uma promessa de chá.

---

43 Fundada em 1890, Woolwich foi uma das primeiras escolas politécnicas de ensino profissionalizante no Reino Unido. O surgimento de instituições de ensino desse tipo está ligado à luta da classe operária britânica. (N. T.)

Esta se cumpriu. Maurice se abandonou ao prazer. Seu sangue esquentou. Não conseguia prestar atenção na conversa, mas até isso trabalhou a seu favor, pois quando ele disse "o quê?", Dickie veio sentar-se no sofá. Maurice colocou o braço à sua volta... Pode ter sido a entrada de tia Ida que evitou o desastre; ainda assim, ele acreditou ter visto reciprocidade naqueles olhos cândidos.

Encontraram-se mais uma vez, à meia-noite. Maurice não estava contente, pois, durante a espera, suas emoções haviam se tornado físicas.

— Eu tenho uma chave do portão — disse Dickie, surpreso por encontrar seu anfitrião acordado.

— Eu sei.

Houve uma pausa. Ambos apreensivos, olhavam um para o outro, mas com medo de que os olhares se encontrassem.

— A noite está fria lá fora?

— Não.

— Posso ajudar com mais alguma coisa, antes de subir?

— Não, obrigado.

Maurice foi até os interruptores e acendeu a luz do patamar. Depois, apagou as luzes da sala e correu até Dickie, passando à sua frente sem fazer barulho.

— Este é o meu quarto — sussurrou. — Quer dizer, costuma ser. Fui expulso por sua causa. Durmo aqui sozinho — acrescentou.

Maurice tinha consciência de que as palavras lhe escapavam da boca. Depois de tirar o casaco de Dickie, ficou ali parado, segurando-o, sem dizer nada. A casa estava tão quieta que dava para ouvir a respiração das mulheres nos outros quartos.

O rapaz também não disse nada. Os desfechos possíveis eram infinitos, e ele compreendeu a situação perfeitamente. Se Hall insistisse, Dickie não faria um escândalo, mas preferia que a situação não chegasse a isso: era como se sentia a esse respeito.

— Estou lá em cima — arfou Maurice, sem se atrever. — No sótão, acima do quarto. Se precisar de alguma coisa... estarei lá... sozinho... a noite toda. Sempre estou.

O impulso de Dickie foi de passar o ferrolho na porta, mas achou que isso não seria digno de um soldado, e despertou com o tocar do sino para o café da manhã, com o sol em seu rosto e a consciência lavada.

# CAPÍTULO XXX

Esse episódio destroçou a vida de Maurice. A julgar pelo passado, ele acreditou por engano que Dickie poderia ser um segundo Clive, mas três anos não se vivem em um dia, e o incêndio se apagou de maneira tão rápida quanto havia começado, deixando para trás apenas as cinzas da desconfiança. Dickie foi embora na segunda, e na sexta sua imagem já havia se desfeito. Foi então que um cliente apareceu no escritório, um jovem francês bem-apessoado e vibrante, que implorava ao Monsieur 'All[44] que não o trapaceasse nas negociações. Enquanto conversavam zombeteiramente, um sentimento familiar emergiu, mas, dessa vez, Maurice pôde reconhecer os odores que prenunciam o abismo.

— Lamento, mas pessoas como eu não podem descuidar do trabalho, infelizmente — disse, recusando as súplicas do francês para que almoçasse com ele, e seu modo de falar foi tão britânico que obteve como resposta gargalhadas histéricas e reações teatrais.

44 Forster sugere, com a grafia "'All", como soaria o sobrenome Hall pronunciado por alguém com forte sotaque francês, cujo estereótipo, no inglês, é a dificuldade de pronunciar o H aspirado. (N. T.)

Quando o camarada se foi, deparou com a verdade. Seu sentimento por Dickie tinha um nome muito primitivo. Antes, sob as lentes do sentimentalismo, ele teria chamado de adoração, mas o hábito da honestidade havia se fortalecido. E que raposa ele havia sido. Pobrezinho de Dickie. Dava para ver o rapaz se esquivando de seu abraço, pulando pela janela e quebrando braços e pernas, ou gritando feito louco até que chegasse ajuda. Dava para ver a polícia...

— Luxúria — enunciou a palavra em voz alta.

A luxúria é insignificante quando está ausente. Na tranquilidade do escritório, Maurice esperava poder subjugá-la, agora que a havia nomeado. Seu intelecto, sempre tão prático, não perdeu tempo com desespero teológico e se enfurnou na labuta. Maurice estava avisado e, portanto, municiado. Ele só tinha que se manter à distância de garotos e rapazes para que tudo desse certo. Sim, à distância de outros jovens rapazes. Certos pontos obscuros haviam clareado nos últimos seis meses. Por exemplo, um dos alunos dos assentamentos... Ele contraía o nariz de um jeito que não deixava dúvida. Um sentimento que pode impelir um cavalheiro na direção de alguém pertencente a uma classe social inferior é por si só condenável.

Maurice não sabia o que ainda estava por vir. Ele adentrava um estado que só terminaria com a impotência ou com a morte. Clive o havia adiado. Clive influenciara Maurice, como sempre. Havia ficado entendido entre eles que aquele amor, embora incluísse o corpo, não haveria de gratificá-lo. A proposta, tácita, partira de Clive. Ele quase a expressou em palavras na primeira noite em Penge, quando recusou um beijo de Maurice, ou na última tarde lá, quando se jogaram na moita de samambaias. Depois disso, instituiu-se a regra que trouxe a era dourada, que teria bastado até a morte. Mas para Maurice, a despeito do conteúdo, havia nela algo de hipnótico. Essa lei era uma expressão de Clive, não dele, e agora que se encontrava só, ele estava se partindo, como nos tempos de escola. E Clive não viria curá-lo. Esse tipo de influência, mesmo que fosse exercida, não funcionaria mais, pois uma relação como a deles não pode se romper sem que haja uma transformação em ambas as partes, para sempre.

Mas ele não conseguia perceber tudo isso. O passado etéreo o havia cegado, e a felicidade mais extrema que ele podia imaginar consistia em retornar àquele tempo. Sentado no escritório, trabalhando, Maurice não conseguia ver o imenso arco de sua vida, e ainda menos o fantasma de seu pai, sentado à sua frente. O sr. Hall pai jamais precisou lutar nem pensar; não houve ocasião para isso; ele tinha apoiado a sociedade e se convertera sem crise do amor ilícito para o lícito. Agora, ao encarar o filho, sente um travo de inveja, a única dor que continua viva no mundo das sombras. Pois ele vê a carne a educar o espírito de uma forma que o dele nunca foi educado, e vê coração e mente que progridem mesmo contra sua natureza preguiçosa.

Num instante, Maurice foi chamado ao telefone. Ergueu o fone ao ouvido e, depois de seis meses, escutou a voz de seu único amigo.

— Alô — disse Clive. — Alô, você deve ter ouvido minhas novidades, Maurice.

— Ouvi. Mas como você não escreveu, eu também não.

— Pois sim.

— Onde você está agora?

— Saindo para um restaurante. Queremos que você nos encontre lá. Você vem?

— Lamento, mas acho que não posso. Acabei de recusar um convite para almoçar.

— Pode falar um instante? Está muito ocupado?

— Podemos falar.

Então Clive retomou, evidentemente aliviado pela receptividade:

— Minha futura e jovem mulher está comigo. Ela vai falar também daqui a pouco.

— Muito bem. Conte-me os seus planos.

— O casamento é no mês que vem.

— Boa sorte.

Nenhum dos dois conseguiu pensar em mais nada para dizer.

— Agora a Anne vai falar...

— Meu nome é Anne Woods — disse uma voz feminina.

— E eu sou Hall.

— Como?

— Maurice Christopher Hall.

— Meu nome é Anne Clare Wilbraham Woods, mas não sei o que mais dizer...

— Nem eu.

— Você é o oitavo amigo de Clive com quem eu converso deste jeito esta manhã.

— O oitavo?

— Não ouvi.

— Perguntei se fui o oitavo.

— Sim! Agora vou passar para o Clive. Adeus.

— A propósito — retomou Clive —, você poderia vir a Penge na semana que vem? É em cima da hora, mas depois tudo vai ficar um caos.

— Lamento, mas não será possível. O sr. Hill vai se casar também, de modo que estou um bocado ocupado por aqui.

— O quê? Seu velho sócio?

— Sim. E depois dele, Ada e Chapman.

— Ouvi falar. Que tal em agosto? Em setembro, não, porque é quase certo que teremos eleições suplementares. Mas venha em agosto e poderemos ir juntos a uma horrenda partida de críquete, para ver o time do campo contra o do vilarejo.

— Obrigado pelo convite. Quem sabe seja possível. É melhor me escrever mais próximo ao evento.

— Claro! A propósito, Anne está com cem libras no bolso, você poderia investir para ela?

— Certamente. Em que ela gostaria de investir?

— Melhor você escolher. E ela não está autorizada a gostar de nada que renda mais de quatro por cento.

Maurice passou a cotação de algumas empresas de seguros.

— Quero a última — disse a voz de Anne. — Não ouvi bem o nome.

— Você verá no contrato. Qual seu endereço?

Ela informou.

— Tudo certo. Envie-nos o cheque quando nosso escritório a contatar. Talvez eu devesse ligar agora e já deixar comprado.

Ele assim o fez. O contato entre eles seguiu por esse rumo. Por mais agradáveis que Clive e a esposa fossem com ele, Maurice sentia a todo momento que eles estavam do outro lado da linha. Depois do almoço, escolheu o presente de casamento. Seu primeiro impulso foi dar um presente caríssimo, mas como ele era apenas o oitavo na lista de amigos do noivo, poderia parecer estranho. Maurice viu-se refletido no espelho atrás do balcão, enquanto pagava três guinéus.[45] Mas que cidadão jovem e consistente ele era: discreto, honrado, próspero sem ser vulgar. É de pessoas assim que a Inglaterra depende. Seria possível conceber que no sábado anterior ele quase havia atacado um rapaz?

---

45 Três guinéus da década de 1910 teriam um valor atualmente estimado entre quatrocentas e quinhentas libras esterlinas. Mesmo sem querer dar um presente "caríssimo" aos noivos, Maurice fez questão de impressionar. (N. T.)

# CAPÍTULO XXXI

À medida que a primavera chegava ao fim, Maurice decidiu procurar um médico. A decisão, completamente alheia ao seu temperamento, tornou-se imperiosa depois de uma experiência terrível no trem. Ele andava a remoer com seus botões, com cara de poucos amigos, e sua expressão despertou as suspeitas e as esperanças da única outra pessoa no vagão. Essa pessoa, atarracada e de cara sebosa, fez um gesto lascivo, e, pego de surpresa, Maurice respondeu. No instante seguinte, ambos se levantaram. O outro homem sorriu, momento em que Maurice o derrubou com um soco. O golpe foi avassalador, pois o homem era idoso, e seu nariz começou a verter sangue sobre a almofada dos assentos. Ele foi tomado pelo medo e pensou que Maurice puxaria o cordão de alarme. Balbuciou desculpas, ofereceu dinheiro. Maurice avançou sobre o homem, com a cara fechada, e viu, naquela velhice repulsiva e desonrada, a sua própria.

A ideia de procurar um médico era para ele execrável, mas ele havia sido incapaz de controlar sozinho a luxúria. Ela voltava com a mesma crueza que tivera em sua infância, mas muito mais forte, e tomava de assalto sua alma vazia. Ele até conseguia se "manter longe de jovens rapazes", como ingenuamente se propusera, mas não dava para se livrar das imagens deles, e a toda hora cometia pecados em seu coração. Qualquer punição era preferível a isso, pois supunha que um médico o puniria. Estava disposto a se submeter a qualquer tipo de tratamento na esperança de ser curado e, mesmo que não se curasse, teria algo com que se ocupar, e menos tempo para remoer.

Quem deveria consultar? O jovem Jowitt era o único médico que conhecia bem e, no dia seguinte ao episódio no trem, disse-lhe em tom de comentário casual:

— Por acaso, em suas andanças, você dá com gente inominável, da espécie de Oscar Wilde?

Ao que Jowitt respondeu:

— Não, isso é caso para o manicômio, graças a Deus.

Isso acabou por desencorajá-lo, e talvez fosse melhor se consultar com alguém que ele nunca mais fosse ver. Pensou em procurar um especialista, mas não sabia se havia especialistas para o mal de que padecia, nem se eles manteriam em confidência o que lhes dissesse. Para todos os outros assuntos, sabia onde receber orientações, mas para esse, que o afetava diariamente, a civilização havia virado as costas.

No fim, criou coragem e decidiu fazer uma visita ao dr. Barry. Sabia que não seria um passeio divertido, mas o velho, embora fosse impertinente e abusado, era da mais absoluta confiança e vinha tratando Maurice com mais simpatia desde que ele acolhera Dickie. De maneira alguma eles poderiam ser considerados amigos, o que facilitava as coisas, e Maurice frequentava tão raramente a casa dele que não faria muita diferença se fosse banido de lá para sempre.

Ele foi numa noite fria de maio. A primavera havia sido uma piada de mau gosto, e o verão também prometia ser deplorável. Fazia exatamente três anos que ele estivera ali, sob céus amenos, para receber um sermão a respeito de Cambridge, e seu coração bateu apressado, lembrando-se de quão severo o velho havia sido. Encontrou-o de bom humor, estava jogando bridge com a filha e a esposa e insistiu que Maurice participasse, para que pudessem formar dois pares.

— Infelizmente preciso falar com o senhor — disse, com uma emoção tão intensa que temeu não ser capaz de chegar às palavras de fato.

— Muito bem! Fale, então!

— Quero dizer profissionalmente.

— Meu Deus, homem! Faz seis anos que me aposentei da medicina. Procure Jericho ou Jowitt. Sente-se, Maurice. Fico feliz em vê-lo. Você não está com cara de quem está morrendo. Polly! Traga uísque para esta flor murcha.

Maurice permaneceu de pé, depois se virou de forma tão estranha que o dr. Barry o acompanhou até a sala e disse:

— Oi, Maurice, tem mesmo algo que eu possa fazer por você?

— Acredito que sim.

— Nem consultório eu tenho mais.

— É uma doença íntima demais para contar a Jowitt... Preferi vir até o senhor... O senhor é o único médico que conheço a quem me atreveria a contar. Certa vez, eu lhe disse que esperava que um dia pudesse ser direto com o senhor. Era a respeito disso que eu falava.

— Um problema secreto, é? Me acompanhe.

Passaram à sala de jantar, que ainda ostentava vestígios de sobremesa. Havia uma Vênus de Médici em bronze sobre a lareira e cópias de Greuze penduradas nas paredes. Maurice tentou falar e não conseguiu, serviu-se de água, falhou novamente e caiu em um acesso de choro.

— Não se apresse — disse o velho com delicadeza —, e lembre-se, é claro, de que isto é profissional. Nada do que você disser chegará aos ouvidos da sua mãe.

A ignomínia da entrevista dominou Maurice. Era como estar de volta no trem. Chorava pela repugnância daquilo que havia sido forçado a fazer — ele, que havia se disposto a contar apenas para Clive. Incapaz de dizer as palavras corretas, balbuciou:

— É sobre mulheres...

O dr. Barry precipitou-se e tirou uma conclusão, a mesma a que havia chegado quando estavam na sala. Ele próprio já tivera tal problema quando era jovem, e isso fez com que tivesse simpatia pelo caso.

— Vamos consertar isso rapidinho — ele disse.

Maurice conteve as lágrimas, antes que mais uma corrente se desatasse, e sentiu o restante se acumular numa barragem agonizante que tomou sua mente.

— Conserte-me, pelo amor de Deus, pois já estou nas últimas — e afundou na poltrona, com os braços estendidos.

— Ah, as mulheres! Lembro-me muito bem de quando você desembestou pela parada de trem do colégio... Foi no ano em que meu pobre irmão morreu... Você ficou de boca aberta olhando a esposa de um dos professores... Lembro que eu pensei "ele tem muito a aprender", e "a vida é uma escola árdua". Só as mulheres podem nos ensinar, e tanto existem mulheres más quanto boas. Ora, ora! — e pigarreou. — Muito bem, rapaz, não tenha medo de mim. Conte-me apenas a verdade, e eu cuidarei de você. Quando foi que você pegou essa doença imunda? Foi na universidade?

Maurice não entendeu. Sua testa ficou úmida.

— Não é tão imunda assim — disse intempestivamente. — À minha própria maneira, ainda que equivocada, eu me mantive limpo.

O dr. Barry pareceu se ofender. Trancou a porta, dizendo, cheio de desdém:

— Impotência, é? Vamos dar uma olhada.

Maurice despiu-se, atirando as roupas com fúria. Estava sendo insultado da mesma maneira como insultara Ada.

— Não há nada de errado com você — foi o veredito.

— Como assim, o que é que o senhor quer dizer?

— É o que eu disse. Você está limpo. Não há nada com o que se preocupar aqui.

Maurice sentou-se junto à lareira, e, embora estivesse entorpecido por suas impressões, o dr. Barry reparou na pose. Não era bem artística, ainda que pudesse ser chamada de soberba. Estava sentado em sua maneira habitual, com o corpo e o rosto voltados para as chamas, como que a observá-las sem se deixar abalar. Não iria se conformar: de alguma forma essa era a impressão que dava. Podia ser que fosse lerdo e desastrado, mas se alguma vez conseguia o que desejava, não deixava escapar, e era capaz de mover céus e terras.

— Você está bem — repetiu o médico. — Pode se casar amanhã, se quiser. E se é que o que eu digo tem algum valor, esse é meu conselho. Agora vista-se, que aqui tem uma corrente de ar. Quem colocou essas coisas na sua cabeça?

— O senhor nunca suspeitou? — disse Maurice com um toque de sarcasmo em seu terror. — Sou um desses inomináveis, da espécie de Oscar Wilde.

Com os punhos comprimidos apertando os olhos fechados, Maurice permaneceu sentado e imóvel. Este era seu último recurso.

Finalmente, o julgamento. Não pôde acreditar no que ouviu: "Bobagem, bobagem!". Ele havia imaginado que muitas coisas pudessem acontecer, menos isso; pois se suas palavras eram bobagens, sua vida era um sonho.

— Dr. Barry, pode ser que eu não tenha me explicado bem...

— Escute, Maurice. Nunca mais deixe essa alucinação perversa, essa tentação dos infernos tomar conta de você outra vez.

Aquela voz o impressionou, e não era, afinal, a voz da ciência?

— Quem colocou essas mentiras na sua cabeça? Você está à minha frente, e posso ver que é um camarada decente! Nunca mais tocaremos neste assunto. Não, não vou discutir este assunto. Não vou discutir. Isso seria a pior coisa que eu poderia fazer por você.

— Quero um aconselhamento — disse Maurice, lutando contra a posição peremptória do médico. — Para mim, não é uma bobagem. É a minha vida.

— Bobagem — repetiu a voz com autoridade.

— Eu sou assim desde que me lembro, sem saber por quê. O que é isto? Estarei doente? E se estou, quero ser curado. Não consigo suportar mais a solidão, especialmente nos últimos seis meses. Farei o que o senhor mandar. Isto é tudo. O senhor precisa me ajudar.

Maurice retornou à sua posição original, com o corpo e a alma a observar o fogo.

— Venha! Vista-se.

— Desculpe — murmurou, e obedeceu.

Em seguida, o dr. Barry destrancou a porta e pediu:

— Polly! Uísque!

A consulta terminara.

# CAPÍTULO XXXII

O dr. Barry deu a Maurice o melhor conselho de que foi capaz. Nunca havia lido nenhum trabalho científico a respeito da questão de Maurice. Não havia trabalhos sobre esse assunto na época em que ele atendia em hospitais e, desde então, haviam sido publicados apenas estudos em alemão, o que os tornava suspeitos. Avesso ao tema por índole, ficava feliz de endossar o veredito da sociedade; quer dizer, seu veredito era teológico. Ele sustentava que apenas os mais depravados podiam contemplar a sodomia, de forma que, quando um homem de bons antecedentes e fisicamente salutar confessava essas tendências, "Bobagem, bobagem!", ele tinha a resposta na ponta da língua. E era sincero. O médico achava que Maurice tinha ouvido algum comentário por acaso, o qual teria criado pensamentos mórbidos nele, que, por sua vez, seriam dissipados pelo silêncio sobranceiro de uma autoridade médica.

Maurice, com efeito, saiu dali impressionado. O dr. Barry era um nome de grande prestígio em sua casa. Por duas vezes havia salvado Kitty e cuidara do sr. Hall durante a fase terminal de sua doença, sempre de maneira muito honesta e imparcial, sem nunca dizer o que não sentia. Para a família Hall, durante quase vinte anos, ele havia sido a mais alta autoridade. Raramente se recorria a ele, mas o médico estava lá, e sabiam que podiam contar com ele para um julgamento justo. Agora que decretara que aquilo era "bobagem", Maurice se perguntava se realmente não seria possível que tudo não passasse de uma bobagem, embora todas as fibras de seu corpo protestassem. Maurice achava detestável o modo como o médico pensava; o fato de que ele tolerasse a prostituição pareceu-lhe deplorável. No entanto, ele o respeitava, e foi embora disposto a encarar mais uma rodada de debate com o destino.

Sua disposição tinha ainda um outro forte motivo, que não pudera revelar ao doutor. Clive havia se convertido às mulheres logo depois de fazer vinte e quatro anos. E Maurice faria vinte e quatro em agosto. Seria possível que ele também se convertesse... e, pensando bem, poucos homens se casavam antes dos vinte e quatro. Maurice possuía a inabilidade tipicamente inglesa de conceber a variedade. Suas tribulações haviam lhe ensinado que as outras pessoas estão vivas, mas não chegaram a ensinar-lhe que elas são diferentes, e isso fazia com que ele tentasse enxergar o que se passara com Clive como um prenúncio do que aconteceria com ele.

Certamente seria uma alegria casar-se e fazer as pazes com a sociedade e a lei. Outro dia, ao encontrar o sr. Barry, este lhe dissera:

— Maurice, se você encontrar a garota certa, já não haverá problema.

Pensou em Gladys Olcott. É claro que agora ele não era mais um universitário inexperiente. Havia sofrido e explorado a si mesmo o suficiente para saber que era anormal. Mas será que não havia esperança? Suponha que ele encontrasse uma mulher que tivesse outros atrativos. Ele queria ter filhos. E era capaz de gerar filhos, o dr. Barry havia dito. Será que um casamento seria mesmo impossível, afinal? Esse assunto estava em pauta em casa, por causa de Ada, e a mãe vivia dizendo que ele deveria encontrar alguém para Kitty, e Kitty, alguém para ele. Seu desprendimento era espantoso. As palavras "casamento", "amor" e "família" haviam perdido todo o sentido para ela na viuvez. Um ingresso para um concerto enviado pela srta. Tonks para Kitty revelou possibilidades. Kitty não poderia ir e o ofereceu aos que estavam à mesa. Maurice disse que gostaria de ir. Ela alertou para o fato de que era sua noite no clube, mas ele disse que podia faltar. Ele foi, e aconteceu de o programa ser a sinfonia de Tchaikovsky que Clive lhe ensinara a apreciar. Gostou do contraste pungente entre dilaceração e alívio — a música não significava muito além disso para ele — e isso lhe infundiu um sentimento caloroso de gratidão pela srta. Tonks. Infelizmente, encontraram Risley na saída do concerto.

— *Symphonie pathique*[46] — disse Risley com afetação.

— *Sinfonia patética* — corrigiu o filisteu.

— *Symphonie incestueuse et pathique*. — E informou ao jovem amigo que Tchaikovsky havia se apaixonado pelo sobrinho e dedicara a ele sua obra-prima. — Eu venho aqui para ver as pessoas respeitáveis de Londres se espremerem por causa deles. Não é *fantástico*?

— São essas coisas esquisitas que só você conhece — disse-lhe Maurice a meia-voz.

---

46 A *Sinfonia nº 6*, op. 74 de Tchaikovsky, de 1893, é conhecida como *Sinfonia patética*, título que lhe foi dado pelo próprio compositor. Nele, a palavra "patética" é usada em sua acepção original, relacionada a *pathos*, ou algo que tem "capacidade de provocar comoção emocional" (Dicionário Houaiss), e não no sentido que se popularizou posteriormente, de insensatez ou coisa ridícula. Nesta cena, Risley emprega a palavra *pathique*, termo francês com significado análogo a "patético", mas que denota familiaridade com o jargão filosófico. Ao achar que Risley cometeu um erro e corrigi-lo, Maurice demonstra seu desconhecimento e é chamado de "filisteu" pelo autor. (N. T.)

Era estranho que, agora que tinha um confidente, não mais quisesse um. Mas correu até a biblioteca para retirar uma biografia de Tchaikovsky. O capítulo sobre o casamento do compositor não diz muito ao leitor comum, que apenas de leve percebe as incompatibilidades, mas, para Maurice, causou deleite. Ele sabia exatamente o que significava aquele desastre, e quão perto disso havia chegado pelas mãos do dr. Barry. Mais adiante na leitura, Maurice foi apresentado a "Bob", o maravilhoso sobrinho que se torna o centro das atenções de Tchaikovsky depois de sua separação e que promove a ressurreição espiritual e musical do compositor. O livro deixou de acumular poeira, e Maurice passou a respeitá-lo como a única obra literária que já o ajudara. Mas era uma ajuda retrospectiva. Maurice continuava no mesmo lugar onde estivera no trem e, desde então, não havia ganhado nada, a não ser a certeza de que os médicos são uns idiotas.

Agora, todas as avenidas pareciam interditadas, e em seu desespero voltou-se para as práticas que havia abandonado quando garoto, para descobrir que elas só lhe davam uma forma degradada de apaziguamento, aquietando o anseio físico no qual todas as suas sensações se estavam contraindo e permitindo que ele trabalhasse. Maurice era um homem mediano e poderia ter vencido uma batalha mediana, mas a natureza o havia colocado para combater o extraordinário, algo que apenas os santos podem vencer sem auxílio, e ele começava a perder terreno. Logo antes de sua visita a Penge, uma nova esperança alvoreceu, pálida e sem encantos. Era a hipnose. Segundo Risley, o sr. Cornwallis havia sido hipnotizado. O médico dissera: "Vamos, vamos, você não é nenhum eunuco!", e eis que ele havia sido curado. Maurice conseguiu o endereço do médico, embora não acreditasse que obteria respostas. Uma única entrevista com a ciência já lhe bastava, e Maurice sempre considerou Risley um sabichão; ao dar o endereço, havia sido prestativo, mas notava-se pela voz que ficara levemente intrigado.

# CAPÍTULO XXXIII

Agora que Clive Durham estava a salvo de intimidades, não via a hora de ajudar o amigo, que muito provavelmente passara por um mau bocado desde o rompimento dos dois no *fumoir*. A correspondência havia cessado muitos meses atrás. A última carta de Maurice havia sido escrita depois de Birmingham c anunciava que ele não mais se mataria. Clive nunca supôs que chegaria a tanto e ficou feliz que o melodrama tivesse terminado. Quando se falaram ao telefone, escutou do outro lado da linha a voz de um homem pelo qual poderia sentir respeito — um sujeito que parecia disposto a colocar uma pedra no passado e a transformar paixão em coleguismo. Não houve naturalidade fingida; o pobre Maurice parecia tímido, até um pouco emburrado, um estado que Clive considerou natural e até achou que poderia remediar.

Ele estava ansioso para fazer o que estivesse ao seu alcance. Embora detalhes do passado lhe escapassem, lembrava-se das proporções e reconhecia que Maurice o havia içado do pedantismo estético para colocá-lo ao sol e aos ventos do amor. Se não fosse por Maurice, ele nunca teria se tornado digno de Anne. Com sua ajuda, Clive havia atravessado três anos estéreis, e seria mesmo uma ingratidão se não retribuísse a ajuda. Clive não gostava de gratidão. Para ele, era preferível oferecer ajuda por simples amizade. Mas teria que usar a única ferramenta de que dispunha e, se tudo saísse bem, se Maurice controlasse as emoções, se permanecesse do outro lado da linha telefônica, se tratasse Anne bem, se não fosse rancoroso, nem muito sério nem muito ríspido — então eles poderiam ser amigos novamente, ainda que por uma via diversa e de uma maneira diversa. Maurice tinha qualidades admiráveis, e disso ele sabia, e já estava chegando a hora em que ele poderia voltar a sentir também.

Pensamentos assim quase nunca ocorriam a Clive, e quando ocorriam eram tênues. Sua vida girava em torno de Anne. Será que ela se daria bem com sua mãe? Será que ela, que crescera em Sussex, perto do mar, iria gostar de Penge? Será que lamentaria a escassez de eventos religiosos na região? E a questão da política? Totalmente apaixonado, Clive se entregara a ela de corpo e alma, derramando aos pés de Anne tudo o que uma paixão anterior lhe ensinara, e apenas com esforço ele se lembrava por quem havia sido aquela paixão.

Na aurora de seu noivado, quando Anne era o seu mundo inteiro, incluindo a Acrópole, Clive pensou em confessar-lhe a respeito de Maurice. Ela lhe confidenciara um pecadilho. Mas a lealdade ao amigo o deteve, e depois ele ficou feliz, pois, por mais divina que Anne fosse, não era nenhuma Palas Atena, e havia muitas questões em que ele não podia tocar. A própria união dos dois tornou-se a principal delas. Quando, em seguida ao casamento, ele entrou no quarto dela, Anne não sabia o que ele queria. Apesar de uma educação primorosa, ninguém lhe havia falado sobre sexo. Clive foi o mais delicado possível e mesmo assim a assustou terrivelmente, e saiu do quarto com a sensação de que ela o odiava. Não odiava. Ela o recebeu bem em noites posteriores. Mas era sempre sem dizer palavra. Eles haviam se unido em um mundo que não guardava nenhuma relação com o cotidiano, e esse segredo levava de roldão grande parte da vida dos dois. Muitas coisas não podiam ser mencionadas. Ele nunca a via nua, nem ela a ele. Eles não falavam sobre as funções reprodutiva e digestiva. Dessa forma, nunca haveria pergunta alguma sobre aquele episódio de quando ele era imaturo.

Era indizível. Não era algo que se interpunha entre os dois. Ela se colocava entre ele e aquilo. E, pensando bem, ele ficava feliz com isso, pois, embora não fosse vergonhoso, era um episódio sentimental e merecia ser esquecido.

O segredo combinava com ele, ao menos Clive o adotou sem nenhuma ponta de arrependimento. Nunca sentira necessidade de chamar as coisas pelo nome, e, embora valorizasse o corpo, ele tinha a impressão de que o ato sexual em si fosse desprovido de imaginação e de que era preferível que ficasse envolto pela escuridão da noite. Entre homens era imperdoável, entre homem e mulher podia ser praticado, já que era aprovado pela natureza e pela sociedade, mas não devia nunca ser discutido ou alardeado. Seu ideal de casamento era equilibrado e gracioso, como todos os seus ideais, e ele encontrou em Anne a parceira adequada, alguém que possuía refinamento e admirava essa característica nos outros. Amavam-se com ternura e foram recebidos por lindas convenções. Enquanto isso, do outro lado do muro, Maurice vagava: palavras erradas nos lábios, desejos errados no coração e um enorme vazio para abraçar.

# CAPÍTULO XXXIV

Maurice tirou uma semana de férias em agosto e chegou a Penge, de acordo com o convite, três dias antes da partida de críquete do time do campo contra o do vilarejo. Em sua chegada, foi tomado por um humor estranho e amargurado. Estivera pensando sobre o hipnotizador de que Risley havia falado e estava fortemente inclinado a consultá-lo. Foi um incômodo e tanto. Por exemplo, enquanto dirigia pelo parque, viu um guarda-caça flertando com duas serviçais e sentiu uma ponta de inveja. As moças eram feias como o diabo, e o rapaz, não; de alguma forma, isso tornava as coisas piores, e ele ficou olhando fixamente para o trio, sentindo-se cruel e respeitável; as meninas saíram correndo, rindo, o rapaz retribuiu o olhar de maneira furtiva e depois achou prudente fazer uma mesura, tocando o quepe e estragando de vez o joguinho. Mas eles se encontrariam de novo após a passagem dele, e no mundo inteiro moças encontravam rapazes para beijarem e serem beijadas; não seria melhor mudar de uma vez o seu jeito de ser e aceitar as regras? Deixou para decidir após a visita, pois, contra toda as suas esperanças, ainda esperava algo de Clive.

— Clive saiu — disse a jovem anfitriã. — Pediu que eu lhe transmitisse seu amor, ou algo assim. Estará de volta para o jantar. Archie London cuidará de você, embora eu não creia que você queira cuidados.

Maurice sorriu e aceitou o chá. A sala de visitas tinha o mesmo ar de antes. Grupos de pessoas se reuniam ali, como quem está a confabular alguma coisa, e, embora a mãe de Clive não mais presidisse os eventos, permanecia na casa principal, por conta de problemas com o encanamento na residência da viúva. A sensação de dilapidação havia se espalhado. Em meio à chuva torrencial que caía, dava para ver que lá fora os mourões estavam tortos e as árvores definhavam. Dentro da casa, alguns vistosos presentes de casamento pareciam remendos em um vestido surrado. A srta. Wood não trouxera nem um tostão para Penge. Era uma mulher realizada e encantadora, mas pertencia à mesma classe social dos Durham, e a cada ano a Inglaterra estava menos propensa a lhe dar mais dinheiro.

— Clive está em plena campanha eleitoral — ela prosseguiu. — Teremos uma eleição suplementar no outono. Ele finalmente conseguiu que o convencessem a se candidatar. — Anne tinha um jeito aristocrático de antecipar críticas. — Mas, francamente, seria ótimo para os pobres que ele fosse eleito. Clive é o melhor amigo dos pobres; se eles ao menos tivessem ideia.

Maurice concordou. Sentia-se com disposição para discutir problemas sociais e disse:

— Eles só querem um pouco de adestramento.

— Sim, eles precisam de um líder — disse uma voz suave, mas distinta — e, enquanto não o encontrarem, vão continuar sofrendo.

Anne apresentou o novo vigário, o sr. Borenius, que ela mesma importara de Sussex. Para Clive, tanto fazia quem ele indicaria para esse cargo, desde que fosse um cavalheiro e devotado ao serviço em prol do vilarejo. O sr. Borenius cumpria os dois requisitos e, pertencendo à Igreja Alta,[47] fazia um contrapeso ao incumbente anterior, que era da Baixa.

— Oh, sr. Borenius, que interessante! — exclamou a velha senhora, do outro lado da sala. — Creio então que, na sua opinião, todos nós precisemos de um líder. E eu concordo — disse, lançando olhares rápidos de um lado a outro. — Repito, todos os senhores querem um líder.

E os olhos do sr. Borenius seguiram os dela, procurando talvez por algo que não encontrou, pois se retirou em seguida.

— É impossível que ele não tenha alguma coisa para fazer na paróquia — disse Anne, atenciosa —, e é sempre assim. Chega, discute com Clive sobre a questão da moradia e não fica para jantar. Sabe, ele é muito sensível; preocupa-se com os pobres.

— Eu também já trabalhei pelos pobres — disse Maurice, pegando uma fatia de bolo. — Mas não posso dizer que me preocupe com eles. Só acho que precisamos lhes dar apoio, pelo bem de toda a nação. Eles não sentem como nós. Eles não sofrem como nós sofreríamos no lugar deles.

Anne lançou um olhar de reprovação, mas sentiu que havia confiado suas cem libras ao tipo certo de investidor.

— Os únicos pobres que conheço são os *caddies* do clube de golfe e aqueles que vi numa visita do Assentamento Universitário a um cortiço. Mas se tem algo que aprendi é que os pobres não querem piedade. Eles só gostam de mim quando coloco as luvas e saio distribuindo socos.

— Ah, o senhor lhes dá aulas de boxe?

---

47 Os termos Igreja Alta e Igreja Baixa referem-se a grupos da igreja anglicana. *Grosso modo*, a Igreja Alta está associada a práticas mais tradicionalistas, com maior resistência a modernizações litúrgicas, e a Igreja Baixa dá maior ênfase ao seu caráter protestante, com descentralização de autoridade e flexibilização dos rituais. (N. T.)

— Sim, e jogo futebol... Eles são péssimos esportistas.

— Imagino que sejam. O sr. Borenius diz que eles querem amor — disse Anne, depois de uma pausa.

— Não tenho a menor dúvida, mas não vão conseguir.

— Sr. Hall!

Maurice limpou o bigode e sorriu.

— O senhor é *terrível*!

— Foi sem pensar. Mas pode-se dizer que sim.

— Mas o senhor gosta de ser terrível?

— Acostuma-se a tudo na vida — disse ele, virando-se de repente, pois a porta se abrira com um tranco atrás dele.

— Puxa vida, eu costumo repreender o Clive por ser cínico, mas o senhor é um caso à parte!

— Estou acostumado a ser terrível, tanto quanto os pobres estão acostumados aos cortiços. É tudo uma questão de tempo. — Maurice falava livremente o que lhe vinha à cabeça; desde sua chegada, havia deixado de lado a compostura. Clive nem fizera questão de estar em casa para recebê-lo. Muito bem! — Depois que a gente se enfia aqui e ali, acaba aprendendo em que buraco dá para entrar. No começo, ficam todos latindo como cachorrinhos. Au, au! — Sua imitação inesperada fez com que Anne risse. — Com o tempo, aprende-se que estão todos ocupados demais para nos ouvir, daí paramos de latir. São os fatos da vida.

— A visão de um homem — ela disse, assentindo com a cabeça. — Nunca vou deixar que Clive pense assim. Acredito na empatia... na possibilidade de repartirmos nossos fardos. Sei que sou *démodée*. Você é um seguidor de Nietzsche?

— Próxima pergunta!

Anne havia gostado desse sr. Hall, apesar do alerta de Clive de que ele poderia se mostrar um pouco distante. De certa forma, ele era, mas estava claro que tinha personalidade. Ela compreendeu por que o marido se divertira tanto na Itália com esse companheiro de viagem.

— Mas por que você não gosta dos pobres? — ela perguntou de supetão.

— Eu não disse isso. Eu só não penso neles, a não ser que seja obrigado a fazê-lo. Os cortiços, os sindicatos e todo o resto são uma ameaça pública, e cada um deve fazer sua pequena parte para detê-los. Mas não por amor. Seu amigo, o sr. Borenius, não consegue encarar os fatos.

Anne ficou em silêncio, depois perguntou a idade dele.

— Vinte e quatro amanhã.

— O senhor tem uma postura bem rígida para a sua idade.

— Ainda há pouco, a senhora dizia que eu era terrível. Está deixando que eu me safe muito facilmente, sra. Durham!

— Pelo jeito, já está decidido. O que é ainda pior.

Anne viu que Maurice franziu a testa e, com medo de que tivesse sido impertinente, mudou de assunto e passou a falar de Clive. Disse que a essa hora ele já devia ter voltado e que esse atraso era muito frustrante, porque, no dia seguinte, Clive teria mesmo que passar o dia inteiro fora. O cabo eleitoral, que conhecia as redondezas, ia dar uma volta com ele. O sr. Hall deveria ser compreensivo, e, além disso, precisavam da ajuda dele para a partida de críquete.

— Na verdade, estou na dependência de alguns outros compromissos... Talvez eu precise...

Anne observou o rosto de Maurice com uma súbita curiosidade e disse:

— Gostaria de ver seu quarto? Archie, leve o sr. Hall para o Aposento Russet.[48]

---

48 Em casas de campo de famílias tradicionais inglesas, era comum que os melhores aposentos ganhassem nomes, normalmente relacionados às estações do ano, ao estilo da decoração, a figuras públicas que já tivessem se hospedado ali etc. *Russet* é o nome de uma tonalidade de marrom, e o quarto designado para Maurice é o *Russet Room*, em tons de castanho. (N. T.)

— Obrigado... Ainda dá tempo de enviar uma carta?

— Não esta noite, mas pode enviar um cabo. Telegrafe dizendo que vai ficar. Perdão, melhor eu não me intrometer...

— Pode ser que eu precise enviar um telegrama. Ainda não tenho certeza. Agradeço-lhe imensamente.

Enquanto seguia o sr. London até o Aposento Russet, Maurice pensava: "Clive deveria... em consideração ao passado, deveria ter estado aqui para me receber. Deveria ter ao menos imaginado que eu ficaria arrasado". Não que ligasse para Clive, mas ainda podia sofrer por ele. A chuva desabava de um céu cor de chumbo por sobre o parque e o bosque silencioso. O crepúsculo chegava, trazendo-lhe um novo ciclo de tormentos.

Permaneceu no quarto até a hora do jantar, lutando com fantasmas que havia amado. Se é que o novo médico podia alterar seu ser, não seria sua obrigação consultá-lo, mesmo que seu corpo e sua alma fossem violentados? Com o mundo do jeito que é, a única opção ao casamento seria a decrepitude. Ele ainda não estava livre de Clive, e nunca estaria até que algo mais grandioso interviesse.

— O sr. Durham já voltou? — perguntou, quando a criada trouxe água quente.

— Sim, senhor.

— Acabou de chegar?

— Não. Já faz uma meia hora, senhor.

A criada fechou a cortina, encobrindo a vista, mas não o barulho da chuva. Enquanto isso, Maurice ditava um telegrama.

— Lasker Jones, 6, Wigmore Place, Oeste — ele leu. — Favor marcar horário na quinta. Hall. A/C Durham, Penge, Wiltshire.

— Sim, senhor.

— Muito obrigado — ele disse, com deferência, e fez um esgar assim que ficou sozinho. Nesse momento se instaurou uma ruptura completa entre suas ações públicas e privadas. Na sala de visitas, cumprimentou Clive sem hesitação. Deram-se um aperto de mãos caloroso e Clive disse:

— Você parece estar em ótima forma. Já escolheu o seu par? — e o apresentou a uma moça. Clive havia se tornado um verdadeiro proprietário de terras. Todas as suas lamentações contra a sociedade haviam cessado desde o seu casamento. Como concordavam em relação à política, teriam muito a conversar.

De sua parte, Clive estava feliz com sua visita. Anne dissera que ele era "um tanto rústico, mas muito amável", uma combinação considerada satisfatória. Havia algo de áspero em suas fibras, mas isso já não importava: a cena terrível envolvendo Ada podia ser esquecida. Maurice também havia se dado bem com Archie London. Isso era importante, pois Anne considerava Archie entendiante, e era o tipo de homem que podia ser grudento. Clive apresentou os dois e deixou que eles se virassem durante o passeio.

Na sala de visitas, o assunto era política novamente, e estavam todos convencidos de que os radicais não eram de confiança e os socialistas eram malucos. Lá fora, a chuva caía com uma monotonia impassível. Quando a conversa amainava, o murmúrio da água invadia a sala, e ao fim da noite uma goteira pôs-se a batucar no tampo do piano.

— É o fantasma da família outra vez — disse a sra. Durham, com um sorriso radiante.

— Temos um furinho de estimação no telhado — exclamou Anne. — Clive, podemos ficar com ele?

— Acho que seremos obrigados — observou, enquanto tocava a sineta. — Mas é melhor arrastar o piano-forte. Desse jeito, ele não vai aguentar muito mais.

— Que tal um pires? — disse o sr. London. — Clive, que tal um pires? Uma vez, no clube, a chuva começou a entrar pelo telhado, toquei a sineta e o serviçal trouxe um pires.

— Aqui eu toco a sineta, mas o serviçal não me traz nada — disse Clive, enquanto badalava novamente. — Sim, teremos um pires, Archie, mas precisamos arrastar o piano mesmo assim. Para o caso de o furinho querido da Anne resolver aumentar durante a noite. Nesta parte da sala, o telhado é de água simples...

— Pobre Penge — disse a mãe de Clive. A essa altura, todos estavam de pé, olhando para a goteira. Anne pusera-se a apalpar as entranhas do piano com um papel mata-borrão. A noite havia se dispersado, e estavam todos contentes de fazer piadas com a chuva, que lhes havia enviado aquele indício de sua presença.

— Traga um bacia, por favor — pediu Clive, quando a sineta foi finalmente atendida —, e um pano, e peça para um dos rapazes vir ajudar a arrastar o piano, e tire o tapete da *bay window*. A chuva entrou de novo.

— Tivemos que tocar a sineta duas vezes, duas vezes — indignou-se a mãe. — *Le délai s'explique*[49] — acrescentou, pois a criada chegava na companhia do guarda-caça e do camareiro. — *C'est toujours comme ça quand...*[50] o pessoal lá debaixo também tem seus pequenos momentos de idílio.

— Rapazes, e o que vocês vão querer fazer amanhã? — perguntou Clive aos convidados. — Eu estarei fora, em campanha eleitoral. Não venham junto. Não há palavras para expressar quão maçante é. Gostariam de ir à caça?

— Boa ideia — concordaram Maurice e Archie.

— Ouviu bem, Scudder?

— *Le bonhomme est distrait*[51] — alertou a mãe.

O piano havia se enroscado no tapete, e os criados, que não gostavam de levantar a voz na presença dos

---

49 O atraso está explicado. (N. T.)

50 É sempre assim quando... (N. T.)

51 O rapaz está distraído. (N. T.)

distintos, mal ouviam as instruções uns dos outros e sussurravam: "O quê?".

— Scudder, os cavalheiros vão sair pra caçar amanhã. Não sei exatamente o quê. Mas esteja aqui amanhã, por volta das dez. E agora, hora de se recolher?

— A regra aqui é ir cedo para a cama, sr. Hall — informou Anne. Em seguida, desejou boa-noite aos três serviçais e foi a primeira a se dirigir ao andar de cima.

Maurice demorou-se um pouco mais, escolhendo um livro. Será que *History of Rationalism*,[52] de Lecky, preencheria o vazio? A chuva pingava na bacia, e, diante da *bay window*, os homens, ajoelhados sobre o carpete, murmuravam como quem celebra ritos fúnebres.

— Diabos, será que não tem nada, nada?

— Fique quieto, ele não está falando com a gente — disse o camareiro ao guarda-caça.

Acabou por escolher o livro de Lecky, mas seu intelecto se provou incapaz, e, depois de alguns minutos, atirou o livro sobre a cama e ficou remoendo a respeito do telegrama. Na monotonia de Penge, seu propósito se fortalecia. A vida havia se mostrado um beco sem saída, com um monte de esterco no final. Era preciso recuar e começar de novo. Pelo que Risley havia dado a entender, era possível se transformar totalmente, desde que não se tivesse nenhum apego ao passado. Adeus, beleza e aconchego. Afinal, ao cabo, tudo virava um monte de esterco. Ao puxar as cortinas, olhou por entre a chuva, à distância, e suspirou. Deu-se um tapa na cara e mordeu os lábios.

---

52 *History of the Rise and Influence of the Spirit of Rationalism in Europe* [História da ascensão e influência do espírito do racionalismo na Europa], do historiador irlandês William Edward Hartpole Lecky (1838-1903). (N. E.)

# CAPÍTULO XXXV

O dia seguinte foi ainda mais lúgubre, e a única coisa que se pode dizer a seu favor é que teve a aura irreal de um pesadelo. Archie London tagarelava, a chuva escorria e, em nome dos deuses da caça, eles foram obrigados a perseguir coelhos por toda a propriedade de Penge. Algumas vezes conseguiam acertar os coelhos, outras vezes erravam, e tentaram usar também furões e redes.[53] A população de coelhos precisava ser controlada, e talvez por isso essa forma de diversão lhes tenha sido impingida: havia certa prudência em Clive. Quando retornaram para o almoço, Maurice recebeu a resposta de seu telegrama e ficou entusiasmado: o sr. Lasker Jones havia lhe concedido uma consulta no dia seguinte. Mas o entusiasmo logo passou. Archie propôs que eles fossem atrás dos coelhos novamente, e ele estava muito deprimido para dizer não. Nesse momento a chuva estava mais amena, a cerração, por outro lado, estava mais densa, a lama,

53 Em algumas regiões da Inglaterra, os coelhos são considerados pragas e sua caça é incentivada. Existe a prática de caça a coelhos com a ajuda de furões e armadilhas com redes. Essa técnica é hoje considerada ilegal. (N. T.)

mais grudenta, e, perto da hora do chá, eles perderam um furão. O guarda-caça deixou claro que havia sido culpa deles. Archie, que entendia do assunto, explicou para Maurice no *fumoir*, com a ajuda de diagramas. O jantar foi servido às oito, mesmo horário em que chegaram os políticos, e, depois do jantar, o teto da sala de visitas, de novo, gotejou dentro de bacias e pires. Mais tarde, no Aposento Russet, o mesmo clima, o mesmo desespero, e o fato de Clive estar sentado em sua cama, conversando intimamente, não fazia diferença alguma. Essa conversa o teria comovido se tivesse acontecido antes, mas ele estava tão incomodado com a falta de hospitalidade, seu dia havia sido passado de forma tão solitária e imbecil, que ele não conseguia mais reagir ao passado. Todos os seus pensamentos estavam com o sr. Lasker Jones, e queria ficar sozinho para poder redigir uma declaração a respeito de seu caso.

Clive percebeu que a visita havia sido um fracasso, mas, como ele bem observou: "A política não espera, e aconteceu de você chegar bem no auge da campanha". Ele também ficou irritado por ter se esquecido do aniversário de Maurice e pediu encarecidamente que ele ficasse até depois da partida. Maurice disse que lamentava deveras, mas não seria possível, pois havia surgido um compromisso urgente e inesperado na cidade.

— E não dá para você voltar depois desse compromisso? Somos anfitriões terríveis, mas é um prazer imenso ter você aqui. Pode tratar nossa casa como se fosse um hotel, fique à vontade para cuidar dos seus afazeres e nós cuidaremos dos nossos.

— A questão é que estou me preparando para me casar — disse Maurice, com palavras que voavam de sua boca como se tivessem vida independente.

— Fico contente demais — disse Clive, abaixando os olhos. — Maurice, fico contente demais. É a melhor coisa do mundo. Talvez seja a única...

— Eu sei.

Ele não entendia por que havia dito aquilo. Suas palavras voaram para fora, no meio da chuva; ele não conseguia parar de pensar na chuva e nos telhados esburacados de Penge.

— Não pretendo aborrecer você com muito falatório, mas direi apenas que Anne suspeitou. As mulheres são extraordinárias. Desde o começo ela achava que você tinha algo guardado na manga. Eu ri, mas agora vou ter que dar o braço a torcer. — Seus olhos se ergueram. — Oh, Maurice, estou tão contente. Isso foi o que eu sempre desejei para você.

— Eu sei.

Houve um silêncio. Os velhos modos de Clive haviam voltado. Ele era generoso, encantador...

— É maravilhoso, não é?... Oh... Estou tão feliz. Queria poder pensar em algo diferente para dizer. Você se importa se eu contar só para Anne?

— Nem um pouco. Conte para todo mundo — exclamou Maurice com uma brutalidade que passou despercebida. — Quanto mais gente, melhor. — Maurice buscava a pressão externa. — E se a moça que quero não me quiser, há outras.

Clive achou esse trecho um pouco risível, mas estava feliz demais para ser enjoado. Em parte estava feliz por Maurice, mas também porque fechava o seu próprio círculo. Ele detestava esquisitices, Cambridge, o Aposento Azul... Certas clareiras no parque estavam... não infectadas, pois nada de desonroso havia acontecido... mas todas essas coisas tinham se tornado meio ridículas. Ainda outro dia, Clive havia encontrado um poema escrito durante a primeira visita de Maurice a Penge que bem poderia ter vindo da terra do outro lado do espelho, de tão presunçoso, tão rebuscado. "Sombra das antigas embarcações helênicas." Então era assim que ele se referia ao universitário imponente? Saber que Maurice havia igualmente superado todo esse sentimentalismo fazia com que se sentisse purificado, e suas palavras também brotaram como se estivessem vivas.

— Tenho pensado em você com mais frequência do que você pode imaginar, meu caro Maurice. Como disse no outono passado, eu me preocupo com você no sentido verdadeiro, e para sempre me preocuparei. Fomos dois jovens tolos, não fomos? Mas pode-se aprender algo até mesmo da tolice. Amadurecimento. Não, mais que isso: intimidade. Você e eu nos conhecemos e confiamos um no outro somente porque um dia fomos tolos. O casamento não mudou nada. Isso é uma alegria, eu acho...

— Você me dá a sua bênção, então?

— Com toda a certeza!

— Obrigado.

Os olhos de Clive se enterneceram. Ele quis transmitir algo mais cálido do que amadurecimento. Será que ousaria recorrer a um gesto do passado?

— Pense em mim o dia todo de amanhã — disse Maurice — e Anne pode pensar em mim também.

A referência tão graciosa fez com que ele se decidisse por beijar muito delicadamente a mão forte e morena do companheiro.

Maurice teve um sobressalto.

— Você se importa?

— Oh, não.

— Maurice, meu caro, eu só queria mostrar que não esqueci o passado. Estou de acordo... não devemos mencioná-lo nunca mais, mas queria apenas mostrar esta única vez.

— Tudo bem.

— Não está feliz que tenha terminado bem?

— Como assim, bem?

— Em vez daquela confusão, ano passado.

— Ah, com você.

— Retribua, e eu vou.

Maurice comprimiu os lábios contra o punho engomado da camisa social de Clive. Depois de cumprir sua função, afastou-se da maneira mais amistosa possível, reafirmando que retornaria a Penge assim que as circunstâncias o permitissem. Clive só parou de falar quando era tarde, e a chuva escorria pela janela do sótão. Quando ele se foi, Maurice abriu as cortinas e caiu de joelhos, apoiando o queixo sobre o parapeito da janela e deixando que as gotas respingassem em seu cabelo.

— Venha! — gritou subitamente, surpreendendo a si mesmo.

A quem havia chamado? Não estava pensando em nada, e a palavra saltara de dentro dele. Fechou a janela e a cortina o mais rápido que pôde e reacomodou seu corpo no Aposento Russet. Depois, escreveu sua declaração. Levou algum tempo, e não ficou nada imaginativa, mas mesmo assim foi para a cama inquieto. Estava convencido de que alguém o observara enquanto escrevia. Não estava só. Ou talvez não tivesse sido ele quem havia escrito. Desde que chegara a Penge, sentia-se não como Maurice, mas como uma legião de vozes, e agora quase dava para ouvi-las discutindo dentro dele. Mas nenhuma delas era a voz de Clive: ele havia ido longe assim.

# CAPÍTULO XXXVI

Archie London também estava voltando para a cidade, e na manhã seguinte, muito cedo, ali estavam Maurice e ele, no saguão, esperando juntos pela charrete, enquanto o rapaz que os havia levado para caçar coelhos aguardava lá fora uma gorjeta.

— Diga a ele para esperar sentado — esbravejou Maurice, contrariado. — Eu lhe ofereci cinco xelins,[54] e ele não aceitou. Que audácia!

O sr. London ficou escandalizado. Onde é que a criadagem iria parar assim? Será que eles só ligavam para dinheiro? Se fosse isso mesmo, melhor abrir mão de tudo e ir embora. E desatou a contar uma história sobre uma enfermeira mensalista da esposa. Pippa tratava a mulher

54 No original, o autor usa a expressão "bob", uma gíria para xelim (ou shilling), subdivisão da moeda britânica (em uso até 1990) que tinha o valor de um vinte avos de libra. Cinco xelins, portanto, formavam um quarto de libra. Segundo o site do Arquivo Nacional da Inglaterra e País de Gales (The National Archives/TNA), cinco xelins em 1910 teriam o poder de compra aproximado de vinte libras atuais. (N. T.)

como se fosse da família, mas o que esperar de gente mal-educada? E a má-educação é ainda pior do que nenhuma!

— Nem diga, nem diga — concordou Maurice, bocejando.

Apesar de tudo, o sr. London se perguntava se a gorjeta não seria um caso de *noblesse oblige*.

— Ora, tente dar, se quiser.

O homem estendeu então a mão na chuva.

— Hall, o rapaz pegou, viu?

— Pegou? Que cara de pau! — exclamou Maurice. — Por que ele não aceitou a minha? Imagino que você tenha dado mais.

Envergonhado, o sr. London admitiu que sim. Aumentara a gorjeta com medo de ser esnobado. O rapaz havia passado dos limites, claro, mas ainda assim o sr. London não achava de bom-tom que Hall trouxesse essa questão à baila. Quando os serviçais são rudes, deve-se simplesmente ignorá-los.

Mas Maurice estava contrariado, cansado e preocupado com sua consulta na cidade e colocou esse episódio na conta da inospitalidade de Penge. Por vingança, ao sair, foi com passos lentos até a porta e disse, em seu tom de voz familiar, mas alarmado:

— Olá! Quer dizer então que cinco xelins não bastam! O que é? Você só aceita ouro?

Foi interrompido por Anne, que viera se despedir deles.

— Boa sorte — disse a Maurice com uma expressão de muita amabilidade, e fez uma pausa, como que a aguardar confidências, que não vieram. E acrescentou: — Fico feliz que você não seja terrível.

— Fica mesmo?

— Homens gostam de parecer terríveis. Clive, por exemplo. Não é, Clive? Sr. Hall, homens são criaturas muito estranhas. — Passou a mão pelo colar e sorriu. — Muito estranhas. Desejo-lhe toda a sorte.

A essa altura, Anne estava encantada com Maurice. A situação em que ele se encontrava, e a forma como a encarava, pareceram-lhe adequadas a um homem.

— Já uma mulher apaixonada — ela explicou a Clive enquanto observavam os convidados partirem, desde a entrada da residência —, uma mulher apaixonada nunca blefa... Eu adoraria saber o nome da moça.

Interpondo-se aos empregados domésticos, o guarda-caça levou a bagagem de Maurice para a charrete, coberto de vergonha.

— Enfie onde bem entender — disse Maurice, friamente. Enquanto Clive, Anne e a sra. Durham acenavam, a charrete partiu, e London retomou a história da enfermeira mensalista de Pippa.

— Incomoda-se se eu abrir janela? — sugeriu a vítima. Baixou o vidro e observou o parque encharcado. Tanta chuva assim era uma estupidez. Quem *quer* tanta água? Ah, a indiferença do universo para com a humanidade! Ao adentrarem o bosque, a charrete mal parava de pé. Parecia improvável que chegasse inteira à estação ou que os infortúnios de Pippa terminassem.

Próximo à cabine da entrada, havia uma subidinha daquelas, curta e íngreme, e a estrada, sempre em más condições, era ladeada por arbustos de rosa-mosqueta que arranhavam a pintura da charrete. Botões e mais botões de flores passavam por eles em cortejo, maltratados pelo ano inclemente: alguns estavam doentes, outros jamais se abririam; aqui e ali, a beleza triunfava, a duras penas: lampejos em um mundo de trevas. Maurice observava cada um deles e, embora não ligasse para flores, o fracasso o irritava. Quase nada era perfeito. Em uma moita, todas as flores estavam tortas, na outra, infestações de lagartas ou galhas inchadas. Ah, a indiferença da natureza! Mas que incompetência, a dela! Debruçou-se para fora da janela, para ver se não havia mesmo nada que a natureza conseguisse fazer direito, e deu de cara com os olhos castanhos e brilhantes de um jovem.

— Deus! O que aquele guarda-caça está fazendo aqui?

— Não é possível, ele não teria conseguido chegar até aqui. Ele ficou para trás, lá na casa.

— Teria conseguido, sim. Se corresse.

— Mas por que ele correria?

— Verdade. Por que ele faria isso? — perguntou Maurice, enquanto levantava a persiana na traseira da charrete para espiar por entre os roseirais que a neblina já envolvia.

— Ele correu mesmo?

— Não deu para ver.

Sem pestanejar, seu companheiro de viagem retomou a narrativa e quase não parou de falar até se despedirem em Waterloo.

No táxi, Maurice releu sua declaração e ficou alarmado com a honestidade. Ele, que não podia confiar em Jowitt, estava se colocando nas mãos de um charlatão. Apesar do aval de Risley, Maurice associava hipnose com sessões espíritas e chantagem, e muitas vezes praguejara ao ler notícias a esse respeito no *Daily Telegraph*. Ainda dava tempo de desistir.

Mas a casa parecia decente. Quando a porta se abriu, viu os filhotes de Lasker Jones brincando na escada, crianças adoráveis que o confundiram com "tio Peter" e se penduraram nas mãos dele. Quando viu que na sala de espera havia um exemplar da revista *Punch*,[55] a impressão de

---

55 A revista *Punch, or The London Charivari* foi uma publicação semanal de humor e sátira editada de 1841 a 1992 e de 1996 a 2002. A revista é creditada como a primeira publicação a usar o termo *cartoon* para charges humorísticas. Na década de 1910, quando *Maurice* foi escrito, *Punch* tinha uma tiragem de 100 mil exemplares e era amplamente conhecida do público. Em suas diversas fases, a revista contou com colaboradores como Somerset Maugham, Quentin Crisp e Sylvia Plath, entre outros. (N. T.)

normalidade ficou ainda mais forte. Enfrentaria seu destino com serenidade. Queria uma mulher para dar-lhe segurança social, para descarregar sua luxúria e para parir filhos. Nunca imaginou que essa mulher poderia ser uma alegria positiva; na pior das hipóteses, Dickie havia sido isso. Pois, durante aquela longa batalha, esquecera-se do que era o amor e, pelas mãos do dr. Lasker Jones, não buscava obter felicidade, apenas repouso.

O cavalheiro deixou Maurice ainda mais aliviado ao corresponder totalmente à ideia que ele tinha do que um cientista avançado deveria ser. Sem viço e impassível, o médico estava sentado no meio de uma sala de paredes nuas, diante de uma escrivaninha com tampo em rolo.

— Sr. Hall? — ele disse, estendendo-lhe a mão exangue. O sotaque era ligeiramente americano. — Pois bem, sr. Hall. Qual é o problema?

Maurice também assumiu uma atitude distanciada, como se tivessem se encontrado para falar de um terceiro.

— Está tudo aqui — disse, e apresentou a declaração por escrito. — Já consultei um médico, e ele não pôde fazer nada. Não sei se o senhor vai poder.

O doutor leu a declaração.

— Espero não ter me enganado ao procurá-lo.

— De maneira alguma, sr. Hall. Setenta e cinco por cento dos meus pacientes são do seu tipo. Esta declaração é recente?

— Escrevi-a ontem à noite.

— E o relato é preciso?

— Bem, nomes e locais foram um pouco alterados, naturalmente.

O sr. Lasker Jones não achou aquilo tão natural e fez várias perguntas a respeito do sr. Cumberland, pseudônimo que Maurice dera a Clive, e quis saber se alguma vez eles haviam chegado a se unir de fato: em seus lábios isso se tornou curiosamente inofensivo. Ele nem exaltava, nem culpava, nem se apiedava: também não deu a menor importância a um arroubo repentino de Maurice contra a sociedade. E, embora Maurice ansiasse por compaixão — já fazia pelo menos um ano que ele não sabia o que era isso —, ficou satisfeito que o médico não a ofereceu, pois isso teria aniquilado seu propósito.

— Qual o nome do meu problema? Isso tem um nome? — perguntou.

— Homossexualidade congênita.

— Congênita em que medida? O que pode ser feito?

— Certamente há o que se fazer, se você permitir.

— O fato é: tenho um preconceito antiquado contra a hipnose.

— Temo que o senhor possa continuar com esse preconceito mesmo depois de experimentá-la, sr. Hall. Não posso prometer-lhe uma cura. Já lhe contei de meus outros pacientes, setenta e cinco por cento, mas só obtive sucesso em cinquenta por cento.

Essa confissão deu confiança a Maurice. Nenhum charlatão a teria feito.

— Acho que vale a pena tentar — disse, sorrindo. — O que preciso fazer?

— Basta permanecer onde está. Vou fazer um teste para ver se a tendência está enraizada muito a fundo. Mais adiante, o senhor retornará (se desejar) para sessões regulares. Sr. Hall! Tentarei induzi-lo a um estado de transe e, se conseguir, farei sugestões ao senhor que (se tudo sair como esperamos) se tornarão parte de seu estado normal, quando acordar. Não tente resistir ao que eu disser, sr. Hall.

— Tudo bem, vamos lá.

Em seguida, o sr. Lasker Jones se afastou da escrivaninha e sentou-se descontraidamente no braço da poltrona de Maurice. Este achou que ele iria lhe extrair um dente. Por alguns instantes, nada aconteceu, mas, de repente, seus olhos notaram um ponto de luz nas ferragens da lareira e o resto da sala se anuviou. Ele conseguia ver o que estava à sua frente, mas não muito mais. Conseguia ouvir a voz do médico e a sua própria. Era evidente que estava resvalando para um estado de transe, e essa conquista deu-lhe orgulho.

— Creio que você ainda não está totalmente desligado...

— Não, não estou.

O doutor fez mais alguns gestos.

— E agora?

— Agora estou quase desligado.

— Quase?

Maurice concordou, mas sem certeza.

— Agora que você está bem desligado, diga-me, o que achou do meu consultório?

— É uma bela sala.

— Achou muito escura?

— Um pouco escura...

— Mas consegue ver o quadro, não consegue?

Maurice viu então um quadro na parede oposta, embora soubesse que não havia nenhum.

— Dê uma boa olhada, sr. Hall. Aproxime-se. Mas cuidado com o buraco no tapete.

— Qual o tamanho do buraco?

— Dá para saltar por cima dele.

Maurice imediatamente identificou o buraco e saltou, mesmo sem ter certeza de que isso fosse necessário.

— Impressionante. Agora... o que o senhor acha que está retratado nesse quadro? De quem é esse retrato?

— De quem é...

— Edna May.

— Sr. Edna May.

— Não, sr. Hall., é da srta. Edna May.

— É do sr. Edna May.

— Ela não é linda?

— Quero ir para casa, quero a minha mãe. — Ambos riram-se desse comentário, a começar pelo doutor.

— A srta. Edna May não é apenas linda. Ela é atraente.

— Ela não me atrai — disse Maurice, em tom de birra.

— Ah, sr. Hall, que comentário indelicado. Veja que lindos cabelos ela tem.

— Prefiro cabelos curtos.

— Por quê?

— Porque posso acariciar. — E começou a chorar. Voltou a si e estava na poltrona. As lágrimas ainda estavam quentes em seu rosto, mas sentia-se como antes, e começou a falar imediatamente.

— Veja, eu estava tendo um sonho quando o senhor me acordou. É melhor que eu conte agora. Achei que tinha visto uma face, e uma voz me dizia: "Este é seu amigo". Isso está certo? Tenho essa sensação com frequência. Não consigo explicar. Como se estivesse vindo em minha direção durante o sono, embora nunca chegue até mim, esse sonho.

— Sentiu que se aproximou agora?

— Muito perto! Isso é um mau sinal?

— Não, claro que não. O senhor está aberto ao sugestionamento. Eu fiz com que visse um quadro na parede.

Maurice assentiu: quase havia se esquecido. Houve uma pausa, ele tirou dois guinéus do bolso e pediu para marcar uma segunda consulta. Ficou combinado que telefonaria na semana seguinte, e, até lá, o sr. Lasker Jones queria que ele ficasse onde estava, no campo, tranquilo.

Maurice não teve dúvidas de que Clive e Anne o receberiam com prazer, nem de que a influência deles seria benfazeja. Penge tinha a função de um vomitivo. Ajudaria a livrar-se de sua vida pregressa e venenosa, que parecia tão inocente, Penge o curaria da ternura e da humanidade. Sim, ele iria voltar: bastava enviar um telegrama para os amigos e tomar o expresso da tarde.

— Sr. Hall, faça exercícios com moderação. Um pouco de tênis, ou um passeio de caça.

Maurice demorou um pouco para dizer:

— Pensando bem, talvez eu não deva voltar a Penge.

— Por que não?

— Bem, parece meio tolo fazer essa viagem longa duas vezes no mesmo dia.

— O senhor prefere então pernoitar hoje na sua casa?

— Sim... não... não, tudo bem, vou voltar para Penge.

# CAPÍTULO XXXVII

Ao retornar, ficou surpreso ao descobrir que o jovem casal estava prestes a sair para uma maratona de vinte e quatro horas de campanha eleitoral. Agora Maurice se importava menos com Clive do que Clive com ele. Aquele beijo havia sido uma desilusão. Um beijo tão trivial e pudico, oh, céus, tão típico. Quanto menos você der, maior o valor da dádiva; esse era o lema de Clive. Segundo esse cálculo, metade valia mais do que o todo. Em Cambridge, Maurice havia aprendido a aceitar essa teoria. Mas agora Clive oferecia-lhe um terço e esperava que ele acreditasse que isso era mais do que a metade. Por acaso Clive achava que ele tinha sangue de barata?

Clive explicou que, se Maurice tivesse indicado que voltaria, ele não teria combinado de ir, mas que, de qualquer forma, estaria de volta para a partida de críquete. Anne sussurrou:

— Meu desejo de boa sorte funcionou?

— Mais ou menos — respondeu Maurice.

Ela então tomou Maurice sob suas asas e se ofereceu para convidar a jovem dama a Penge.

— Diga-me, sr. Hall, ela é encantadora? Estou convencida de que tem olhos castanhos brilhantes.

Mas Clive a chamou para se despedirem, e Maurice teve que amargar um fim de tarde com a sra. Durham e o sr. Borenius.

Estava particularmente irrequieto. Ele se lembrou da primeira noite em Cambridge, quando fora aos aposentos de Risley. A chuva havia parado durante sua ida à cidade. Ele quis fazer um passeio no fim da tarde, ver o pôr do sol, ouvir o som das árvores molhadas. Fantasmagóricas, mas perfeitas, as prímulas noturnas começavam a se abrir nos arbustos, tocando Maurice com seu perfume. Clive havia lhe mostrado as prímulas, mas nunca lhe contara sobre o perfume. Gostava de estar ao ar livre, por entre os pintarroxos e os morcegos, perambulando de um lado para outro, sem chapéu, até que o gongo avisasse que era hora de se aprontar para mais uma refeição e as cortinas do Aposento Russet se fechassem. Não, Maurice não era mais o mesmo. E, tão certo quanto o dia em Birmingham em que a morte deixara de flertar com ele, principiava-se agora uma reorganização de seu ser, tudo graças ao sr. Lasker Jones! Ocorrera uma mudança mais profunda do que seus esforços conscientes, que o levaria, com sorte, aos braços da srta. Tonks.

Durante a caminhada, Maurice foi abordado pelo mesmo rapaz que havia repreendido pela manhã. Perguntou se gostaria de caçar no dia seguinte, tocando o quepe num cumprimento. Óbvio que não, pois era o dia da partida de críquete, mas a pergunta era apenas um pretexto para um pedido de desculpas.

— Sinto muito não ter atendido ao senhor e ao sr. London com total satisfação — ele disse.

— Não faz mal, Scudder — respondeu Maurice, que não estava mais em seu modo vingativo.

Scudder também havia sido importado e era parte de toda uma vida mais abrangente que fora trazida para Penge por Anne e pela política; ele era mais esperto do que o velho sr. Ayres, chefe dos guarda-caças, e sabia disso.

Deixou implícito que não aceitara os cinco xelins porque era dinheiro demais; mas não explicou por que aceitara dez do sr. London! Acrescentou apenas:

— Fico feliz em vê-lo de volta por aqui em tão pouco tempo, senhor. — O que a Maurice pareceu ligeiramente inadequado, e por isso apenas repetiu:

— Não faz mal, Scudder. — E entrou.

Era uma noite de traje a rigor. Sem casaca, pois seriam apenas três pessoas. E, embora estivesse acostumado a respeitar essas formalidades havia anos, de repente as achou ridículas. O que importavam as roupas, desde que a comida fosse boa e as outras pessoas fossem decentes — e elas não seriam. E, enquanto passava a mão pelas nervuras da camisa, uma sensação de ignomínia tomou conta dele, e ele sentiu que não tinha o menor direito de criticar ninguém que vivia no campo. Como a sra. Durham era seca; igual a Clive, mas com a seiva empedrada. E o sr. Borenius? Que secura! Para ser justo, até que o sr. Borenius guardava lá algumas surpresas. Desdenhoso de todas as pessoas, Maurice prestara pouca atenção a ele e ficou impressionado quando colocou as asas de fora, na hora da sobremesa. Maurice havia concluído que, como vigário da paróquia, o sr. Borenius ajudaria Clive na eleição. Mas...

— Não voto em quem não toma a comunhão, espero que o sr. Durham compreenda.

— Os radicais estão atacando a sua Igreja — foi tudo o que o outro conseguiu responder.

— E é por isso que não voto no candidato radical. E isso apesar de ele ser cristão.

— Um tanto curioso, senhor, se me permite dizer. Clive fará tudo o que o senhor quer que seja feito. E o senhor tem sorte de que ele não seja ateu. Hoje em dia, afinal, há um monte deles por aí!

Ele sorriu e respondeu:

— Um ateu está mais próximo do Reino de Deus do que um helenista. "Se não vos tornardes como crianças..."[56] E o que é um ateu senão uma criança?

Maurice olhou as mãos, mas antes que pudesse formular uma resposta o camareiro entrou para saber se ele tinha alguma ordem para o guarda-caça.

— Acabei de estar com ele antes do jantar, Simcox. Não preciso de nada, obrigado. Amanhã é a partida. Eu já o avisei.

— Sim, mas ele quer saber se o senhor não gostaria de descer até o lago, entre os tempos da partida, para dar um mergulho, agora que o clima afirmou. Ele deixou o barco preparado.

— Muito amável da parte dele.

— Se for o sr. Scudder, eu gostaria de falar com ele — pediu o sr. Borenius.

— Você o avisa, Simcox? E diga também que eu não irei dar o mergulho. — E quando o camareiro se afastou, disse: — O senhor quer falar com ele aqui mesmo? Aconselho mantê-lo o mais longe possível.

— Obrigado, sr. Hall, mas eu vou lá fora. Ele há de preferir na cozinha.

— Aposto que sim. Há muitas moças bonitas na cozinha.

— Pois sim — disse com um ar de quem não havia cogitado sexo até então. — Por acaso o senhor não saberia se ele tem alguém em vista para matrimônio, não é?

— Lamento, não sei, não. Eu o vi beijar duas garotas ao mesmo tempo no dia da minha chegada, se lhe interessa saber.

— Acontece que às vezes esses rapazes acabam confidenciando alguma coisa nessas saídas para caça. O ar livre, o sentimento de companheirismo...

---

56 Citação do Evangelho segundo Mateus 18,3: "Em verdade vos digo que, se não vos converterdes e não vos tornardes como as crianças, de modo algum entrareis no Reino dos Céus". (N. E.)

— Eles não tomam essas liberdades comigo. Archie London e eu ficamos fartos dele ontem, para falar a verdade. Muito ansioso e mandão. Achamos que ele era um tanto porcalhão.

— Perdão pela intromissão.

— Não há nada para perdoar — retrucou Maurice, incomodado pelo fato de o vigário ter se referido ao ar livre de maneira tão presunçosa.

— Para ser franco, antes de ele embarcar, eu gostaria de ver esse rapaz comprometido com uma companheira. — E, sorrindo gentilmente, acrescentou: — Bem como todos os rapazes.

— Ele vai viajar para quê?

— Ele está emigrando — respondeu o vigário, empregando um tom particularmente irritante quando disse "emigrando", e dirigiu-se à cozinha.

Maurice deu uma volta de cinco minutos no bosque. A comida e o vinho haviam-no aquecido, e ele pensou, com certa inconsequência, que até mesmo o velho Chapman já tivera seus dias de farra. Apenas ele, sob reprimendas de Clive, era capaz de conciliar um intelecto amadurecido com o comportamento de um coroinha. Ele não era nenhum Matusalém e tinha todo o direito a uma aventura. Ah, esses perfumes deliciosos, todo esse bosque para se esconder, e esse céu escuro como o bosque! Ele deixaria isso tudo para trás. Seu lugar era dentro de casa, e lá iria mofar, um respeitável pilar da sociedade que jamais tivera a chance de fazer coisas erradas. Através de um portão, a vereda por onde ele ia se abria em um parque, mas a grama molhada ia encharcar seus sapatos, então ele achou melhor voltar. Nisso, deu um encontrão em alguém que se apoiou brevemente em seus cotovelos, sentiu o roçar de calças de cotelê; era Scudder fugindo do sr. Borenius. Liberado, prosseguiu em seus devaneios. A caçada do dia anterior, que lhe causara pouca impressão imediata, começava, aos poucos, a incandescer, e ele percebeu que estivera vivo, mesmo durante os momentos de tédio. Maurice rememorou o que se passara antes disso, desde os acontecimentos em torno de sua chegada, como a movimentação do piano; e, a partir daí, até os acontecimentos do dia que terminava, começando pela gorjeta de cinco xelins e tudo até agora. E, ao alcançar o "agora", foi como se uma descarga elétrica passasse pela cadeia de eventos insignificantes, fazendo com que Maurice a soltasse e ela se perdesse novamente na escuridão, espatifada. "Maldição, que noite", ele concluiu, tocado por uma rajada de vento. Ao longe o portão do parque, que tilintava, bateu, como que a apartá-lo da liberdade, e ele entrou na casa.

— Sr. Hall — exclamou a velha senhora —, que requintado o seu penteado!

— Meu penteado? — e ele descobriu que sua cabeça estava amarela com o pólen das prímulas noturnas.

— Não tire. Achei que ficou bonito em seu cabelo preto. Sr. Borenius, ele não parece um bacante?

O clérigo ergueu os olhos sem ver. Havia sido interrompido no meio de uma conversa séria.

— Mas, sra. Durham — persistiu —, achei que a senhora tivesse me garantido que todos os seus funcionários haviam sido crismados.

— Era o que eu achava, sr. Borenius, eu achava mesmo.

— No entanto, vou até a cozinha e descubro que Simcox, Scudder e a sra. Wetherall não foram. Para Simcox e a sra. Wetherall, posso dar um jeito. O problema é Scudder, pois não terei tempo de prepará-lo adequadamente antes de ele zarpar, mesmo se conseguisse convencer o bispo.

A sra. Durham tentou manter a seriedade, mas Maurice, de quem ela gostava bastante, estava aos risos. Sugeriu que o sr. Borenius desse a Scudder uma carta de recomendação a algum clérigo no estrangeiro; era impossível que não houvesse um.

— Sim, mas será que ele a apresentará? Ele não demonstra nenhuma hostilidade contra a Igreja, mas será que se dará ao trabalho? Se tivessem me informado quais de seus empregados já foram e quais não foram crismados, esta complicação não estaria acontecendo.

— Os serviçais são tão sem consideração — disse a velha senhora. — Não me dizem nada. Scudder apresentou a demissão para Clive em cima da hora. O irmão o convidou. E lá se vai ele. Sr. Hall, ouçamos o seu conselho sobre esta situação: o que devemos fazer?

— Nosso jovem amigo condena toda a Igreja, de maneira militante e triunfal.

Maurice se exaltou. Se o pároco não fosse tão terrivelmente feio, ele não teria se importado, mas não podia suportar que aquele homem com focinho enxerido fizesse troça da juventude. Scudder limpava as armas, carregava malas, tirava água do barco, agora iria embora para outro país... Pelo menos fazia alguma coisa, enquanto os distintos passavam a vida empoleirados a apontar os defeitos de sua alma. Se mendigava gorjetas, era o esperado; e se não mendigava, se seu pedido de desculpas era sincero... ora, então era um bom sujeito. Resolveu se manifestar:

— Como sabe que ele tomará a comunhão depois de crismado? — disse. — Eu não comungo.

A sra. Durham começou a murmurar uma canção. Aquilo estava indo longe demais.

— Mas você teve a oportunidade. O sacerdote fez o que pôde por você. Por Scudder não fez, portanto, a responsabilidade é da Igreja. É por isso que eu insisto tanto numa questão que deve parecer trivial para você.

— Sou terrivelmente estúpido, mas acho que entendi: o senhor quer se certificar de que no futuro ele, e não a Igreja, seja considerado culpado. Muito bem, senhor, esse pode ser o seu conceito de religião, mas não é o meu, nem era o de Cristo.

Foi a fala mais perspicaz que já tinha feito; desde a hipnose, seu intelecto experimentara momentos de poder incomum. Mas o sr. Borenius não se intimidou e respondeu com prazer.

— Os infiéis têm sempre uma ideia tão clara do que a fé deve ser, eu gostaria de ter metade da certeza que eles têm.

Dito isso, o vigário se levantou e saiu, e Maurice o conduziu através do atalho pelo jardim da cozinha. Encostado no muro, lá estava o assunto da discussão, certamente à espera de alguma das criadas; parecia que, essa noite, ele era uma assombração que rondava a propriedade. Maurice não teria visto nada, tamanha era a escuridão; foi o sr. Borenius quem proferiu um "boa noite, senhor", em nome dos dois. Um aroma delicado de fruta perfumava o ar; mais tarde, levantou-se a suspeita de que o rapaz roubara um damasco. Os perfumes estavam por toda parte essa noite, apesar do frio, e Maurice voltou pelo caminho do bosque, para sentir o cheiro das prímulas.

Novamente, ouviu um cauteloso "boa noite, senhor", e, sentindo certa simpatia pelo patife, replicou:

— Boa noite, Scudder, disseram-me que você está emigrando.

— Essa é minha intenção, senhor — disse a voz.

— Então, boa sorte para você.

— Obrigado, senhor, às vezes é estranho...

— Para o Canadá ou para a Austrália?

— Não, para a Argentina, senhor.

— Ah! É um belo país.

— O senhor já esteve lá?

— Nada disso. Gosto mesmo é da Inglaterra — disse Maurice, dando passos lentos e esbarrando novamente na calça de cotelê. A conversa era boba, o encontro, trivial, e, no entanto, combinavam com a escuridão, com a tranquilidade da hora, e era disso que Maurice precisava. Na volta, uma sensação de bem-estar o acompanhou até que ele chegasse em casa. Pela janela, pôde ver a sra. Durham despreocupada e feia. O rosto dela se recompôs quando ele entrou, bem como o dele, e trocaram alguns comentários afetados a respeito do dia que Maurice passara na cidade, antes de irem dormir.

No último ano, ele havia dado para dormir mal e soube, assim que se deitou, que seria uma noite trabalhosa. Os acontecimentos das últimas doze horas se debatiam dentro da sua cabeça e o deixavam agitado. Lembrava-se de ter levantado cedo, lembrava-se da viagem com London, da consulta, da volta; e como pano de fundo havia um receio de que tivesse se esquecido de dizer algo em sua confissão ao médico. E, no entanto, não sabia o que era. Na véspera, quando escrevera a declaração nesse mesmo cômodo, havia ficado satisfeito. Mas começou a se preocupar — o que o sr. Lasker Jones lhe havia proibido fazer, porque os tipos introspectivos são mais difíceis de curar. Ele devia se dedicar às sugestões que tinham sido plantadas durante o transe, sem se preocupar se elas germinariam ou não. Mas não conseguia deixar de se preocupar. E Penge, em vez de lhe proporcionar um ambiente tranquilo, revelou-se mais perturbador do que outros locais. Que vívidas, além de complexas, eram as impressões que lhe causava, e que nó davam em sua cabeça aquelas réstias de flores e frutas! Coisas que nunca vira antes, como um barco que precisa ter a água da chuva drenada, ele viu pela primeira vez naquela noite, ainda que de forma velada. Como desvendá-las? Almejava a escuridão. Não a escuridão de uma casa que enclausura um homem entre seus móveis, mas a escuridão em que ele pudesse ser livre! Vã esperança! Havia pagado dois guinéus para que um médico fechasse as cortinas ainda mais, e agora, no cubo castanho deste aposento, a srta. Tonks iria jazer, prisioneira, a seu lado. À medida que a levedura do transe fermentava, Maurice tinha a ilusão de ver um retrato que podia se transformar à sua vontade, de homem para mulher, e esse vulto atravessava aos saltos o campo de futebol onde ele se banhava... Gemeu, semidesperto. Devia haver coisa melhor na vida do que todo esse lixo, se ele apenas conseguisse chegar lá... amor... nobreza... espaços vastos onde a paixão abraça a paz, espaços que nenhuma ciência pode alcançar, mas que existem perenes, alguns deles em meio a bosques, coroados por um céu majestoso... e um amigo...

Foi ainda adormecido que saltou da cama e se agarrou às cortinas, gritando: "Venha!". O movimento o despertou; por que teria feito isso? A neblina cobria a relva do parque, e os troncos das árvores se erguiam para fora da névoa como as marcas dos canais no estuário perto da velha escola. Fazia um frio e tanto. Ele tremia e fechou os punhos. A lua se erguera. Abaixo dele estava a sala de visitas, e os homens que consertavam o telhado haviam deixado a escada encostada no parapeito de sua janela. Por que teriam feito isso? Sacudiu a escada e olhou as árvores no bosque, mas a vontade de ir até elas logo se desfez. Por que iria? Estava velho demais para brincar no molhado.

Mas quando voltou para a cama, ouviu um ruído, um ruído tão íntimo que poderia ter nascido de dentro de seu corpo. Pareciam sons de estalos ou de chama a crepitar, e viu o topo da escada tremer à luz do luar. A cabeça e os ombros de um rapaz emergiram. Depois, uma arma foi depositada com cuidado sobre o parapeito da janela. Alguém que ele vagamente reconhecia avançou em sua direção e se ajoelhou a seu lado, sussurrando:

— Era o senhor que estava me chamando?... Senhor, eu sei... Eu sei.

E então o tocou.

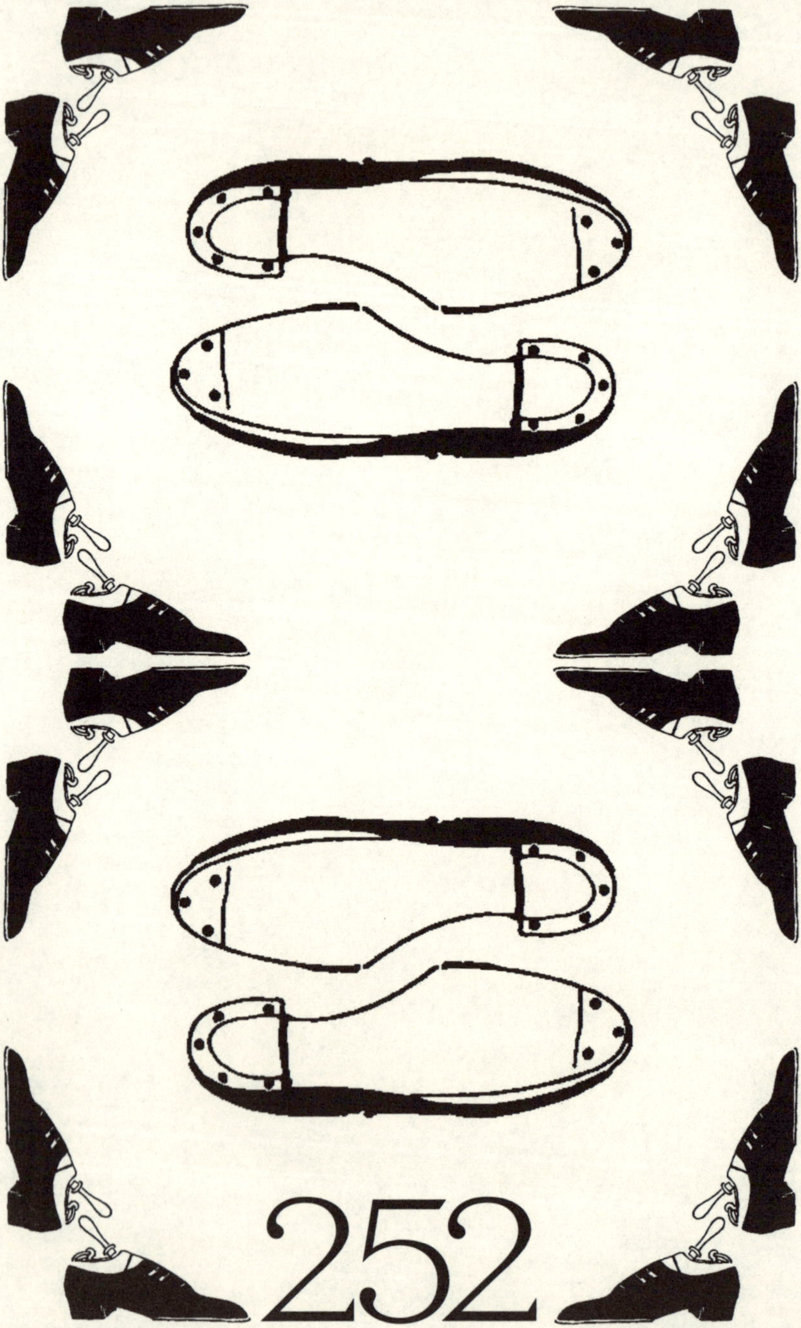

252

# PARTE

# IV

# CAPÍTULO XXXVIII

— Melhor eu ir embora agora, não é, senhor?

Com uma vergonha abominável, Maurice fingiu não ouvir.

— Melhor não pegarmos no sono, seria estranho se alguém entrasse — prosseguiu, com uma risada satisfeita e escrachada que fez Maurice ter simpatia, mas ao mesmo tempo ficar acanhado e tristonho. Ao fim, conseguiu responder:

— Você não deve me chamar de senhor.

E a risada se fez ouvir novamente, como que a varrer de lado essas questões. Parecia haver nela encanto e presença de espírito, e ainda assim o desconforto de Maurice aumentou.

— Permita-me perguntar o seu nome.

— Eu sou o Scudder.

— Eu sei que é Scudder, mas qual o seu outro nome?

— Alec, só isso.

— Que belo nome.

— É só um nome.

— Eu me chamo Maurice.

— Vi quando o senhor chegou, sr. Hall, acho que na terça, e achei que o senhor olhou para mim ao mesmo tempo com raiva e ternura.

— Quem eram aquelas pessoas com você? — perguntou Maurice depois de uma pausa.

— Ah, era só a Mill, prima da Milly. E o senhor se lembra que o piano ficou molhado aquela mesma noite, e o senhor teve dificuldade para se concentrar no livro, nem chegou a ler, não foi?

— E como é que você sabe que eu não consegui ler o meu livro?

— Vi o senhor debruçado na janela. Vi o senhor na noite seguinte, também. Eu estava no jardim.

— Você quer dizer que estava lá fora, durante aquela chuva dos infernos?

— Sim... Observando... Mas isso não é nada, a gente tem que observar, não é? Sabe, eu não vou ficar muito mais tempo neste país, então estou aproveitando.

— Fui um tremendo cretino com você de manhã, não é?

— Não foi nada. Desculpe a pergunta, mas essa porta está trancada?

— Eu tranco.

Assim que Maurice a trancou, o sentimento de estranheza voltou. Aonde ele achava que estava indo? De Clive para que companhia?

Logo adormeceram.

A princípio dormiram separados, como se a proximidade os importunasse, mas, quase de manhã, um movimento começou, e acordaram aconchegados nos braços um do outro.

— Melhor eu ir embora agora, não é? — ele repetiu, mas Maurice, cuja noite anterior havia sido marcada pelo sonho "Algo está um pouco errado e é melhor que seja assim", estava finalmente descansando por completo, e murmurou:

— Não, não.

— Senhor, a igreja já deu as quatro, o senhor tem que me soltar.

— Maurice, meu nome é Maurice.

— Mas a igreja já...

— Dane-se a igreja.

— Eu tenho que ajudar a passar a máquina no *pitch* do campo de críquete. — Disse isso, mas não se mexeu. E, sob a tênue luz acinzentada, pareceu dar um sorriso orgulhoso. — Preciso cuidar dos pombinhos também... o barco está pronto... O sr. London e o sr. Fetherstonhaugh mergulharam de barriga em cima dos nenúfares... Eles me disseram que qualquer jovem tem que saber mergulhar... Eu nunca aprendi. Me parece mais natural ficar sempre com a cabeça fora d'água. Pra mim, mergulhar é como morrer antes da hora.

— Me ensinaram que eu podia ficar doente se não molhasse o cabelo.

— Pois lhe ensinaram uma coisa que não é verdade.

— Suponho que sim. Está de acordo com tudo o mais que me ensinaram. Foi um professor em quem eu confiava quando criança que me ensinou. Ainda me lembro de caminhar na praia com ele... Oh, céus! E a maré subiu, cinzenta e horrível... — Maurice teve um sobressalto, despertando por completo ao sentir o companheiro se afastar. — Não faça isso, por que se levantou?

— O críquete...

— Não, não tem críquete... Você está indo embora para o exterior.

— Encontraremos outra oportunidade antes de eu partir.

— Se você ficar, eu conto meu sonho. Sonhei com meu velho avô. Um sujeito esquisito. Imagino o que você teria achado dele. Ele acreditava que os mortos iam para o sol, mas tratava muito mal os empregados.

— E eu sonhei que o reverendo Borenius estava tentando me afogar. Mas agora preciso mesmo ir. Não posso ficar aqui falando de sonhos, senão depois o sr. Ayres vai me atazanar.

— Alec, alguma vez você já sonhou que tinha um amigo? Nada além de um amigo que fosse só seu. Alguém que estivesse sempre ao seu lado, e você ao lado dele.

Um amigo — ele repetiu, subitamente tomado por um sentimentalismo. — Alguém para a vida toda. Suponho que esse tipo de coisa só aconteça mesmo em sonhos.

Mas o momento para conversar já tinha passado. Hora de ir para a escola, a rachadura no telhado não ia se fechar sozinha até de noite. Scudder estava perto da janela quando Maurice o chamou, e ele se virou, como um cão bem treinado.

— Alec, você foi um companheiro querido, e vivemos momentos felizes.

— Durma mais um pouco, você não precisa ter pressa — ele disse amavelmente, e recolheu do parapeito a arma que os protegera durante a noite. Com a madrugada ao fundo, os degraus da escada estremeceram enquanto ele descia. Depois pararam. Ouviram-se passos no cascalho e o estalo longínquo da cerca que separava o jardim do parque: depois foi como se nada tivesse acontecido, e o silêncio absoluto preencheu o Aposento Russet, quebrado apenas mais tarde pelos sons de um novo dia.

# CAPÍTULO XXXIX

Depois de destrancar a porta, Maurice correu de volta para a cama.

— Cortinas abertas, senhor, ar fresco, dia esplêndido para a partida — disse Simcox, com animação, ao entrar no quarto com o chá. A única parte do hóspede que se deixava ver era um tufo de cabelos pretos do topo de sua cabeça. Não houve resposta, e, desapontado com as conversas matinais que tivera com o sr. Hall até agora, Simcox recolheu o paletó do black tie e seus acessórios e os levou para escovar.

Simcox e Scudder; dois criados. Maurice sentou-se e bebeu uma xícara de chá. Agora ele tinha que dar um lindo presente a Scudder, e de fato ele gostaria de fazê-lo, mas o que poderia ser? O que se poderia dar a um rapaz naquela posição? Não um motociclo. Lembrou então que ele estava de mudança, o que facilitou a escolha. Mas a expressão de ansiedade permaneceu em seu rosto, pois ficou matutando se Simcox teria ficado intrigado ao encontrar a porta trancada. Será que tinha sido uma indireta quando disse "Cortinas abertas, senhor"? Ouviu vozes vindas da janela. Tentou tirar mais um cochilo, mas atos alheios o atrapalharam.

— O que gostaria de vestir agora, senhor? — perguntou Simcox, ao voltar. — Prefere já vestir o seu uniforme de críquete de flanela, ou quem sabe quer usar o de tweed?

— Pode ser.

— Blazer colegial para completar, senhor?

— Não, não precisa.

— Muito bem, senhor. — Ajeitou um par de meias e prosseguiu, meditativo: — Ah, eles retiraram a escada, finalmente. Já era tempo.

Maurice então reparou que as duas pontas escoradas na janela haviam desaparecido.

— Eu poderia jurar que ainda estava aqui quando trouxe seu chá, senhor. Mas nunca se sabe.

— Nunca se sabe — concordou Maurice, falando com dificuldade e com a impressão de que havia perdido o rumo da conversa. Sentiu alívio quando Simcox saiu, mas tudo isso foi ofuscado ao pensar na sra. Durham e na mesa do café da manhã, e na questão do presente para seu mais recente companheiro. Não dava para ser um cheque, pois poderia levantar suspeitas ao ser descontado. Enquanto se vestia, um fio de desconforto foi ganhando força. Embora não fosse um dândi, Maurice tinha todo os apetrechos para a *toilette* de um cavalheiro suburbano, e tudo lhe pareceu alheio. E então soou o gongo do café da manhã, e, no momento em que se preparava para descer, notou um torrão de lama perto da janela. Scudder havia sido cuidadoso, mas não o suficiente. Maurice estava com dor de cabeça e zonzo quando, vestido todo de branco, enfim desceu para ocupar seu lugar na sociedade.

Cartas; uma pilha delas, e todas um tanto irritantes. Ada, a civilidade em pessoa. Kitty dizia que a mãe parecia exausta. Tia Ida, um cartão-postal, queria saber se o chofer tinha que obedecer às ordens ou se havia um mal-entendido. Formalidades do escritório, circulares do Assentamento Universitário, da Força Territorial, do Golf

Club e da Associação de Defesa de Propriedades.[57] Para divertir sua anfitriã, curvou-se galhofeiramente diante da correspondência. Ela mal sorriu, e ele sentiu um calor subir à face. É que a sra. Durham estava preocupada com as cartas que recebera. Mas Maurice não sabia disso, e se deixou levar pela corrente. Cada ser humano lhe parecia novo e o enchia de terror: comunicava-se com uma raça cujas natureza e população lhe eram desconhecidas e cuja comida tinha sabor de veneno.

Depois do café da manhã, Simcox retornou à carga.

— Senhor, na ausência do sr. Durham, os empregados gostariam... nos sentiríamos honrados se o senhor nos capitaneasse no jogo contra o time do vilarejo, na partida de hoje.

— Eu não sou bom de críquete, Simcox. Quem é o seu melhor batedor?

— Não temos ninguém melhor do que o segundo guarda-caça.

— Então coloque o segundo guarda-caça como capitão.

Depois de um tempo, Simcox disse:

— As coisas sempre funcionam melhor sob o comando de um cavalheiro.

— Diga para me colocarem no fundo do campo. Não serei o primeiro a rebater. Posso ser o oitavo, se ele quiser. Não o primeiro. Avise-o, por favor, pois eu só vou descer quando for a hora. — Fechou os olhos, sentindo-se enjoado. Acabara de criar algo cuja natureza desconhecia. Se tivesse um intelecto de pendor religioso, chamaria isso de remorso, mas sua alma era livre, apesar da confusão.

---

57 Entre as décadas finais do século XIX e o início do século XX, foram criadas no Reino Unido diversas sociedades de donos de terra, como a Property Defence Association [Associação de Defesa de Propriedades], citada por Forster, e as Anti-Socialist Leagues [Ligas Anti-Socialistas], entre outras. (N. E.)

Maurice detestava críquete. Exigia uma precisão meticulosa que ele não tinha e, embora muitas vezes o tivesse jogado para agradar Clive, detestava fazê-lo com pessoas socialmente abaixo dele. Futebol era diferente. Ali ele podia dar e receber. Mas no críquete poderia ser eliminado ou humilhado por algum brutamontes, o que para ele era inadmissível. Ao ouvir que seu time havia vencido o sorteio, enrolou meia hora para descer ao campo. A sra. Durham e mais uma ou duas amigas já estavam sentadas no barracão. Estavam todas muito caladas. Maurice agachou-se aos pés delas para assistir à partida. Era exatamente como nos outros anos. O resto de sua equipe era composta de empregados, e estavam todos reunidos a uns dez metros de distância, ao redor do velho sr. Ayres, que estava marcando pontos: o velho sr. Ayres sempre marcava pontos.

— Esse capitão gosta de aparecer — disse uma das senhoras. — Um cavalheiro nunca agiria assim. São esses pequenos detalhes que me interessam.

— Parece que o capitão é nosso melhor jogador — disse Maurice.

Ela deu um bocejo e em seguida alfinetou: o instinto lhe dizia que aquele homem era vaidoso. E sua voz foi levada preguiçosamente pelo ar de verão. A sra. Durham informou que o rapaz estava emigrando. Era isso o que faziam os mais espertos. Isso as levou a falar de política e de Clive. Com o queixo nos joelhos, Maurice se pôs a cismar. Uma tempestade de desgosto crescia dentro dele, e ele não sabia contra o que lançá-la. Se as senhoras falavam, se Alec bloqueava os lançamentos do sr. Borenius, se a torcida da cidade aplaudia ou se não aplaudia, sentia-se indescritivelmente oprimido por tudo: Maurice havia engolido uma droga desconhecida: sua vida fora perturbada até os alicerces, e ele não sabia o que iria desmoronar.

Quando Maurice entrou em campo para rebater, estava começando um novo *over*,[58] de modo que Alec recebeu a primeira bola. Seu estilo mudou. Abandonando a cautela, rebateu a bola com força para dentro da moita de samambaias. Ao erguer os olhos, encontrou os de Maurice e sorriu. Bola perdida. Em seguida, bateu a bola para fora do campo. Ele não tinha prática, mas tinha o físico de um jogador de críquete, e o jogo ficou mais palpável. Maurice também jogou à altura. Sua mente estava mais desanuviada, e sentia que ele e Alec jogavam contra o mundo inteiro. Para ele, não apenas o sr. Borenius e o os jogadores em campo, mas a plateia no barracão e toda a Inglaterra se fechavam ao redor dos alvos.[59] Jogaram um por causa do outro e por aquela frágil relação: se um caísse, o outro cairia também. Não pretendiam causar mal ao mundo, mas, se fossem atacados, revidariam. Era preciso estar atento, e então bater com toda a força. Era preciso mostrar que, quando dois se unem, as maiorias não triunfam. E à medida que o jogo prosseguia, acabou por conectar-se com a noite, interpretando-a. A chegada de Clive trouxe um final que não podia ser mais simples. Quando adentrou o campo, Maurice e Alec não eram mais a força propulsora. As pessoas viravam-se para vê-lo, o jogo agonizou e acabou. Alec entregou seu posto. Era justo e apropriado que o dono da propriedade rebatesse imediatamente. Sem olhar para Maurice, afastou-se.

---

58 No críquete, um *over* é uma série de seis arremessos de bola. (N. T.)

59 Conjunto de três varas fincadas no solo em cada lado do *pitch*, superfície rígida localizada no centro do campo de críquete. No críquete, enquanto um time arremessa, o outro rebate. O objetivo do arremessador é fazer a bola atingir o *wicket*, e o objetivo do rebatedor é impedir que a bola toque o *wicket*, se possível, rebatendo a bola para longe. (N. T.)

Ele também usava calça de flanela branca folgada, o que fazia com que passasse por um cavalheiro ou qualquer outro distinto. Pôs-se à frente do barracão com dignidade e, quando Clive terminou de falar, ofereceu-lhe seu bastão, que Clive aceitou com um gesto formal; depois, sentou-se no chão, ao lado do velho Ayres.

Maurice foi até o amigo, transbordando de uma ternura espúria.

— Clive... Oh, meu querido, você já voltou? Não está terrivelmente cansado?

— Reuniões até a meia-noite, outra à tarde... Mas preciso jogar um minuto pra agradar toda essa gente.

— O quê! E vai me abandonar de novo? O horror dos horrores.

— Pode me amaldiçoar, mas realmente voltarei hoje à noite, e aí, sim, sua visita vai começar de verdade. Tenho centenas de coisas para lhe perguntar, Maurice.

— Agora, cavalheiros — disse uma voz; era o mestre-escola socialista, posicionado na última fila.

— Fomos repreendidos — disse Clive, mas não se apressou. — Anne desistiu da reunião da tarde, então você a terá como companhia. Olhem só, até consertaram o buraquinho de estimação dela, no teto da sala de estar. Maurice! Não, não consigo lembrar o que ia dizer. Participemos dos Jogos Olímpicos.

Maurice foi eliminado no primeiro lance.

— Espere por mim — pediu Clive, mas ele voltou direto para a casa, porque sentia que o colapso certamente estava por vir.

Ao passar pelos empregados, a maioria se levantou e o aplaudiu com frenesi. O fato de Scudder não ter feito o mesmo o inquietou. Seria uma insolência premeditada? A testa enrugada, a boca, uma boca talvez cruel; a cabeça um pouco pequena demais... por que a camisa estaria aberta no pescoço daquele jeito? E, no saguão de Penge, encontrou Anne.

— Sr. Hall, não vou mais à reunião. — Foi quando ela reparou no rosto dele, que estava verde de tão pálido, e exclamou: — Oh, mas o senhor não está bem!

— Eu sei — ele disse, tremendo.

— Sinto muito, de verdade; vou mandar um pouco de gelo para o seu aposento — disse Anne sem delongas, para que Maurice não sentisse que estava dando trabalho.

— A senhora tem sido sempre tão gentil comigo...

— Ouça-me bem, que tal chamarmos um médico?

— Outro médico, nunca — berrou desesperado.

— Queremos apenas ser gentis com o senhor. Quando alguém está feliz, deseja a mesma felicidade para os outros.

— Não é a mesma coisa.

— Sr. Hall!...

— Nada é igual para ninguém. Por isso a vida é este inferno, se você faz alguma coisa, está perdido, e se não faz, está perdido também... — Depois de uma pausa, prosseguiu: — O sol estava quente demais, aceito o gelo que me ofereceu.

Ela correu para buscar, e, desvencilhado, Maurice subiu voando para o Aposento Russet. Havia se dado conta, afinal, de suas circunstâncias precisas e sentiu uma náusea violenta.

# CAPÍTULO XL

Maurice teve uma melhora súbita, mas deu-se conta de que deveria ir embora de Penge. Vestiu o terno de sarja,[60] fez as malas e em pouco tempo estava de novo no pavilhão inferior, com uma historinha convincente.

— O sol me pegou — disse a Anne —, e acho melhor voltar para a cidade. Gostaria de poder dizer quc foi por causa de um chamado urgente recebido pelo correio...

— Seria muito, muito melhor — ela exclamou com simpatia.

— Sim, muito melhor — confirmou Clive, que já estava de volta da partida. — Esperávamos que você tivesse

---

60 Forster faz menção explícita ao material da roupa. De fato, a sarja (*serge* em inglês) era considerada no início do século XX uma opção elegante e prática para roupas masculinas, segundo reclames de fabricantes no acervo da New York Public Library ("Our celebrated tropical clothing; Gentlemen's tweed and serge suits; Morning coat and vest; Gentleman's Chesterfield overcoat". The New York Public Library Digital Collections, 1913. Disponível em: <https://digitalcollections.nypl.org/items/510d47e0-f003-a3d9-e040-e00a18064a99>. Acesso em: 16 abr. 2025). (N. T.)

resolvido seus assuntos ontem, Maurice, mas nós entendemos, se você tem que ir, tem que ir.

A velha sra. Durham também achou por bem juntar-se a eles. Aquilo se tornaria um segredo conhecido de todos e motivo de riso: a moça da cidade que quase aceitara a proposta de casamento, mas dera para trás. Não importava se Maurice estava mesmo passando mal ou se vinha agindo de modo estranho. Eles interpretavam tudo do jeito que queriam: oficialmente, ele estava apaixonado, e isso lhes parecia encantador.

Clive deu-lhe carona de carro até a estação, pois era parte de seu trajeto. A estradinha circundava o campo de críquete antes de entrar no bosque. Lá estava Scudder jogando, com seu jeito atirado e elegante. Estava perto deles e bateu com um pé no chão, como se invocasse algo. Essa foi sua última visão, e se foi a de um demônio ou de um amigo, Maurice não tinha ideia. A situação era, oh, repulsiva. Disso ele tinha certeza, e de fato nunca duvidou até o fim da vida. Mas as certezas que se pode ter sobre uma situação não são iguais às que se pode ter sobre um ser humano. Uma vez longe de Penge, talvez conseguisse ver com mais clareza; e havia sempre o sr. Lasker Jones.

— Que tipo de pessoa é esse seu guarda-caça que capitaneou nosso time? — perguntou a Clive, escolhendo muito bem as palavras para ter certeza de que não soasse estranho.

— Ele está indo embora este mês — disse Clive, como se estivesse dando uma resposta. Felizmente, passaram pelos canis neste momento, e acrescentou: — Sentiremos falta dele, pelo menos no que diz respeito aos cães.

— Apenas nisso?

— Acho que só vai piorar. É sempre assim. Ele pelo menos é trabalhador e definitivamente inteligente, ao passo que a pessoa que vai entrar no lugar dele...

Feliz que Maurice demonstrava interesse, Clive passou a discorrer sobre as finanças de Penge.

— Ele é correto? — Sua voz tremeu ao fazer essa questão primordial.

— Scudder? Um pouco esperto demais para ser correto. Mas Anne diria que estou sendo injusto. Não se pode esperar que os empregados tenham o mesmo patamar de honestidade que nós, nem de lealdade ou gratidão.

— Eu jamais conseguiria administrar uma propriedade como Penge — concluiu Maurice depois de uma pausa. — Eu nunca saberia como selecionar os empregados. Considere Scudder, por exemplo. De que tipo de lar ele vem? Não tenho a menor ideia.

— O pai dele não era o açougueiro de Osmington? Sim. Acho que era.

Maurice atirou o chapéu no piso do carro com toda a força. "Isso é o fim", pensou, e agarrou os cabelos com as duas mãos.

— Está com dor de cabeça outra vez?

— De lascar.

Clive fez um silêncio solidário, que nenhum dos dois interrompeu até se despedirem; durante todo o trajeto, Maurice manteve-se encolhido com a palma das mãos contra os olhos. A vida toda ele soubera das coisas, mas sem sabê-las de fato; essa era sua grande falha de caráter. Sabia que seria arriscado voltar a Penge, pois havia o perigo de que alguma maluquice saltasse de dentro da floresta em cima dele. Mesmo assim, havia voltado. Sentiu uma pulsação quando Anne perguntou se sua cara-metade tinha "olhos castanhos brilhantes". De certo modo, sabia que era mais prudente não se debruçar à noite na janela, uma e outra vez, gritando: "Venha!". No fundo, seu espírito era, como o de muitos homens, sensível a impulsos, mas Maurice era incapaz de interpretá-los. Só quando a crise chegou é que ele finalmente viu com clareza. O emaranhado de Penge era diferente do de Cambridge, mas guardava com este semelhanças que Maurice apenas tarde demais conseguiu perceber. O evento no quarto de Risley tinha seu correspondente na caminhada do dia anterior, junto ao roseiral selvagem e às prímulas noturnas, a aventura de motociclo no areal prenunciava sua participação no jogo de críquete.

Mas Cambridge fizera com que ele terminasse como herói; agora, ele deixava Penge como traidor. Abusara da confiança de seu anfitrião e maculara sua casa em sua ausência; insultara a sra. Durham e Anne. E, ao chegar em casa, sentiu um golpe ainda pior: também pecara contra sua família. Até então, elas não contavam. Eram apenas tolas a quem se devia tratar com gentileza. Não que tivessem deixado de ser tolas, mas ele não ousava mais se aproximar delas. Entre aquelas mulheres simplórias e ele, abrira-se um abismo que as tornara sagradas. Suas conversas triviais, as disputas sobre precedência e as queixas contra o chofer pareciam a fachada de uma falha maior. Quando a mãe lhe disse que queria conversar, seu coração parou. Deram uma volta no jardim, como haviam feito dez anos antes, e ela murmurou o nome dos legumes. Naquele tempo, ele a olhava de baixo para cima; agora o fazia de cima para baixo. Agora sabia muito bem o que queria com o menino jardineiro. E agora Kitty, sempre uma menina de recados, vinha correndo da casa com um telegrama na mão.

Maurice tremeu de raiva e medo. "Volte, espero esta noite no abrigo de barcos, Penge, Alec": que ótima mensagem para ser entregue via correio local! Aparentemente, algum camareiro da casa lhe havia conseguido o endereço, pois o telegrama trazia o destinatário completo. Que situação perfeita! Continha todos os indícios de uma chantagem. Na melhor das hipóteses, tratava-se de uma tremenda insolência. É óbvio que não daria nenhuma resposta, e dar um presente para Scudder também acabava de ficar fora de questão. E era bem feito, para que aprendesse a não se meter com gente daquela laia.

Mas a noite toda seu corpo ansiou por Alec, a despeito de sua vontade. Chamou isso de luxúria, palavra fácil de pronunciar, à qual opunha o trabalho, a família, os amigos e a posição na sociedade. Nessa coalizão, certamente incluía-se o seu desejo. Pois, se o desejo puder ultrapassar as classes, é certo que a civilização como a conhecemos há de desmoronar. Mas seu corpo não se deixava convencer. O acaso os unira de forma perfeita demais. Nem argumentos nem ameaças iriam silenciá-lo, então, pela manhã, sentindo-se exausto e envergonhado, telefonou para o sr. Lasker Jones e marcou uma segunda consulta. Antes de sair de casa, uma carta chegou. O café da manhã estava na mesa, e Maurice a leu sob os olhos da mãe. Estava escrito assim:

> Senhor Maurice. Prezado senhor. Esperei duas noites no abrigo de barcos. Falei o abrigo de barcos porque a escada foi retirada e o bosque está molhado demais para se deitar. Então, por favor, venha ao "abrigo de barcos" amanhã de noite ou na outra, finja para os outros cavalheiros que vai dar um passeio, é fácil, e venha para o abrigo de barcos. Prezado senhor, deixe-me partilhar com o senhor uma última vez antes de deixar a velha Inglaterra, se não for pedir demais. Tenho a chave, vou deixá-lo entrar. Parto com o *ss Normannia* em 29 de agosto. Desde o jogo de críquete, desejo conversar com um braço ao seu redor, depois colocar os dois braços em volta do senhor e ficar junto, isso me daria mais alegria do que as palavras podem expressar. Estou perfeitamente ciente de que sou apenas um empregado e nunca me aproveitarei de sua bondade amorosa para tomar liberdades ou de qualquer outra forma.
>
> Respeitosamente,
> A. Scudder.
> (Guarda-caça do Ilmo. Sr. C. Durham)
>
> Maurice, o senhor foi embora porque ficou doente, como disseram os empregados? Espero que esteja tudo bem a

esta altura. Escreva se não puder vir, pois não durmo, esperando noite após noite, então venha sem falta ao "Abrigo de Barcos de Penge" amanhã à noite, se não der, na outra.

O que significava isso? A frase à qual Maurice se agarrou, ignorando todas as outras, foi: "Tenho a chave". Sim, ele tinha, e havia uma cópia guardada na casa, com a qual um cúmplice, possivelmente Simcox... Sob essa ótica, interpretou a carta inteira. A mãe e a tia, o café que bebia, os troféus da faculdade sobre o aparador, tudo dizia à sua maneira: "Se você for, estará arruinado; se responder, sua carta será usada para chantageá-lo. Sua posição é delicada, mas você tem uma vantagem: Scudder vai embora da Inglaterra dentro de dez dias e não possui nenhum bilhete escrito de seu próprio punho. Mexa-se o menos possível e torça pelo melhor". Maurice fez uma careta. Filhos de açougueiros e gente assim podem até fingir inocência e afeto, mas leem o *Police Court News*,[61] eles sabem... Se recebesse mais alguma mensagem dele, teria que consultar um advogado de confiança, da mesma forma como consultara Lasker Jones por seu fiasco emocional. Tinha sido muito imprudente, mas, se jogasse bem as cartas nos próximos dez dias, era possível se safar.

---

61 Periódico de época dedicado a páginas policiais. (N. T.)

# CAPÍTULO XLI

— Bom dia, doutor. Será que desta vez o senhor vai conseguir quebrar meu galho? — começou de um jeito bastante irreverente; depois, jogou-se na poltrona, semicerrou os olhos e disse: — Pois bem, vá em frente.

Estava possuído pelo desejo de se curar. O simples fato de saber que tinha uma consulta marcada já ajudou Maurice a enfrentar seus monstros. Uma vez curado, conseguiria expulsá-los todos. Ansiava pelo transe, durante o qual sua personalidade se dissolveria e seria sutilmente refeita. Pelo menos ganharia cinco minutos de esquecimento, enquanto o médico lutava para penetrar os seus desejos.

— Iniciarei os procedimentos em um instante, sr. Hall. Mas antes, diga-me, como tem passado?

— Ah, como sempre. Ar fresco e exercícios, como o senhor recomendou. Tudo tranquilo.

— O senhor chegou a participar de eventos sociais em companhia feminina? Foi prazeroso?

— Havia algumas damas em Penge. Permaneci apenas uma noite. No dia seguinte ao que o senhor me viu, sexta, voltei para Londres, quer dizer, para casa.

— O senhor pretendia passar mais tempo com os seus amigos, não é?

— Acho que sim.

Lasker Jones sentou-se junto ao braço da poltrona.

— Agora, deixe-se levar — disse o médico calmamente.

— Sim...

O doutor repetiu os passos. Maurice fixou-se nas ferragens da lareira, como na vez anterior.

— Sr. Hall, o senhor está entrando em transe?

Houve um longo silêncio interrompido apenas por Maurice, que disse com gravidade:

— Não estou certo disso.

Os dois tentaram novamente.

— A sala ficou mais escura, sr. Hall?

— Um pouco — respondeu Maurice, na esperança de que ela de fato ficasse. O que realmente aconteceu.

— O que está vendo?

— Bem, se está escuro, não espere que eu veja.

— O que foi que o senhor viu na vez passada?

— Um quadro.

— Isso mesmo. O que mais?

— O que mais?

— O que mais? Um bu... um bu...

— Um buraco no chão.

— E depois?

Maurice mudou de posição e disse:

— Saltei por cima dele.

— E depois?

Maurice ficou em silêncio.

— E depois? — insistiu o médico, com uma voz persuasiva.

— Ouvi perfeitamente o que o senhor disse — respondeu Maurice. — O problema é que não me desliguei. Fiquei só um pouco tonto no começo, mas agora estou tão desperto quanto o senhor. Pode tentar de novo.

Tentaram novamente, sem sucesso.

— Que diabos aconteceu? Semana passada você me derrubou logo no começo. Qual a sua explicação?

— O senhor não pode resistir ao que eu digo.

— Mas que raios, eu não estou resistindo.

— O senhor está menos sugestionável do que antes.

— Não sei o que quer dizer esse jargão, pois não sou um entendido no assunto, mas juro do fundo do coração que quero ser curado. Desejo ser como os outros homens, não este pária que ninguém quer...

Tentaram novamente.

— Quer dizer então que estou dentro dos vinte e cinco por cento dos seus fracassos?

— Consegui trabalhar um pouco com o senhor na semana passada, mas esse tipo de decepção repentina pode acontecer.

— Uma decepção repentina: é isso o que eu sou, não é? Bem, não se deixe abater, não desista — disse Maurice, com uma gargalhada nervosa.

— Não pretendo desistir, sr. Hall.

Mais uma fez, fracassaram.

— E o que vai acontecer comigo? — perguntou Maurice, com um súbito desânimo na voz.

Ele parecia desesperado, mas o sr. Lasker Jones tinha resposta para qualquer pergunta.

— Receio que só possa aconselhá-lo a viver num país que tenha adotado o Código Napoleônico[62] — disse ele.

— Não entendo.

— França ou Itália, por exemplo. Lá a homossexualidade já não é considerada crime.

— Você quer dizer que um francês pode partilhar com um amigo e ainda assim não ir preso?

---

62 O Código Napoleônico, redigido em 1804, descriminalizou a homossexualidade na França. No entanto, em 1942, durante a ocupação nazista, a criminalização de relações entre pessoas do mesmo sexo foi reintroduzida na Constituição do país. A interdição só foi suspensa em 1982. (N. T.)

— Partilhar?[63] Você quer dizer se unir? Se ambos forem maiores de idade e não praticarem ato obsceno em público, certamente.

— A lei algum dia será assim na Inglaterra?[64]

— Duvido. A Inglaterra sempre relutou em aceitar a natureza humana.

Maurice compreendeu. Seria preciso arcar com o ônus de ser inglês. Sorriu com tristeza.

— Então, a conclusão é esta: sempre houve pessoas como eu e sempre haverá, e geralmente elas foram perseguidas.

— É isso, sr. Hall; ou como nós, psiquiatras, dizemos: sempre existiu, existe e sempre existirá todo tipo imaginável de pessoas. E lembre-se de que gente como o senhor já chegou a ser condenada à morte na Inglaterra.

— É mesmo? Por outro lado, eles podiam fugir. A Inglaterra não estava toda urbanizada e policiada. Homens como eu podiam se refugiar nas florestas.

— Verdade? Eu não sabia.

— Ah, é só uma ideia em que eu gosto de acreditar — disse Maurice, deixando o pagamento sobre a mesa.

---

63 No original, Forster usa a palavra *share* como eufemismo para o ato sexual, termo que aparece no livro, pela primeira vez, na carta de Alec Scudder e que é posteriormente utilizado por Maurice. Ao ouvir a palavra, tanto o dr. Lasker Jones quanto Clive Durham parecem desconhecer o significado. Isso sugere que não fosse um eufemismo amplamente utilizado. (N. T.)

64 No Reino Unido, a prática de relações sexuais entre homens permaneceu na ilegalidade até 1967. Nesse ano, o Sexual Offences Act [Lei de Crimes Sexuais] autorizou a homossexualidade a partir dos vinte e um anos. Em 1994, a idade mínima foi alterada para dezoito. No ano 2000, uma nova emenda à lei reduziu a idade para dezesseis. (N. T.)

— Ocorre-me que os gregos tinham algo parecido, o Batalhão de Tebas e tudo o mais. Não devia ser tão diferente. Não vejo de que outra maneira poderiam ficar juntos, especialmente pessoas oriundas de classes sociais diferentes.

— Uma teoria interessante.

Mais uma vez as palavras saíam de sua boca sem controle, e ele disse:

— Não fui correto com o senhor.

— De fato, sr. Hall.

Esse homem era um alívio! Ciência vale mais do que empatia, quando é ciência de verdade.

— Desde a última vez que estive aqui, eu agi mal com um... ele não passa de um guarda-caça, não sei o que fazer.

— Não sou a pessoa mais adequada para aconselhá-lo sobre esse assunto.

— Eu sei. Mas o senhor pode me dizer se é ele que está me impedindo de entrar em transe. Será possível?

— Ninguém pode ser impedido contra a vontade, sr. Hall.

— Pensei que talvez ele pudesse estar me atrapalhando. Bobagem minha. Eu queria não estar com uma carta dele no meu bolso. Pode ler, já lhe contei quase tudo. Sinto como se estivesse caminhando sobre um vulcão. Ele é um homem sem instrução; estou nas mãos dele. Será que ele poderia me processar juridicamente?

— Não sou advogado — respondeu o médico, com uma voz impassível —, mas não me parece que essa carta tenha sido concebida como uma ameaça. É uma questão que o senhor deve avaliar com seu advogado, não comigo.

— Sinto muito, mas foi um alívio. Gostaria de saber se o senhor faria a imensa gentileza de... tentar me hipnotizar outra vez. Sinto que, agora que lhe contei, eu vou me desligar. Eu tinha a esperança de ser curado sem ter que confessar o que havia feito. Já houve algum caso de uma pessoa dominar a outra por meio de seus sonhos?

— Posso tentar. Mas com a condição de que desta vez sua confissão seja irrestrita. De outra forma, o senhor está desperdiçando o meu tempo e o seu.

E foi irrestrita. Não poupou nem o amante nem a si mesmo. Depois que tudo foi exposto em detalhes, a perfeição daquela noite lhe pareceu apenas grosseria passageira, como aquelas a que seu pai se entregava trinta anos antes.

— Sente-se novamente.

Maurice ouviu um leve ruído e se sobressaltou.

— São meus filhos brincando no andar de cima.

— Eu não preciso de muito para acreditar em assombrações.

— São só as crianças.

O silêncio voltou. Com um brilho amarelado, o sol da tarde entrava pela janela e incidia sobre a escrivaninha. Dessa vez, Maurice fixou o olhar ali. Antes de recomeçar, o doutor pegou a carta de Alec e, solenemente, queimou-a até virar cinzas diante dos olhos de Maurice.

Nada aconteceu.

# CAPÍTULO XLII

Ao dar prazer ao corpo, Maurice havia feito a confirmação — essa mesma palavra foi usada no veredito final —, a confirmação da perversão em seu espírito, excomungando-se da congregação dos homens normais. Irritado, gaguejou:

— O que eu quero saber é... algo que nem eu posso lhe dizer, nem o senhor a mim... Como é que um caipira daqueles sabia tanto sobre mim? Por que ele apareceu justamente naquela noite específica, quando eu estava mais fraco? Eu jamais deixaria que ele me tocasse sob o mesmo teto que Clive, porque, diabos, sou mais ou menos um cavalheiro, educado em escola pública, com universidade e tudo o mais. Ainda não consigo acreditar que aconteceu com ele.

Lamentando não ter possuído Clive na fase da paixão, Maurice partiu, abandonando seu último refúgio, enquanto o médico dizia de maneira protocolar:

— Ar puro e exercícios ainda podem fazer maravilhas.

O médico queria passar ao próximo paciente e não tinha interesse pelo caso de Maurice. Não havia ficado chocado como o dr. Barry, mas entediado, e nunca mais pensou no jovem invertido.

Na soleira da porta, algo se reincorporou a Maurice, talvez seu antigo eu, pois, enquanto caminhava, ouviu uma voz saída de sua mortificação, com um sotaque que lhe recordava Cambridge; uma voz juvenil e impetuosa que zombava dele por ser um tolo e parecia dizer: "Desta vez, você se estrepou". Quando parou diante do parque para ver o rei e a rainha passarem,[65] sentiu desprezo por eles no exato momento em que tirou o chapéu. Era como se a barreira que o separava de seus semelhantes tivesse assumido um novo aspecto. Não sentia mais medo nem vergonha. Afinal, as florestas e a noite estavam do seu lado, não do deles; eram eles, e não ele, que viviam aprisionados por uma cerca de proteção. Havia procedido mal e continuava sendo punido. Seu erro fora querer aproveitar o melhor dos dois mundos.

— Mas eu preciso pertencer à minha classe social, isso está decidido — insistiu.

— Muito bem — respondeu seu antigo eu. — Agora vá para casa e, amanhã de manhã, atenção ao tomar o trem das 8h36 para o trabalho, pois a sua folga acabou, lembre-se, e atenção para nunca se distrair como eu, olhando para a floresta de Sherwood.

— Não sou poeta, não sou esse tipo de imbecil...

O rei e a rainha desapareceram palácio adentro e o sol se pôs detrás das árvores do parque, que se derreteram para formar uma só enorme criatura com dedos e punhos verdes.

— Você não faz parte da vida do planeta Terra, Maurice?

— Mas o que exatamente você chama de "vida do planeta Terra"? Deve ser o mesmo que a minha própria

---

65 O livro foi escrito entre os anos de 1913 e 1914, e é possível deduzir que a porção final da trama se desenvolve durante essa época. Assim, o casal real mencionado deve ser a rainha Maria e o rei Jorge V, primeiro monarca da casa de Windsor e neto da rainha Vitória. Jorge V é bisavô materno de Carlos III, atual soberano. (N. T.)

vida cotidiana e que a vida em sociedade. Uma depende da outra, como disse Clive certa vez.

— Quase isso. É uma pena que os fatos não deem a mínima para Clive.

— Seja como for, devo lealdade à minha classe social.

— A noite está chegando. Seja rápido. Tome um táxi. Seja rápido como seu pai, antes que as portas se fechem.

Maurice fez sinal, tomou um táxi e pegou o trem das seis horas e vinte da tarde. Outra carta de Scudder o aguardava na bandeja de couro, no saguão. Reconheceu a caligrafia imediatamente, "Sr. M. Hall" em vez de "Ilmo.", e os selos colados tortos. Ficou assustado e irritado, embora não tanto quanto de manhã, pois, ainda que a ciência tenha se desesperado com ele, ele já não se desesperava consigo. Afinal, não era preferível um inferno verdadeiro a um paraíso de mentira? Não estava arrependido de ter se esquivado das manipulações do sr. Lasker Jones. Colocou a carta no bolso do paletó e ali ela ficou a se debater sem ser lida enquanto Maurice jogava baralho e ficava sabendo que o chofer havia pedido as contas; onde é que os empregados vão parar desse jeito; à sua insinuação de que os empregados eram de carne e osso como todos nós, a tia se opôs em alto e bom som:

— Não são, não.

Na hora de ir para a cama, beijou a mãe e Kitty, sem medo de conspurcá-las; a santidade delas havia durado pouco tempo, e tudo o que elas faziam e diziam voltou a ser insignificante. Foi sem nenhum peso na consciência que Maurice trancou a porta do quarto e passou cinco minutos a observar a noite suburbana. Ouviu corujas, a sineta de um bonde distante e o som do próprio coração, mais alto que tudo. A carta era longa de doer. Enquanto a desdobrava, o sangue começou a ferver, mas a cabeça manteve-se tranquila, para que conseguisse lê-la como um todo, e não frase por frase.

Sr. Hall, o sr. Borenius acaba de falar comigo. Senhor, o senhor não está sendo justo comigo. Embarco na próxima semana no *ss Normannia*. Escrevi para contar que estou indo, não é justo que o senhor nunca me escreva. Venho de uma família respeitável, não acho justo que me trate como um cachorro. Meu pai é um comerciante de respeito. Vou ficar sozinho na Argentina. O senhor diz que eu sou um "companheiro querido", mas não me escreve. *Sei sobre o senhor e o sr. Durham*. Por que diz para chamá-lo de Maurice e depois me trata de forma tão injusta? Sr. Hall, estarei em Londres na terça-feira. Se não me quiser em sua casa, diga onde em Londres devo encontrá-lo. É melhor o senhor me encontrar, ou pode se arrepender. Senhor, nada digno de nota aconteceu desde que saiu de Penge. A temporada de críquete parece ter terminado, as árvores grandes perderam folhas antes da hora. O sr. Borenius lhe falou sobre certas moças? Não posso evitar ser um tanto rude, faz parte da natureza de alguns homens, mas o senhor não devia me tratar como um cachorro. Isso foi antes de o senhor chegar. É natural desejar uma moça, não se pode ir contra a natureza humana. O sr. Borenius descobriu sobre as moças por meio da nova turma de comunhão. Ele acabou de falar comigo. Nunca fui atrás de um cavalheiro desta maneira antes. O senhor ficou aborrecido por ter sido acordado tão cedo? Senhor, a culpa foi sua, sua cabeça estava em cima de mim. Eu tinha meu trabalho, era criado do sr. Durham, não seu. Não sou seu criado, não serei tratado como um criado e não me importo se o mundo ficar sabendo. Respeito é para quem merece, ou seja, cavalheiros que se comportam como cavalheiros. Simcox disse para colocá-lo apenas em oitavo. Coloquei em quinto, mas eu era o capitão, e o senhor não tem o direito de me tratar mal por causa disso.

Respeitosamente, A. Scudder.

P.S.: Sei de algo.

A última frase era alarmante, embora Maurice tivesse motivo para se atormentar pela carta como um todo. Era evidente que no submundo da criadagem corriam comentários indecentes a respeito dele e de Clive, mas o que importava isso agora? O que importava que eles tivessem sido espionados no Aposento Azul, ou na moita de samambaias, e que tivessem sido mal interpretados? Estava preocupado com o presente. Por que motivo Scudder teria mencionado essa fofoca? O que estaria tramando? Por que teria deixado escapar especificamente aquelas palavras, algumas baixas, muitas tolas, outras graciosas? Numa primeira leitura, a carta poderia até parecer um cadáver que Maurice devia entregar para um advogado, mas ao avaliá-la com calma, fumando cachimbo, parecia o tipo de carta que ele mesmo poderia ter escrito. Cabeça confusa? Ponha confusão nisso! Mas uma confusão ao seu estilo! Não pedira para receber uma carta dessas, não dava para entender o que ela queria; talvez meia dúzia de coisas diferentes. Mas Maurice não podia tratar o fato com a mesma frieza com a qual Clive o havia tratado no episódio do *Banquete*, obrigando-o a viver de acordo com o que estava escrito. Maurice respondeu: "A. S. Sim. Encontre-me terça, às 17h, na entrada do Museu Britânico. É um edifício grande. Qualquer um poderá lhe mostrar qual é. M. C. H.". Isso foi o que lhe pareceu melhor. Ambos eram párias e, se começassem uma rixa, teriam que se virar sem o amparo da sociedade. Quanto ao local do encontro, escolheu-o porque era improvável que fossem importunados lá por alguém que ele conhecesse. Pobre Museu Britânico, solene e casto! Maurice sorriu, e seu rosto ganhou um ar maroto e feliz. E sorriu ao imaginar que Clive não havia se mantido à salvo da lama, afinal, e, embora sua expressão agora se endurecesse com traços menos agradáveis, isso provava que era um atleta, que emergira incólume de um ano de sofrimento.

Seu novo vigor persistiu na manhã seguinte, quando voltou ao trabalho. Antes do fracasso com Lasker Jones, Maurice ansiava pelo trabalho, como se fosse um privilégio do qual era quase indigno. O trabalho deveria reabilitá-lo, para que pudesse ficar de cabeça erguida em casa. Mas agora isso também havia caído por terra, e novamente quis rir, sem entender por que se deixara enganar por tanto tempo. A clientela dos srs. Hill e Hall era composta pela classe média-média, cujo desejo supremo era receber abrigo — não um covil escuro para momentos de vulnerabilidade, mas um abrigo contínuo, disponível em qualquer lugar e a qualquer momento, até o fim dos tempos. Abrigo que protegesse da pobreza, da doença, da violência, da indelicadeza e, consequentemente, da alegria; Deus havia inserido essa punição velada. Maurice via no rosto deles, assim como no rosto de seus colegas de escritório e de seus sócios, que eles nunca haviam conhecido a verdadeira alegria. A sociedade lhes havia dado amparo em tudo. Nunca tinham batalhado por nada, e apenas uma batalha pode entrelaçar sentimentalismo e desejo para tecer o amor. Maurice teria sido um bom amante. Poderia ter dado e recebido prazer verdadeiro. Mas, naqueles homens, os fios estavam soltos; eram estultos ou obscenos, e, no estado de espírito em que se encontrava, desprezava menos os últimos. Vinham a ele pedindo um investimento seguro de seis por cento. Ele respondia: "Não se pode combinar juros altos com segurança"; e, no fim, diziam: "E se eu aplicar a maior parte do dinheiro a quatro por cento e separar cem libras para brincar?". Mesmo assim, acabavam movidos por um pequeno vício — nunca demais, para não desorganizar a vida doméstica, mas o suficiente para provar que sua virtude era uma farsa. E até o dia anterior Maurice havia se rebaixado diante deles.

Por que deveria servir a homens assim? Começou a questionar a ética de sua profissão, como um universitário perspicaz, mas o pessoal no trem não o levava a sério. "O jovem Hall está com a vida feita", era o veredito. "Esse aí nunca perderá um cliente." E identificaram nele um cinismo que não era incomum num homem de negócios. "Ele vive o tempo todo fazendo investimentos, perseverante, pode apostar. Lembra na primavera, quando ele veio com aquela conversa sobre os cortiços?"

# CAPÍTULO XLIII

A chuva caía como de costume, tamborilando em um milhão de telhados e ocasionalmente conseguindo se infiltrar. Chuva que domava a fumaça e fazia os vapores de gasolina pairarem pelas ruas de Londres misturados ao cheiro de roupas molhadas. Chuva que castigava ininterruptamente o grande átrio do museu, atingindo em cheio pombos desgrenhados e capacetes de policiais. Chuva que deixara a tarde tão escura que havia sido preciso acender luzes do lado de dentro, e o imenso edifício parecia um túmulo, milagrosamente iluminado pelos espíritos dos mortos.

Alec chegou primeiro, e já não usava o uniforme com calça de veludo cotelê, mas um conjunto azul com chapéu-coco, parte de seu enxoval para a Argentina. Como anunciara com orgulho, vinha de uma família de respeito — donos de pubs, pequenos comerciantes — e fora só por acaso que havia aparecido no caminho de Maurice como um bicho selvagem saído do mato. Na verdade, gostava dos bosques, do ar puro e da água fresca acima de qualquer outra coisa, gostava de proteger e de destruir a vida, mas bosques não oferecem "escapes", e jovens que buscam oportunidades melhores precisam ir embora. Ele estava decidido, de modo obcecado, a progredir.

O destino colocara-lhe uma armadilha nas mãos, e ele pretendia usá-la. Com passos firmes, cruzou o pátio e subiu os degraus com uma série de saltos. Ao alcançar o abrigo do pórtico, permaneceu imóvel, exceto pelo lampejar dos olhos. Essas mudanças súbitas de ritmo eram típicas dele, sempre avançando como um batedor, sempre "a postos", como formulara Clive na carta de recomendação que lhe havia redigido: "durante os cinco meses em que A. Scudder esteve ao meu serviço, encontrei nele um funcionário diligente e pontual": qualidades que ele agora pretendia pôr em prática. Quando a vítima chegou, foi invadido por uma mistura de crueldade e medo. Sabia identificar um cavalheiro e sabia identificar um camarada; mas que tipo de criatura era o sr. Hall, que pedia para ser chamado de Maurice? Apertou os olhos e ficou ali parado, como se aguardasse ordens à entrada de Penge.

Maurice encarou o dia mais temerário de sua vida sem nenhuma estratégia, e ainda assim algo se contorcia em sua mente como um músculo sob a pele sã. Não chegara até ali amparado pelo orgulho, mas sentia-se preparado, ansioso para entrar em jogo e, como convém ao espírito inglês, esperava que seu oponente estivesse à altura. Queria ser correto, não sentia medo. Ao ver o rosto de Alec resplandecente através do ar carregado, seu próprio rosto estremeceu de leve, e decidiu que não atacaria antes de ser atacado.

— Eis você aqui — disse Maurice, erguendo um par de luvas até o chapéu. — Esta chuva é o fim. Vamos conversar lá dentro.

— Onde preferir.

Maurice lançou-lhe um olhar de certa cordialidade, e os dois entraram no edifício. Ao passarem para dentro, Alec ergueu a cabeça e espirrou como um leão.

— Pegou um resfriado? É esse tempo.

— O que é todo este lugar? — perguntou Alec.

— Coisas antigas que pertencem à nação. — Detiveram-se no corredor dos imperadores romanos. — Sim, o tempo está péssimo. Só tivemos dois dias bons. E uma noite ótima — acrescentou maliciosamente, para sua própria surpresa.

Mas Alec não entrou no jogo. Não era bem essa a introdução que havia imaginado. Estava à espera de algum sinal de medo, para que seu lado ressentido pudesse atacar. Fingiu não entender a insinuação e espirrou outra vez. O rugido ecoou pelos vestíbulos, e seu rosto, convulsionado e distorcido, adquiriu, de repente, um ar faminto.

— Fico feliz que você tenha me escrito uma segunda vez. Gostei das duas cartas. Não estou ofendido. Você nunca fez nada errado. Foi tudo um mal-entendido de sua parte, a respeito do críquete e tudo o mais. Vou ser direto: gostei de estar com você, se é isso que lhe atormenta. Estou certo? Quero que me diga. Eu simplesmente não sei.

— Sabe o que eu tenho aqui? *Isto* não é um mal-entendido — e tocou o bolso do peito, de forma expressiva. — Sua carta. E sua história com o patrão. *Nada* disso é um mal-entendido, embora algumas pessoas preferissem que fosse.

— Não leve para esse lado — disse Maurice, sem indignação. Achou estranho não ter ficado ofendido e que até mesmo o Clive de Cambridge tivesse perdido a aura de santidade.

— Ô, sr. Hall, o senhor reconhece que certas coisas não cairiam muito bem para o senhor se viessem à tona, imagino.

Maurice se esforçou para tentar captar o que havia por trás daquelas palavras.

Alec prosseguiu, tentando encontrar algo em que se segurar.

— E tem mais. Eu sempre fui um rapaz respeitável, até o senhor me chamar no seu quarto para se satisfazer. E não é justo que um cavalheiro jogue o nome de alguém na lama. Pelo menos é isso o que o meu irmão pensa disso — falou, hesitando nas últimas palavras. — Por falar nisso, meu irmão está esperando lá fora neste momento. Ele queria mesmo era vir tirar satisfações pessoalmente com o senhor, ele me repreendeu de forma assustadora, mas eu disse: "Não, Fred, não, o sr. Hall é um cavalheiro e a gente pode confiar que ele vai agir como tal, deixe comigo", foi o que eu disse, "e o sr. Durham é um cavalheiro também, sempre foi e sempre será".

— Com relação ao sr. Durham — disse Maurice, sentindo que chegara o momento de falar —, é verdade que um dia nós nos importamos um com o outro, mas ele mudou e agora não liga mais para mim, nem eu para ele. Terminamos.

— Terminaram o quê?

— Nossa amizade.

— Sr. Hall, o senhor prestou atenção no que eu disse?

— Estou prestando atenção em tudo o que você diz — respondeu Maurice com cautela, e prosseguiu no mesmo tom de voz: — Scudder, por que você acha que é "natural" gostar de mulheres e de homens? Foi o que você escreveu na sua carta. Para mim, isso não é natural. Isso me faz pensar que "natural" é um conceito que tem um significado diferente para cada um.

O rapaz pareceu intrigado.

— Isso quer dizer que você não conseguiria ter um filho? — perguntou, subindo o tom de voz.

— Já me consultei com dois médicos a respeito disso. Nenhum deles resolveu nada.

— Então, não consegue.

— Não, não consigo.

— E quer um? — perguntou de forma hostil.

— Não adianta nada querer.

— Eu poderia me casar amanhã, se eu quisesse — vangloriou-se.

Enquanto falava, Alec avistou um touro alado assírio, e sua expressão transformou-se num espanto ingênuo.

— É bem grande, não é? — comentou. — Eles deviam ter máquinas maravilhosas para fazer algo assim.

— Imagino que sim — disse Maurice, também impressionado com o touro. — Não saberia dizer. E tem outro ali.

— Ou seja, tipo um par. Será que serviam de enfeite?

— Este tem cinco patas.

— Este também. Que ideia mais estranha.

Cada um ficou ao lado de um dos monstros, olharam-se e sorriram. De repente, o rosto de Alec se fechou novamente, e ele disse:

— Não vai funcionar, sr. Hall. Já percebi o seu jogo, mas não serei enganado duas vezes, e é melhor resolver as coisas comigo de maneira amigável do que esperar Fred, isso eu garanto. O senhor se divertiu, agora tem que acertar as contas.

Ele era bonito até fazendo ameaças, mesmo com seus olhos perversos. Calmamente, mas de maneira firme, Maurice o encarou. Aquele desabafo não tinha dado em nada, se desfizera como um torrão de lama. Alec sentou-se num banco, murmurando que iria "deixar o senhor pensar no assunto". Maurice sentou-se ao seu lado. Depois, passaram quase vinte minutos indo de sala em sala, como se procurassem por algo. Observavam uma deusa ou um vaso e em seguida moviam-se em sincronia, e o uníssono dos dois era muito estranho, pois, na superfície, estavam em guerra. Alec recomeçou suas insinuações — horríveis, reptilianas —, mas, de alguma forma, elas não contaminavam as pausas de silêncio entre eles, e Maurice já não conseguia sentir medo ou irritação, apenas lamentava que alguém no mundo tivesse se metido em tamanha confusão. Quando decidia responder, seus olhares se cruzavam, e seu sorriso às vezes se refletia nos lábios de seu opositor. Foi tomando vulto a convicção de que toda aquela situação era na verdade uma farsa — quase uma troça — que mascarava algo real, algo que ambos desejavam. Sério e de bom humor, Maurice mantinha-se firme e, se não fazia ofensivas, era porque seu sangue não estava fervendo. Para que a situação saísse da inércia, era necessária a ação de uma força externa, e o acaso deu conta disso.

Maurice estava debruçado sobre um modelo da Acrópole, com a testa ligeiramente franzida, e seus lábios murmuravam: "Sei, sei, sei". Um cavalheiro que estava por perto o ouviu, sobressaltou-se, ajustou os óculos de lentes grossas e disse:

— Com certeza! Posso me esquecer de rostos, mas nunca de uma voz. Com certeza! Você é um dos nossos antigos alunos. — Era o sr. Ducie.

Maurice não respondeu. Alec assomou-se para participar.

— Com certeza você estava na escola do sr. Abrahams. Espere! Espere! Não me diga seu nome. Quero lembrar. Vou lembrar. Você não é o Sanday, não é o Gibbs. Eu sei. Eu sei. É Wimbleby.

Ninguém como o sr. Ducie para cometer enganos! Se ele tivesse acertado, Maurice teria respondido, mas agora sentia-se inclinado a mentir; estava farto das imprecisões infinitas dos professores, já sofrera demais por causa delas. Respondeu:

— Não, meu nome é Scudder.

Foi a primeira coisa que lhe ocorreu. Estava ali, pronta para ser usada. E, assim que disse, soube o porquê. Mas, neste momento de iluminação, o próprio Alec resolveu falar:

— Não é, não — disse ao sr. Ducie —, e eu tenho uma séria acusação a fazer contra este cavalheiro.

— Isso mesmo, seríssima — acrescentou Maurice, apoiando a mão no ombro de Alec, de modo que os dedos lhe tocaram a nuca. E fez isso apenas porque desejava fazê-lo, e não por outra razão.

O sr. Ducie não percebeu. Como não fosse um homem dado a desconfianças, imaginou que se tratasse apenas de uma piada de mau gosto. O cavalheiro moreno não poderia ser Wimbleby, se estava dizendo que não era.

— Sinto muitíssimo, senhor, é tão raro eu me enganar assim. — E, então, disposto a mostrar que não era um velho tolo, começou a conversar com o par silencioso a respeito do Museu Britânico... Aquilo não era apenas uma coleção de relíquias, mas um local que podia ser frequentado pelos... quer dizer... os menos afortunados, exatamente... um lugar estimulante... que levantava questões até mesmo para crianças... que se podia responder... sem dúvida, de forma inadequada; até que uma voz paciente disse:

— Ben, estamos esperando. — E o sr. Ducie se juntou à esposa.

Nesse instante, Alec deu um salto para longe, balbuciando:

— Está tudo bem... Não vou mais aborrecê-lo.

— Onde pensa que vai com sua séria acusação? — disse-lhe Maurice, de uma hora para outra imponente.

— Não saberia dizer — e olhou para trás. Suas cores se destacavam dos heróis ao fundo, perfeitos, mas exangues, sem nunca terem conhecido a perplexidade ou a infâmia. — Não se preocupe. Eu não vou prejudicar o senhor, o senhor tem muita valentia.

— Valentia? Dane-se a valentia! — exclamou Maurice furioso.

— Juro que a história acaba aqui. — E bateu de leve nos lábios. — Não sei o que deu em mim, sr. Hall; *eu* não lhe desejo mal, nunca desejei.

— Você me chantageou.

— Não, senhor, não...

— Chantageou, sim.

— Maurice, ouça, eu só...

— Agora eu sou Maurice?

— Você me chamou de Alec... Sou tão bom quanto você.

— Não acho que seja!

Houve uma pausa antes da tempestade; e então Maurice explodiu:

— Deus do céu, se você tivesse me delatado ao sr. Ducie, eu teria acabado com você. Custaria uma fortuna, mas eu tenho dinheiro, e a polícia sempre protege pessoas da minha classe. Você não faz ideia. Teríamos metido você no xilindró, por chantagem, e depois disso... eu teria estourado os miolos.

— Teria se matado? Morte?

— A essa altura, eu já teria me dado conta de que amava você. Tarde demais... tudo sempre tarde demais. — As fileiras de estátuas antigas recuaram, e Maurice acrescentou: — Não quero dizer nada com isso. Vamos lá fora, aqui não dá para conversar.

Saíram do edifício imenso e abafado, passaram pela biblioteca, supostamente abrangente,[66] em direção à escuridão e à chuva. No pórtico, Maurice parou e disse com amargura:

— Eu tinha me esquecido. E o seu irmão?

— Está na casa do meu pai. E não sabe de nada. Eu só estava ameaçando...

— ... para me chantagear.

— Por favor, entenda. — Alec brandiu a carta de Maurice. — Pegue, se quiser... Não preciso dela... nunca precisei... Suponho que este seja o fim.

---

66 Forster se refere à biblioteca do Museu Britânico como *supposed catholic* ["supostamente católica"]. Em grego, a palavra "católico" (καθολικός) significa "abrangente" ou "universal". No manuscrito de 1914, Forster desenvolve a ideia: "[...] the enormous library, supposed catholic, that allows no books on their subject to enter their readers' hands." (FORSTER, E. M. *Maurice*. TS fair copy with manuscript alterations by L. H. G. Greenwood, 1913–1914. Manuscrito depositado no Modern Archive Centre, King's College, University of Cambridge (vol. 8/10–11). Tradução livre: "[...] a enorme biblioteca, supostamente católica, que não permite que nenhum livro sobre o assunto deles chegue às mãos de seus leitores." Ou seja, uma biblioteca supostamente abrangente, mas que dificultaria o acesso a livros sobre homossexualidade, ilegal na Inglaterra até 1967, e a divulgação de livros sobre o assunto. (N. E.)

Seguramente não seria. Incapazes de se separarem, mas ainda ignorantes do que estava por vir, avançaram, furiosos, por entre os últimos vestígios daquele dia sórdido. A noite, sempre única em seus poderes, enfim chegou, e Maurice recuperou o autocontrole para avaliar o novo material que a paixão conquistara para ele. Em uma praça deserta, pararam diante das grades que cercavam algumas árvores, e ele começou a discorrer sobre a crise dos dois.

Mas, à medida que um se acalmava, o outro se tornava ameaçador. Era como se o sr. Ducie tivesse estabelecido uma desigualdade irritante entre eles, de modo que um batia assim que o outro se cansava de bater. Alec disse, com brutalidade:

— Choveu mais forte do que isto no abrigo de barcos, e estava ainda mais frio. Por que você não veio?

— Cabeça confusa.

— Como é?

— Você ainda vai aprender, estou sempre com a cabeça confusa. Não compareci nem escrevi porque queria me afastar de você contra a minha vontade. Você não vai entender. Você ficava me atraindo de volta, e eu fiquei apavorado. Senti a sua presença quando tentei dormir na sessão com o médico. Você apareceu com muita nitidez. Eu sabia que algo estava errado, mas não conseguia dizer o que era, então continuei fingindo que o problema era você.

— E o que era?

— A... situação.

— Não entendi. Por que você não veio ao abrigo de barcos?

— Por medo. E você também teve medo. Desde a partida de críquete, você se deixou tomar por um medo de mim. Por isso temos tentado derrubar um ao outro, e continuamos tentando.

— Eu não aceitaria nem um tostão de você, eu não faria mal nem ao seu dedo mindinho — grunhiu o outro, chacoalhando as grades que o impediam de alcançar as árvores.

— Mas, em seu pensamento, você continua se esforçando para me machucar.

— Por que cargas d'água você disse que me ama?

— Por que você me chama de Maurice?

— Ah, chega de falar. Aqui... — e estendeu a mão. Maurice a tomou, e nesse momento descobriram o maior triunfo que o homem comum pode conquistar. Amor físico é sinônimo de reação, que é essencialmente o pânico, e Maurice agora percebeu como era natural que a sensação de abandono primordial que haviam vivido em Penge tivesse seguido por caminhos perigosos. Sabiam muito pouco um sobre o outro — e já era demasiado. Daí o medo. Daí a crueldade. E ele se alegrou por ter compreendido a infâmia de Alec por meio da sua própria, vislumbrando, não pela primeira vez, o gênio que se esconde numa alma atormentada. Não como um herói, mas como um companheiro, Maurice enfrentara o vendaval, percebendo a imaturidade de Alec, mas, além da tempestade, encontrara algo mais.

Em seguida, o outro falou. Espasmos de remorso e culpa o dominavam; era como se ele tivesse expelido um veneno. Então, recobrando a saúde, passou a contar tudo ao amigo, já não sentindo mais vergonha. Falou de suas relações... Ele também estava aprisionado por sua classe social. Ninguém sabia que ele estava em Londres. Em Penge, pensavam que ele estava na casa do pai; para o pai, ele estava em Penge. Havia sido difícil, muito difícil. Agora, precisava voltar para casa. Encontrar o irmão com quem retornaria à Argentina: o irmão, que era comerciante, e a cunhada. Seu relato vinha salpicado de ostentação, como costumam ser os relatos de quem não é letrado. Gostava de repetir que vinha de uma família de respeito e que não era de se curvar para ninguém, não, pois era tão bom quanto qualquer cavalheiro. Mas enquanto se gabava, seu braço se aproximava do de Maurice. Os dois mereciam essa carícia; o sentimento era estranho.

As palavras morriam, para recomeçar abruptas. Foi Alec quem se aventurou a dizer:

— Fique comigo.

Maurice teve um sobressalto e os dois se esbarraram. Já tinham consciência de estarem apaixonados um pelo outro.

— Durma comigo esta noite. Conheço um lugar — continuou Alec.

— Não posso, tenho um compromisso — disse Maurice, com o coração batendo forte. Um jantar formal o aguardava, do tipo que trazia trabalho para a empresa e ao qual não poderia, de maneira alguma, faltar. Por pouco, Maurice não havia se esquecido da própria existência. — Preciso ir embora agora e me trocar. Mas veja, Alec, seja razoável. Encontre-me outra noite, qualquer dia.

— Não posso mais vir a Londres, que meu pai ou o sr. Ayres vão comentar.

— O que importa se comentarem?

— O que importa o seu compromisso?

Ficaram em silêncio novamente. Então Maurice disse, com uma voz afetuosa, mas abatida:

— Tudo bem, que se dane.

E permaneceram juntos na chuva.

# CAPÍTULO XLIV

— Alec, acorde. — E deu um leve puxão de braço. — Hora de falar do futuro.

Maurice se aconchegou, mais desperto do que gostaria, cálido, vigoroso, feliz. A felicidade havia se apoderado dele também. Moveu-se, sentiu-se retribuído no corpo a corpo e esqueceu o que queria dizer. A luz se derramava sobre os dois vinda do mundo lá fora, onde ainda chovia. Naquele hotel suspeito, poderiam permanecer um pouco mais de tempo, casualmente abrigados e protegidos dos inimigos.

— Hora de levantar, rapaz. Já é manhã.

— Levante, então.

— Não consigo. Você está me agarrando!

— Como você é afobadinho. Afobadinhos comigo não têm vez. — Alec já não tinha as cerimônias de antes. O Museu Britânico o havia curado. Agora o clima era de feriado, Londres com Maurice, sem esquentar a cabeça, e ele só queria ficar na cama, matar tempo, fazer carinhos e amar.

Maurice queria o mesmo, o que deixava tudo mais prazeroso, mas a iminência do futuro o distraía e, à medida que a claridade aumentava, o aconchego ficava mais irreal. Algo precisava ser resolvido de uma vez. Oh, pela noite que terminara, pelo sono e pela vigília, pelas vicissitudes e pela ternura entrelaçadas, pela doçura, pela segurança na escuridão. Será que uma noite dessas tornaria a acontecer?

— Você está bem, Maurice? — pois o outro havia suspirado. — Está confortável? Apoie a cabeça em mim, do jeito que você gosta... isso, assim, e não se preocupe. Você está comigo. Não se preocupe.

Sim, Maurice tivera sorte, disso não havia dúvida. Scudder se revelara leal e amável. Era uma companhia adorável, um tesouro, um encanto, um achado entre mil, o sonho tão esperado. Mas seria corajoso?

— É muito bom estarmos aqui, você e eu, assim... — Disse com os lábios tão fechados que mal se podia entender. — Quem poderia imaginar... A primeira vez que eu vi você, pensei: "Queria que eu e aquele ali...", do nada... "eu e ele, seria tão...". E cá estamos.

— E é por isso que temos que brigar.

— Mas quem quer brigar? — disse, irritado. — A gente já brigou demais.

— O mundo está contra nós. Precisamos tomar tenência e traçar um plano, enquanto podemos.

— Por que você tem que dizer uma coisa dessas e estragar tudo?

— Porque alguém precisa dizer essas coisas. Não podemos deixar que as coisas saiam de controle e se voltem contra nós novamente, como aconteceu em Penge.

Alec apertou-o de brincadeira com as mãos calejadas e disse:

— Doeu, não doeu? Pois é assim que *eu* brigo.

A brincadeira havia machucado de fato, mostrando que uma espécie de ressentimento estava sempre à espreita.

— Nem me fale sobre Penge — prosseguiu Alec. — Minha nossa! Penge, onde eu sempre fui um empregadinho, "Scudder faça isso, Scudder faça aquilo", e a velha senhora, sabe o que ela me disse uma vez? Ela disse: "Será que você poderia ter a bondade de colocar esta carta para mim no correio, como é mesmo o seu nome?". Como é mesmo o seu nome! Todos os dias, durante seis meses, eu apareci na entrada daquela droga de lugar para receber ordens de Clive, e a mãe dele não sabe o meu nome. Ela é uma vaca. Eu disse pra ela: "Qual o seu nome? Foda-se o seu nome". Quase que eu disse. Eu devia ter dito. Maurice, você não sabe como as pessoas falam com os empregados. É estarrecedor, não tenho palavras. Aquele Archie London, seu amiguinho, não fica atrás, nem você, nem você. "E aí, meu camarada", pra cima e pra baixo. Você nem imagina como quase me perdeu. Foi por pouco que eu não subi aquela escada quando você me chamou, ele não me quer, não, e fiquei fulo da vida quando você não apareceu no abrigo de barcos como eu mandei. Você se acha bom demais! Veremos. Eu gostava do abrigo de barcos. Costumava ir lá para fumar, muito antes de ouvir falar de você; ainda tenho a chave do lugar, por falar nisso... O abrigo de barcos, a vista para o lago, tudo muito silencioso, de vez em quando um peixe salta, e tem as almofadas que eu arrumo do meu jeito.

Alec silenciou, depois de falar pelos cotovelos. Começara de modo brusco e alegre, um tanto histriônico, depois a voz foi se apagando à medida que brotava uma tristeza, como se a verdade tivesse vindo à tona e fosse insuportável.

— Ainda vamos nos encontrar no seu abrigo de barcos — disse Maurice.

— Não, não vamos. — Afastou-o, depois estremeceu, puxou-o para perto, com violência, e o abraçou como se o mundo fosse acabar. — Mas, pelo menos, você vai se lembrar.

Levantou-se e olhou para baixo, para além da penumbra, os braços pendendo vazios. Como se quisesse ser lembrado desse jeito.

— Eu podia muito bem ter matado você.

— Ou eu a você.

— Onde foram parar minhas roupas e o resto? — Pareceu atordoado. — Está tão tarde. Nem fiz a barba, não achei que ia passar a noite… Eu devia… tenho que pegar o trem daqui a pouco, senão Fred vai começar a imaginar coisas.

— Deixe que pense.

— Meu Deus, se Fred me pega aqui com você.

— Mas não pegou.

— Mas poderia ter pegado. Quer dizer, amanhã é quinta, não é? Sexta é dia de empacotar as coisas. Sábado, o *Normannia* zarpa de Southampton e adeus, velha Inglaterra.

— Quer dizer que a gente nunca mais vai se ver depois de hoje?

— Isso mesmo. Você entendeu direitinho.

E, ainda por cima, continuava chovendo! A manhã estava encharcada depois do aguaceiro do dia anterior, havia água nos telhados, no museu, em casa e na floresta também. Controlando os gestos e escolhendo muito bem as palavras, Maurice disse:

— É sobre isso que eu queria conversar. Por que não arranjamos um jeito de nos encontrarmos de novo?

— Como assim?

— Por que você não fica na Inglaterra?

Alec virou-se bruscamente, aterrorizado. Seminu, ele parecia também semi-humano.

— Ficar? — ele rosnou. — Perder o barco, você está louco? De todas as idiotices que eu já ouvi… Já quer me dar ordens de novo, não é?

— Encontros como o nosso só acontecem uma vez em um milhão, nunca mais teremos uma oportunidade como esta, e você sabe. Fique comigo. Nós nos amamos.

— Eu sei, mas isso não é motivo para agir sem pensar. Ficar com você como, e onde? O que a sua mãe ia pensar se me visse do jeito que sou, grosseiro e sem educação?

— Ela nunca vai ver você. Não quero mais morar naquela casa.

— Onde você vai morar?

— Com você.

— Ah, é? Não, obrigado. Meu pessoal não ia querer você por perto, e eu dou razão a eles. E como você ia cuidar dos negócios? Isso que eu queria saber...

— Vou largar tudo.

— Seu emprego na cidade, que dá dinheiro e prestígio? Você não pode largar o emprego.

— Posso, sim, se for por um bom motivo — disse Maurice com suavidade. — Qualquer coisa é possível, desde que se saiba por quê. — Olhou em direção à luz acinzentada, que se tingia de amarelo. Nada nesse diálogo o surpreendia. Só não previa o desfecho. — Vou trabalhar com você — declarou, depois de ponderar por algum tempo.

— Que trabalho?

— Vamos descobrir.

— Descobrir e morrer de fome.

— Não. Temos dinheiro suficiente para nos manter enquanto procuramos um trabalho. Não sou um tolo, nem você. Não vamos passar fome. Passei a noite em claro pensando nisso, enquanto você dormia.

Houve uma pausa. Alec prosseguiu, com delicadeza:

— Não iria funcionar, Maurice. Seria nossa ruína, você não vê?

— Não sei. Pode ser que sim, pode ser que não. "Classe social", não sei. Só sei o que vamos fazer hoje. Vamos dar o fora daqui, tomamos um café da manhã decente e vamos para Penge, ou onde quer que seja, para ver o seu irmão Fred. Você dirá para ele que mudou de ideia sobre a mudança de país e que resolveu aceitar uma oferta de emprego no escritório do sr. Hall. Vou junto com você. Não me importo. Falo com quem precisar, enfrentarei o que for. Se quiserem falar, pois que falem. Estou farto. Diga a Fred para cancelar o seu bilhete, eu o reembolso, e esse será o começo de nossa libertação. Depois, daremos o próximo passo. É um risco, mas tudo é um risco, e só se vive uma vez.

Alec deu uma risada cínica e continuou a se vestir. Seus modos lembravam os do dia anterior, embora não estivesse mais fazendo uma chantagem.

— Você fala como alguém que nunca precisou ganhar o próprio pão — disse. — Você dá um jeito de me aprisionar, dizendo que me ama, ou algo assim, e depois se oferece para acabar com a minha carreira. Você se dá conta? Eu tenho um emprego concreto me esperando na Argentina. Igual ao seu emprego aqui. Pena que o *Normannia* zarpa no sábado. Mas a realidade dos fatos permanece: todo o enxoval que eu comprei, minha passagem, o Fred e minha cunhada que me esperam.

Maurice enxergou o sofrimento que havia por trás da agressividade, mas, desta vez, de que adiantava a sensibilidade? Nenhuma sensibilidade no mundo impediria o *Normannia* de zarpar. Ele tinha perdido. Para ele, o sofrimento era certo, embora, para Alec, era possível que terminasse em breve; quando começasse sua nova vida, esqueceria que um dia teve uma aventura com aquele cavalheiro e, com o tempo, se casaria. Jovem astuto da classe trabalhadora, Alec sabia bem o que queria, e já estava pronto, o corpo elegante enfiado naquele terno azul horroroso. Seu rosto se destacava, vermelho, e as mãos, morenas. Repartiu o cabelo empastado.

— Bem, vou indo. — E como se não bastasse, acrescentou: — Pensando bem, é uma pena que a gente tenha se conhecido.

— Se você pensa assim — disse Maurice, desviando o olhar enquanto Alec destrancava a porta.

— Você pagou adiantado pelo quarto, não foi? Eles não vão me parar lá embaixo, não é? Não quero nenhum tipo de aborrecimento na saída.

— Novamente: se você pensa assim...

Ouviu a porta bater e ficou sozinho. Esperou que o amado voltasse. Uma espera inevitável. Então os olhos começaram a arder, e ele soube, por experiência, o que viria a seguir. Rapidamente assumiu o controle. Levantou-se e saiu, fez ligações e deu explicações, acalmou a mãe, pediu desculpas ao anfitrião, fez a barba, se aprumou e seguiu para o escritório, como de costume. Uma quantidade enorme de trabalho o aguardava. Nada havia mudado em sua vida. Nada restava nela. Ele estava de volta à sua solidão, como fora antes de Clive, como foi depois de Clive e como seria de agora em diante. Ele havia fracassado, e isso não era o mais triste: ele testemunhara Alec fracassar. De certa forma, os dois eram uma pessoa só. O amor fracassara. O amor era uma emoção por meio da qual, de vez em quando, dava para se divertir. Mas o amor não fazia coisas acontecerem.

# CAPÍTULO XLV

Quando sábado chegou, Maurice foi até Southampton para ver a partida do *Normannia*. Era uma decisão fantástica, inútil, humilhante, arriscada, e ele não tinha a menor intenção de levá-la a cabo quando saiu de casa. Mas ao chegar em Londres, a fome que o atormentava toda noite saiu às claras e exigiu sua vítima, ele se esqueceu de tudo, menos do rosto e do corpo de Alec, e daria tudo para vê-los de novo. Não queria falar com o amante, nem ouvir sua voz, nem tocá-lo — toda essa parte já era passado —, queria apenas capturar mais uma vez sua imagem antes que ela se esvaísse para sempre. Pobre e desgraçado do Alec. Quem poderia culpá-lo, de que outra forma poderia ter agido? Mas, oh, que desgraça causava para os dois.

Maurice entrou no barco como se estivesse num sonho e, ali, despertou para um novo tipo de desconforto: não conseguiu ver Alec em lugar nenhum, os comissários estavam ocupados, e de repente trouxeram-lhe o sr. Scudder, um homem de meia-idade, um comerciante, um patife — era o irmão, Fred. Com ele, vinha um homem mais velho, de barba — provavelmente o açougueiro de Osmington. O maior encanto de Alec era o frescor de sua pele corada que arrebentava em ondas contra o penhasco de seus cabelos: Fred tinha o mesmo rosto, embora macilento e astuto, e nele a tez de Alec, bronzeada com carinho pelo sol, era substituída por uma pele sebosa. Fred tinha uma alta opinião sobre si mesmo, assim como Alec, mas sua presunção vinha do sucesso financeiro, o que geralmente implica um desprezo pelo trabalho braçal. Não gostava da ideia de ter um irmão que se aventurara a crescer num ambiente rústico e achou que o sr. Hall estava ali só para botar banca. Isso fez com que Maurice fosse tratado como se estivesse cometendo uma insolência.

— O Aleczinho ainda não embarcou, mas a bagagem já está aqui — disse o irmão —, quer ver o que ele trouxe?

E o pai acrescentou, olhando no relógio:

— Ainda temos muito tempo.

Com os lábios contraídos, a mãe disse:

— Ele não deve demorar. Quando o Aleczinho diz uma coisa, ele cumpre.

E o irmão concluiu:

— Se ele quiser, pode chegar atrasado. Não ligo de perder a passagem, eu posso pagar, mas ele que não espere que eu o ajude de novo. Esta brincadeira custou caro...

"O lugar de Alec é aqui", refletiu Maurice. "Essa gente pode fazê-lo feliz de uma forma que eu nunca poderia." Encheu um cachimbo com o tabaco que estivera fumando nos últimos seis anos e ficou ali olhando o romance se desmilinguir. Alec não era herói nem deus, mas um homem como ele, inserido na sociedade, e para o qual o mar e as florestas e a brisa fresca e o sol não estavam preparando apoteose alguma. Eles não deviam ter passado aquela noite juntos no hotel. As expectativas haviam ficado altas demais. Deviam ter se despedido com o aperto de mãos na chuva.

Uma fascinação mórbida fez com que permanecesse na companhia da família Scudder, ouvindo as vulgaridades que diziam e identificando, nos gestos deles, os gestos do amigo. Tentou ser agradável e se integrar, mas fracassou, pois sua autoconfiança o havia abandonado. Enquanto cismava, uma voz mansa disse:

— Boa tarde, sr. Hall.

Não conseguiu responder. Foi uma completa surpresa. Era o sr. Borenius. E ambos reviveram o silêncio inicial de Maurice, o olhar assustado e o movimento ligeiro com que removeu o cachimbo da boca, como se fumar fosse proibido pela Igreja.

O sr. Borenius apresentou-se educadamente para o grupo; viera se despedir de seu jovem paroquiano, aproveitando que a distância de Penge até ali não era longa. Falaram sobre o caminho que Alec deveria pegar para chegar. Houve alguma discordância, e Maurice tentou escapulir, já que a situação havia se tornado duvidosa. Mas o sr. Borenius o interpelou.

— Vai para o convés? — perguntou. — Eu também, eu também.

Retornaram ao ar livre e à luz do sol; as águas rasas de Southampton espalhavam reflexos dourados ao redor deles, emolduradas pelo bosque de New Forest. Para Maurice, a beleza dessa tarde era como um presságio de desastre.

— É muita gentileza de sua parte — disse o clérigo, sem rodeios. Falava como um assistente social falaria a um colega, mas Maurice intuiu que havia um véu sobre sua voz. Tentou responder, duas ou três frases o teriam salvado, mas nenhuma palavra saiu, e seu queixo tremeu como o de um menino chorão. — E é ainda mais gentil pois, se bem me lembro, o senhor não aprova os modos do jovem Scudder. O senhor me disse quando jantávamos em Penge que ele era "um tanto porcalhão", expressão que, aplicada a um semelhante, me causou espécie. Mal pude crer ao ver o senhor aqui, entre os amigos dele. Creia-me, sr. Hall, ele vai apreciar sua atenção, embora seja possível que nem venha. Indivíduos desse tipo são mais impressionáveis do que um forasteiro pode supor. Para o bem e para o mal.

Maurice tentou mudar de assunto, dizendo:

— Pois bem, e o que o senhor faz por aqui?

— Eu? Por que *eu* vim? O senhor vai achar engraçado. Vim para entregar a Scudder uma carta de apresentação a um sacerdote anglicano em Buenos Aires, na esperança de que ele seja crismado ao chegar lá. Absurdo, não? Mas como não sou nem helenista nem ateu, acredito que o comportamento de uma pessoa é reflexo de sua fé, e se esse rapaz se comporta como um "porcalhão", deve ser por causa de uma compreensão equivocada a respeito de Deus. Onde há heresia, cedo ou tarde, a imoralidade campeia. Mas e o senhor, como sabia tão precisamente quando o barco dele zarparia?

— É... Saiu no jornal.

Um tremor tomou conta de Maurice, e as roupas de repente grudaram-lhe no corpo. Era como se estivesse de volta na escola, indefeso. Tinha certeza de que o vigário sabia de tudo, ou talvez ele tivesse se deixado trair por algum gesto. Uma pessoa mundana não teria percebido nada, o sr. Ducie não percebera, mas essa criatura tinha um sentido especial, por sua espiritualidade, e podia farejar emoções invisíveis. O ascetismo e a devoção religiosa têm um lado prático. Podem suscitar *insights*, coisa que Maurice estava descobrindo tarde demais. Em Penge, presumira que um pároco de cara branca e batina jamais suspeitaria da existência do amor entre homens, mas percebia agora que não há nenhum segredo da humanidade que não tenha sido perscrutado pelo conservadorismo, ainda que por um ângulo torto, que a religião é muito mais perspicaz do que a ciência e que só precisaria incorporar juízo crítico aos *insights* para ser a maior instituição do mundo. Destituído de qualquer sensibilidade religiosa, Maurice nunca havia encontrado alguém que a tivesse, e o espanto foi tremendo. Sentiu temor e ódio pelo sr. Borenius e quis matá-lo.

E Alec, quando chegasse, seria atirado na armadilha também; eles eram pessoas pequenas, incapazes de correr riscos, muito menores até do que Clive e Anne, e o sr. Borenius sabia disso, e estava a puni-los com o único instrumento que tinha em mãos.

Depois de uma pausa, para o caso de a vítima resolver responder, a voz prosseguiu.

— Sim, para falar francamente, eu estou longe de ser complacente com o jovem Scudder. Antes de ele ir embora de Penge, na última terça-feira, para ir à casa dos pais, como me dissera, embora só tenha chegado lá no dia seguinte... tivemos uma conversa que me deixou extremamente decepcionado. Ele foi difícil. Não se abriu. Quando falei do crisma, deu uma risadinha. O fato é que... eu não mencionaria isto ao senhor se não percebesse seu interesse caridoso por ele... mas o fato é que ele é culpado de lascívia. — Instalou-se uma pausa. — Com mulheres. Com o tempo, sr. Hall, aprendemos a reconhecer o risinho, o jeito difícil, pois a fornicação se estende muito além do ato em si. Se fosse um ato único, eu, por mim, nem consideraria um anátema. Mas quando as nações se deitaram com a prostituta,[67] invariavelmente acabaram negando a Deus, pelo que sei, e até que sejam punidas as irregularidades sexuais todas, não apenas algumas, a Igreja jamais reconquistará a Inglaterra. Tenho razões para crer que ele passou uma noite perdido em Londres. Mas, certamente... Esse deve ser o trem dele.

O sr. Borenius desceu, e Maurice, destroçado até o âmago, seguiu-o. Ouvia vozes, mas não as compreendia; para todos os efeitos, talvez uma delas fosse a de Alec.

---

67 O sr. Borenius cita o Apocalipse 17,1-2: "Vem! Vou mostrar-te o julgamento da grande prostituta que está sentada à beira de águas copiosas: os reis da Terra se prostituíram com ela, e com o vinho da sua prostituição embriagaram-se os habitantes da Terra". (N. T.)

"Mais uma vez deu errado", essa frase atravessou seus pensamentos, pairando como um morcego no ocaso. Era como se estivesse de volta em casa, no *fumoir*, no dia em que Clive dissera: "Eu não o amo mais; sinto muito", e sentiu que sua vida revolveria em ciclos de um ano, voltando sempre ao mesmo eclipse. "Como o sol... que leva um ano...", pensou ouvir seu avô falar; então a névoa baixou, e surgiu a mãe de Alec:

— O Aleczinho não faria isso — boquejou ao passar por ele.

Quem não faria o quê? Sinos badalavam, um apito tocou. Maurice subiu correndo ao convés; havia recobrado suas faculdades mentais e conseguiu ver com extraordinária clareza a turba de homens a se organizarem, aqueles que ficariam na Inglaterra, aqueles que seguiriam viagem, e assim se deu conta de que Alec havia ficado. Foi uma explosão gloriosa no meio da tarde. Nuvens brancas navegavam sobre as águas douradas e o bosque. Em meio a esse desfile, Fred Scudder estava tendo um ataque de fúria, pois o irmão, aquele inconsequente, havia perdido o último trem, e as mulheres protestavam ao serem empurradas pelas passarelas, e o sr. Borenius e o velho Scudder lamentavam-se com os funcionários do navio. Diante daquele dia lindo e daquela brisa fresca, eles haviam se tornado criaturas insignificantes.

Maurice desembarcou embriagado de felicidade e ímpeto. Deteve-se a observar o navio se mover, e de repente se lembrou do funeral do viking[68] que o deixara impressionado quando menino. O paralelo era falso, embora aquele navio fosse também heroico e levasse a

---

68 *Funeral of a Viking* [Funeral de um Viking], pintura de Sir Frank Dicksee, 1893 (Manchester City Art Galleries, Manchester, Inglaterra). A obra retrata a cerimônia fúnebre em que o corpo de um guerreiro viking é depositado sobre uma pira em chamas, em uma embarcação. (N. E.)

morte para longe. A embarcação afastou-se do cais com dificuldade, com Fred a bordo latindo sem cessar, e depois adentrou o canal ao som de vivas. Partira, enfim; sacrificial, esplendoroso, deixando para trás um fio de fumaça a se dissipar nos confins do mar e ondulações que morriam de encontro ao madeiramento do porto. Maurice seguiu o barco com o olhar por um longo tempo, depois voltou-se para a terra firme. Sua jornada estava quase no fim. Dirigia-se ao seu novo lar. Fizera com que Alec se tornasse um homem, e agora era a vez de Alec despertar o herói que havia em Maurice. Reconhecia o chamado e sabia qual deveria ser a resposta. Viveriam à margem das classes sociais, sem contar com parentes e sem herança; trabalhariam para se sustentar e seriam leais um ao outro até a morte. Mas a Inglaterra era deles. Para além de seu relacionamento, essa seria sua recompensa. Aquele ar e aquele céu pertenciam a eles, e não às multidões amedrontadas, que acumulam quinquilharias, mas não têm alma.

Maurice encarou o sr. Borenius, que perdera completamente a noção dos acontecimentos. Alec havia lhe tirado o prumo. O sr. Borenius partia do princípio de que o amor entre dois homens só podia ser ignóbil, e, assim, não conseguia interpretar o que havia acontecido. No mesmo instante se tornou uma pessoa comum e a ironia se evaporou. De maneira direta e um tanto tola, teorizou sobre o que poderia ter acontecido ao jovem Scudder e depois tomou seu rumo para visitar amigos em Southampton. Maurice ainda gritou:

— Sr. Borenius, olhe para o céu! Está todo em chamas!

Mas o pároco não queria saber de um céu em chamas e sumiu.

Em sua agitação, Maurice sentia que Alec estava perto dele. Não estava e não tinha como estar. Alec estava em algum outro lugar esplendoroso e precisava ser encontrado, e, sem hesitar por nem um instante sequer,

Maurice dirigiu-se ao abrigo de barcos em Penge. Essas palavras estavam no sangue de Alec, faziam parte de seus anseios, suas chantagens e sua promessa naquele último abraço desesperado. Elas eram tudo o que ele tinha para se agarrar. E lá se foi de Southampton, assim como havia chegado — instintivamente. Sentiu que dessa vez as coisas não dariam errado. Não só isso. O universo não se atreveria a deixá-lo na mão, agora que tudo estava nos eixos. O trenzinho local cumpriu sua função, um horizonte esplêndido ainda reluzia, salpicado de pequenas nuvenzinhas incandescentes que soltaram uma última labareda quando o astro-rei desapareceu. E ainda havia bastante luz quando Maurice chegou à estação e seguiu caminhando até Penge, em meio a campos pacatos.

Entrou na propriedade pelo lado de baixo, por uma fresta entre postes da cerca. Mais uma vez chamou-lhe a atenção o estado de abandono em que o lugar se encontrava e como eram vãs as tentativas de controlar a passagem do tempo. A noite se aproximava, uma ave cantou, animais se agitaram. Maurice apressou o passo até avistar o lago a tremeluzir e ouvir a água a golejar. Ao fundo, em total escuridão, ficava o local de encontro.

Lá estava ele, ou quase lá. Ainda confiante, ergueu a voz e chamou Alec.

Não houve resposta.

Chamou de novo.

Apenas silêncio e a noite que avançava. Ele se enganara.

“É bem possível”, pensou, e imediatamente se recompôs. O que quer que houvesse acontecido, ele não podia ter um colapso agora. De nada haviam adiantado todos os colapsos que tivera por causa de Clive. Além do mais, perder a cabeça ali, no meio do mato, no escuro, seria um atestado de insanidade. Era preciso ser forte, ficar calmo e manter a confiança: essa era a única saída. Mas a decepção repentina revelou-lhe a extensão de seu cansaço físico. Estivera na correria desde cedo, assolado por todo tipo de emoção, e estava prestes a desabar. Dali a pouco decidiria o que fazer a seguir, mas, nesse instante, a cabeça estava estourando, sentia dores em cada pedaço do corpo, e o que não doía já não prestava para nada. Era preciso descansar.

O abrigo de barcos estava ali, oferecendo-se para esse propósito. Maurice entrou e encontrou o amante adormecido. Alec estava deitado sobre pilhas de almofadas, e mal se podia vê-lo às últimas luzes do dia que terminava. Quando acordou, não pareceu surpreso nem perturbado e, antes de falar, acariciou o braço de Maurice entre as mãos:

— Então você recebeu o telegrama.

— Que telegrama?

— O telegrama que mandei hoje de manhã para a sua casa, dizendo que... — Bocejou. — Perdão, estou um pouco cansado, aconteceu uma coisa depois da outra... dizendo que era para você vir para cá sem falta. — E como Maurice não dissesse nada, ou melhor, não conseguisse falar, Alec concluiu: — E agora nunca mais vamos nos separar, pronto, acabou.

# CAPÍTULO XLVI

Insatisfeito com os panfletos da campanha eleitoral, que lhe pareceram paternalistas demais para aqueles tempos, Clive tentava fazer correções nas provas de impressão quando Simcox anunciou:

— O sr. Hall.

A hora era extremamente avançada e a noite, escura; todos os traços do magnífico pôr do sol haviam desaparecido do céu. Não dava para ver nada desde o pórtico de entrada, embora desse para ouvir ruídos abundantes; o amigo, que havia se recusado a entrar, estava no pátio chutando pedriscos e atirando alguns nos arbustos e contra as paredes.

— Olá, Maurice, entre. Que cara é essa? — perguntou, um pouco incomodado e sem se dar ao trabalho de sorrir, já que seu rosto estava na sombra. — Bom vê-lo de novo, espero que esteja melhor. Infelizmente, estou um pouco ocupado, mas o Aposento Russet, não. Entre e passe a noite aqui, como antes. Fico feliz em vê-lo.

— Tenho apenas alguns minutos, Clive.

— Veja bem, meu amigo, isso é ótimo. — E avançou na escuridão da casa, hospitaleiro, ainda com as provas de impressão nas mãos. — Mas a Anne vai ficar furiosa comigo se você não ficar. É uma grande alegria que você tenha aparecido assim. Perdoe-me se tenho compromissos desimportantes a resolver agora. — Mas, então, percebeu um cerne de melancolia em toda aquela escuridão e subitamente exclamou, inquieto: — Espero que não haja nada errado.

— Vai quase tudo bem... É o que você diria, acho.

Ao ouvir isso, Clive colocou a política de lado, pois sabia que devia se tratar do caso amoroso, e se preparou para oferecer sua simpatia, embora preferisse que o apelo tivesse chegado num momento em que estivesse menos atarefado. Mas seu senso de prioridades o ajudou nessa hora. Conduziu o amigo à passagem deserta atrás dos loureiros, onde as prímulas reluziam e criavam um relevo de amarelo pálido no muro escuro da noite. Ali estariam a sós. Tateou até achar um banco. Sentou-se com as mãos atrás da cabeça e disse:

— Estou à sua disposição, mas meu conselho é dormir esta noite aqui e consultar Anne pela manhã.

— Não quero seu conselho.

— Bem, faça como preferir, mas você foi tão afável, contando-nos de suas expectativas, e, em assunto de mulheres, acho que o melhor é sempre consultar outra mulher, em especial se ela tiver a capacidade de percepção quase sobrenatural que Anne tem.

As flores do outro lado sumiam e reapareciam, e Clive sentiu, novamente, que o amigo, oscilando para a frente e para trás diante delas, traduzia a essência da noite. Uma voz disse:

— É muito mais complicado do que isso para você; estou apaixonado pelo seu guarda-caça.

Pareceu-lhe um comentário tão inesperado e sem sentido que replicou:

— O sr. Ayres? — E sentou-se ereto, com um movimento desengonçado.

— Não. Scudder.

— Cuidado com o que diz — exclamou Clive, lançando o olhar para a escuridão. Recomposto, disse secamente: — Que declaração mais grotesca.

— Grotesca demais — a voz ecoou. — Mas senti que, em nome de tudo o que lhe devo, deveria vir aqui contar a você sobre Alec.

Clive só conseguia apreender o mínimo. Chegou a supor que Scudder fosse apenas uma *façon de parler*,[69] como se poderia dizer "Ganimedes",[70] pois a intimidade com pessoas de classes inferiores era para ele simplesmente impensável. Assim, sentiu-se deprimido e ofendido, pois havia presumido que Maurice fosse normal quinze dias atrás e até encorajara sua amizade com Anne.

— Fizemos tudo o que pudemos, e se quer mesmo pagar o que nos "deve", como você diz, pare de se entregar a esses pensamentos mórbidos. Estou muito decepcionado de ouvir você falar assim de si mesmo. Você me deu a entender que havia finalmente deixado para trás o mundo invertido, do outro lado do espelho, quando esgotamos esse assunto aquele dia no Aposento Russet.

— Quando você achou por bem beijar a minha mão — acrescentou Maurice, com uma amargura deliberada.

— Não vamos entrar nesse mérito — retrucou Clive com veemência, não pela primeira nem pela última vez, e, por um momento, fez com que o fora da lei o amasse. Depois, voltou a se agarrar ao intelectualismo. — Maurice, oh, sinto por você, mais do que posso expressar em palavras, e eu suplico para que resista ao retorno dessa

---

69 "Maneira de falar", em francês.

70 Ganimedes, príncipe de Troia. Encantado pela beleza do jovem, Zeus transforma-o em uma águia e o leva para o Olimpo, onde ele se torna responsável por servir néctar e ambrosia aos deuses. (N. T.)

obsessão. Se você for firme, ela passará para sempre. Dedique-se ao trabalho, a atividades ao ar livre, a amigos...

— Como disse antes, não vim aqui para pedir conselhos nem para discutir pensamentos e ideias. Sou de carne e osso, se é que você pode imaginar o que sejam essas coisas abjetas...

— Está certo; sou terrivelmente apegado a teorias, eu sei.

— ... e eu mencionarei Alec pelo nome.

Ambos se lembraram daquela situação de um ano atrás, mas agora era Clive quem sentia desconforto ao falar no assunto.

— Se ao dizer Alec você está se referindo a Scudder, devo dizer que ele não está mais sob meus serviços, nem sequer está na Inglaterra. Zarpou para Buenos Aires ainda hoje. Mas prossiga. Pode retomar o assunto se houver algo em que eu possa ajudar minimamente.

Maurice bufou e começou a arrancar florezinhas de um caule alto. Foram sumindo uma a uma, como velas que a noite apagou.

— Eu partilhei com Alec — disse ele, depois de uma profunda reflexão.

— Partilhou o quê?

— Tudo o que tenho, inclusive meu corpo.

Clive levantou-se de um salto, com um esgar de nojo. Queria poder massacrar aquele mostro e fugir, mas era civilizado e queria fazê-lo delicadamente. Afinal, eram camaradas de Cambridge... Ambos pilares da sociedade; não devia haver demonstração de violência. E não houve; Clive permaneceu quieto e prestativo até o último minuto. Mas sua desaprovação minguada e amarga, seu dogmatismo e a estupidez de seu coração deixavam Maurice enojado. Ele só poderia respeitar uma reação de ódio.

— O que eu digo pode parecer ofensivo — prosseguiu, —, mas é que preciso ter certeza de que você entendeu. Alec dormiu comigo no Aposento Russet na noite em que você e Anne estavam fora.

— Maurice... oh, meu Deus!

— E na cidade também. E também... — e aqui ele parou.

Mesmo em sua náusea, Clive recorreu a uma generalização. Era parte da imprecisão mental induzida por seu casamento.

— Mas sem dúvida... a única concessão para qualquer relação entre homens é que ela permaneça puramente platônica.

— Não sei. Vim lhe contar o que fiz.

Sim, esse era o motivo da visita. Era o encerramento de um livro que nunca mais seria lido, e é melhor que livros assim fiquem guardados, para que não acumulem poeira. O volume que diz respeito ao passado dos dois devia ser devolvido à prateleira, e esse, esse era o lugar, em meio à escuridão e às flores murchas. Devia isso a Alec. Ele não admitia a mistura do velho com o novo. Toda concessão é perigosa, pois furtiva, e ao terminar sua confissão era preciso desaparecer daquele mundo que o havia nutrido.

— Preciso dizer-lhe também o que ele fez — prosseguiu, tentando controlar a alegria. — Sacrificou a carreira por minha causa... e sem nenhuma garantia, sacrificarei tudo por ele... eu não teria feito isso antes... pois sou lento para perceber as coisas. Não sei se isso é platônico da parte dele ou não, mas foi o que fez.

— Sacrificar, como assim?

— Acabei de voltar do porto. Fui para me despedir. Mas ele não estava lá...

— Scudder perdeu o navio? — exclamou o dono das terras com indignação. — Essa gente é impossível. — E parou, confrontado com o futuro. — Maurice, Maurice —

disse com ternura —, Maurice, *quo vadis*?[71] Você enlouqueceu. Você perdeu toda a noção da... Posso perguntar se você pretende...

— Não, você não pode perguntar — interrompeu o outro. — Você pertence ao passado. Direi a você tudo o que aconteceu até este momento, mas nenhuma palavra além.

— Maurice, Maurice, eu me importo um bocado com você. Senão, eu não teria ficado aqui ouvindo o que você me disse.

Maurice abriu as mãos. Pétalas luminosas surgiram.

— Você se importa um tanto comigo, eu sei — admitiu. — Mas não posso amarrar a minha vida nesse bocado. Você não fez isso. Você amarrou sua vida em Anne. Você não está preocupado se a relação com ela é platônica ou não, sabe apenas que é algo grande o suficiente para amarrar uma vida inteira ali. Não posso amarrar minha vida nos cinco minutos que você me concede quando não está com ela ou não está fazendo política. Você faria qualquer coisa por mim, exceto me ver. Foi assim durante todo este ano infernal. Você libera a sua casa para mim e não mede esforços para fazer com que eu me case logo, porque assim você se livra de mim. Você se importa um bocado comigo, eu sei — repetiu Maurice, pois Clive havia protestado —, mas não tem nada a me dizer e não me ama. Um dia, fui seu até a morte, se você quisesse, mas hoje sou outra pessoa. Não posso passar a vida choramingando. Alec é meu de um jeito que deixa você escandalizado, mas você devia parar de se escandalizar e começar a cuidar da sua felicidade.

— Quem ensinou você a falar assim? — gaguejou Clive.

— Você, senão quem mais?

---

71 *Quo vadis*, locução latina que significa "para onde vais?". A frase aparece nos Atos Apócrifos de Pedro. O apóstolo teria encontrado Cristo ressuscitado e perguntado-lhe para onde estava indo, ao que ele responde: "*Romam vado iterum crucifigi*" [Vou a Roma para ser outra vez crucificado]. (N. T.)

— Eu? É estarrecedor que você atribua esses pensamentos a mim — prosseguiu Clive. Teria ele corrompido um intelecto inferior? Clive não percebia que ele e Maurice eram ambos descendentes do Clive de dois anos atrás, um pela via da respeitabilidade, o outro, pela da rebelião. E tampouco percebia que os dois haviam de se diferenciar ainda mais. Esse assunto era um esgoto, e qualquer comentário que fosse ventilado tinha o potencial de destruí-lo na eleição. Mas não podia fugir ao seu dever. Era preciso resgatar seu velho amigo. Uma sensação de heroísmo se apoderou dele; e ele começou a imaginar como seria possível silenciar Scudder e se haveria uma forma de extorqui-lo. Agora era tarde demais para pensar sobre os meios e as formas, então convidou Maurice para jantar na semana seguinte no clube, na cidade.

A resposta foi uma risada. Sempre gostara da risada do amigo, e, nesse momento, o seu suave trovejar o tranquilizou: demonstrava felicidade e segurança.

— Está certo — disse, estendendo a mão e alcançando uma moita de louros. — Melhor do que um discurso pronto, que não vai convencer nem a você nem a mim. — E suas últimas palavras foram: — Quarta que vem, por volta das quinze para as oito da noite. Smoking basta, você sabe.

Essas foram suas últimas palavras porque Maurice desapareceu sem deixar traço de sua presença, a não ser por um monte de pétalas de prímulas noturnas, que, ali do chão, lamuriavam-se como chamas a se extinguir. Até o fim da vida, Clive não teve certeza do momento exato da partida e, com o avanço da idade, passou a duvidar que esse momento houvesse realmente acontecido. O Aposento Azul reluzia, samambaias ondulavam. Vindo de uma Cambridge eterna, seu amigo acenava, vestido com raios de sol e a espalhar os perfumes e os sons do período letivo de maio.

Mas, na ocasião, Clive sentiu-se meramente ofendido por aquilo que entendeu ser uma indelicadeza, e a comparou com lapsos semelhantes do passado. Não percebeu que era o fim, sem crepúsculo nem concessões, que jamais cruzaria o caminho de Maurice novamente, nem falaria com quem o tivesse visto. Esperou algum tempo na passagem, depois retornou à casa para corrigir as provas de impressão e pensar em alguma maneira de esconder de Anne a verdade.

# NOTA FINAL

Em seu formato original, que foi praticamente conservado, Maurice data de 1913. Foi o resultado direto de uma visita a Edward Carpenter em Millthorpe. Carpenter gozava de um prestígio que hoje é difícil de compreender. Era um rebelde, como pedia sua idade.[72] Era sentimental e um pouco sacramental, pois começara a vida como clérigo. Era um socialista que ignorava o industrialismo e um adepto da vida simples com renda autônoma. Era também um poeta inspirado por Whitman, cuja nobreza excedia suas forças. E, finalmente, acreditava no amor entre camaradas, que ele frequentemente chamava de uranistas. Foi esse último aspecto seu que me atraiu em minha solidão. Por um período curto, ele parecia ter a solução para todos os problemas. Cheguei a ele por meio de Lowes Dickinson, como alguém que se aproxima de um sobrevivente.

Deve ter sido em minha segunda ou terceira visita ao seu santuário que uma chama se acendeu, e ele e o companheiro George Merrill se uniram para causar uma forte

72 O poeta inglês Edward Carpenter (1844-1929) tinha sessenta e nove anos na época mencionada por Forster. (N. T.)

impressão em mim, despertando uma fonte de criatividade. George Merrill costumava também tocar as minhas costas, levemente, logo acima do traseiro. Creio que ele fazia isso com a maior parte das pessoas. A sensação era incomum e ainda me lembro dela, como me lembro da posição de um dente perdido há muito tempo. Era uma sensação tão psicológica quanto física. Parecia ir direto da região lombar para minhas ideias, sem passar pelos meus pensamentos. Se é mesmo possível que agisse assim, teria sido por causa do misticismo ióguico de Carpenter, e essa seria a prova de que foi naquele momento que o concebi.

Logo depois, retornei a Harrogate, onde minha mãe passava por um tratamento, e comecei imediatamente a escrever *Maurice*. Nenhum de meus outros livros foi iniciado assim. O planejamento geral, os três personagens, o final feliz para dois deles, tudo já estava na minha pena. E tudo foi colocado para fora sem nenhum enrosco. Foi concluído em 1914. Os amigos e as amigas a quem mostrei gostaram. Mas eles foram selecionados com cuidado. Até o momento, não havia enfrentado a crítica nem o público, e eu estive muito intensamente envolvido com ele, e por tempo demais, para poder julgar.

Um final feliz era imperativo. Eu nem teria me dado ao trabalho de escrever se não fosse por isso. Estava determinado a que na ficção, pelo menos, dois homens pudessem se apaixonar e assim permanecer para sempre, na eternidade que a ficção permite, e, nesse sentido, Maurice e Alec ainda vagam pela floresta. Dediquei o livro "a um ano mais feliz" não totalmente por acaso. A felicidade é sua tônica — que, por sinal, teve um resultado inesperado: fez com que o livro fosse mais difícil de ser publicado.

A menos que o Relatório Wolfenden[73] se torne lei, *Maurice* terá de permanecer como um manuscrito. Se terminasse com um final trágico, com um dos rapazes pendurado numa forca ou com um pacto de suicídio, estaria tudo bem, pois não há pornografia ou aliciamento de menores. Mas os amantes se safam sem punição e, por conseguinte, incitam ao crime. O sr. Borenius é incompetente demais para capturá-los, e a única pena que a sociedade lhes aplica é um exílio, que eles abraçam com alegria.

### NOTAS SOBRE OS TRÊS HOMENS

Em *Maurice*, tentei criar um personagem que fosse em tudo diferente de mim, ou daquilo que suponho ser: alguém que fosse belo, saudável, fisicamente atraente, intelectualmente lerdo, com tino razoável para os negócios e um tanto esnobe. Nessa combinação, acrescentei um ingrediente que o confunde, desperta, atormenta e, por fim, salva. A própria normalidade do ambiente deixa Maurice exasperado: mãe, duas irmãs, um lar acolhedor, um emprego respeitável que pouco a pouco se torna infernal; é preciso que ele esmague tudo isso para não ser esmagado,

---

73 Relatório Wolfenden foi um estudo preparado em 1957 pelo Comitê de Ofensas Homossexuais e Prostituição na Grã-Bretanha que recomendava a abolição das leis de sodomia na Inglaterra, bem como as leis que criminalizavam atos considerados "indecentes" praticados por homens. Contrariamente às previsões de Forster, as recomendações do relatório foram tornadas lei em 1967. O relatório foi batizado com o nome do presidente do comitê, Sir John Wolfenden, cujo filho, Jeremy Wolfenden, foi mais tarde chantageado por ser homossexual e se tornou espião duplo para a União Soviética. Essa história foi contada por Sebastian Faulks no livro *The Fatal Englishman: Three Short Lives* (Nova York: Vintage, 1996). (N. E)

não há terceira via. A elaboração de um personagem desses, das armadilhas que são colocadas no caminho, em que ele às vezes cai, que às vezes consegue evitar, e que finalmente destrói, revelou-se uma grata tarefa.

Se por um lado Maurice é o subúrbio, Clive é Cambridge. Por conhecer muito bem a universidade, ou pelo menos um canto dela, consegui construí-lo sem dificuldade. Usei como referência inicial os traços de um conhecido ligado ao universo acadêmico. A calma, a visão de mundo presunçosa, a clareza e a inteligência, os padrões morais rígidos, a loirice e a delicadeza que não significam fragilidade, e a amálgama de advogado com proprietário de terras, tudo isso aponta para esse meu conhecido, embora tenha sido eu que dei a Clive seu temperamento "helênico" e o atirei nos braços afetuosos de Maurice. Uma vez ali, ele tomou as rédeas, traçando as linhas pelas quais esse relacionamento incomum deveria prosseguir. Ele acreditava em contenção platônica e induziu Maurice a se conformar, o que não me parece de maneira alguma inverossímil.

Nesse estágio, Maurice é humilde, inexperiente e deslumbrado. É como uma alma liberta da prisão, que obedeceria ao seu libertador se este lhe pedisse que permanecesse casto. Por conseguinte, o relacionamento dura três anos — de forma precária, idealizada e inglesa, em particular: que rapaz italiano a teria suportado? —, ainda assim, ele dura até que Clive o termine, quando passa a se interessar por mulheres e envia Maurice de volta para o aprisionamento. A partir daí, Clive deteriora, e talvez também tenha deteriorado o tratamento que lhe dei. Ele me irritou. Passei a censurá-lo por diversos motivos, acentuar sua aridez, suas pretensões políticas, o avanço de sua calvície, nada do que ele, a esposa ou a mãe fazem está correto, em nenhuma ocasião. Isso funciona bem para Maurice, pois acelera sua descida ao inferno, e ali ele fica calejado para conseguir enfrentar a subida arriscada e derradeira. Todavia, pode ser uma injustiça com Clive, que não pretendia causar mal, mas acaba sentindo minha última chibatada no capítulo final, ao perceber que seu velho amigo de Cambridge teve uma recaída ali em Penge, e com um guarda-caça.

Alec, no início, é uma emanação de Millthorpe: ele é aquele toque nas costas. Mas não guarda nenhuma outra conexão com o metódico George Merrill e, de muitas maneiras, é uma premonição. À medida que trabalhava no personagem, fui conhecendo-o melhor, em parte por experiências pessoais, algumas delas úteis. Ele foi deixando de ser apenas um companheiro para ser mais e mais uma pessoa. Ao ganhar vida e ficar mais denso, Alec demandou mais espaço, e os acréscimos ao romance (quase não houve cortes) deveram-se todos a ele. Há pouco que se possa pressupor sobre ele. Alec é anterior aos espinhosos guarda-caças de D.H. Lawrence[74] e, ao contrário deles, não contou com o benefício de suas digressões. E, ainda que pudesse ter-se encontrado com meu Steven Wonham,[75] eles não teriam muito mais a dividir do que um caneco de cerveja. Como era a vida antes da chegada de Maurice? A vida pregressa de Clive é bem fácil de reconstituir, mas a de Alec, quando tentei

---

74 D. H. Lawrence foi um dos seletos conhecidos de Forster que chegou a ler os manuscritos de *Maurice* antes de sua publicação. Em seu romance *O amante de Lady Chatterley* (Trad. de Isadora Prospero. Rio de Janeiro: Antofágica, 1928), Lawrence cria o personagem Oliver Mellors, um guarda-caça com quem a protagonista terá um caso amoroso. A obra de Forster é considerada uma influência para o livro de Lawrence. (N. T.)

75 Steven Wonham, personagem do romance *A mais longa jornada*, de E.M. Forster (Trad. de Alfredo Barcellos. São Paulo: Rocco, 1985). (N. T.)

evocá-la, vi que demandava um levantamento e precisei descartá-la. Certamente, Alec nunca se opôs a nada — disso se sabe. Tampouco Maurice, desde o momento em que o conheceu, e Lytton Strachey,[76] um dos primeiros leitores, achou que isso seria a ruína do casal. Ele me escreveu uma carta encantadora e inquietante, em que dizia que o relacionamento dos dois se baseava na curiosidade e no desejo e que não duraria mais do que seis semanas. Reminiscências de Edward Carpenter! — cujo nome Lytton recebia sempre com gritinhos. Carpenter acreditava que os uranistas permaneciam leais uns aos outros para sempre. E, em minha experiência, embora a lealdade não possa ser garantida, ela pode sempre ser esperada, cultivada e pode florescer nos terrenos mais improváveis. Tanto o jovem suburbano quanto o camponês são capazes de lealdade. Risley, o estudante brilhante do Trinity College, não o era; e Risley, como Lytton detectou com prazer, era inspirado no próprio Lytton.

As adições posteriores feitas ao romance, exigidas por Alec, são duas, ou melhor, dividem-se em dois grupos.

Em primeiro lugar, ele precisa ser apresentado. Ele deve surgir de maneira gradual para o leitor. Deve evoluir da figura masculina difusa com a qual Maurice chega a Penge, passando pela humilhação de arrastar o piano, de recusar uma gorjeta, de ser pego espreitando entre os arbustos, de ser chamado de ladrão de damascos, até tornar-se o companheiro que dá e recebe amor. Ele deve emergir do nada até tornar-se tudo. Isso requer cuidado no manuseio. Se o leitor souber demais sobre o que está por vir, pode se entediar. Se souber de menos, pode se confundir. Tome-se a meia dúzia de frases trocadas entre os dois no jardim escuro, depois que o sr. Borenius os deixa e uma confissão começa a pairar no ar.

---

76 Lytton Strachey (1880-1932), crítico literário britânico. (N. T.)

Essas frases podem revelar muito ou pouco, dependendo da forma como forem esboçadas. Será que as esbocei de modo apropriado? Consideremos, por exemplo, quando Alec, durante a ronda, escuta o brado solitário e impetuoso: ele deve responder de imediato ou — como por fim decidi — deve hesitar até que o chamado se repita? A habilidade exigida por esses problemas não é de alto nível, não tão alto quanto Henry James imagina, mas ainda assim precisa ser empregada para que o abraço final se faça sentir.

Em segundo lugar, é preciso conduzir Alec para a descida. Ele correu um risco, e eles se amaram. Que garantia há de que tal amor perdurará? Nenhuma. Por isso, o caráter de cada um deles, as atitudes de um para com o outro, as provas pelas quais passam devem sugerir que pode durar, e a seção final do livro teve que ser muito mais longa do que o planejado originalmente. O capítulo do Museu Britânico teve de ser expandido, e um novo capítulo inteiro foi inserido depois — o capítulo da segunda noite juntos, passional e confusa, na qual Maurice se expõe ainda mais e Alec não ousa fazê-lo. No esboço original, isso tudo estava apenas insinuado. Da mesma forma, depois de Southampton, quando Alec também já arriscara tudo, eu não os conduzia ao reencontro final. Tudo isso precisou ser desenvolvido, para que os dois pudessem adquirir o mais completo conhecimento um do outro. Apenas depois que certos perigos e ameaças fossem superados é que o pano poderia começar a cair.

O capítulo seguinte ao reencontro, no qual Maurice repreende Clive, é o único desfecho possível para o livro. Nem sempre pensei assim, nem outros leitores, e fui incentivado a escrever um epílogo. Ele se apresentou como um encontro entre Kitty e dois lenhadores, alguns anos depois, e provocou descontentamento geral. Epílogos são para Tolstói. O meu fracassou em parte porque a ação do romance se passa por volta de 1912 e "alguns anos depois" o lançaria numa Inglaterra transformada pela Primeira Guerra Mundial.

O livro decerto está datado, e há pouco um amigo observou que, para os leitores de hoje, ele só pode ter um interesse meramente histórico. Eu não iria tão longe, mas ele decerto está datado, não apenas por seus intermináveis anacronismos — gorjetas em moedas extintas, rolos de pianola, peças de vestiário de época,[77] *Police Court News*, Conferência de Haia, liberais, radicais e ruralistas, médicos sem educação formal e universitários que andam de braços dados —, mas por uma razão mais vital: este romance diz respeito a uma Inglaterra onde ainda era possível se perder. Diz respeito ao último suspiro das florestas. *The Longest Journey* [A mais longa jornada] diz respeito a esse momento também e tem uma atmosfera que guarda semelhanças. Nossas florestas se acabaram de uma forma catastrófica e inevitável. Duas grandes guerras exigiram e deixaram como legado o recrutamento, que os serviços públicos adotaram e expandiram; a ciência ofereceu sua ajuda, e os territórios selvagens de nossa ilha, que nunca foram extensos, em pouco tempo foram demarcados, cobertos com construções e fiscalizados. Hoje não há mais nenhuma floresta ou território virgem para onde se possa escapar, nenhuma caverna onde se encolher, nenhum vale deserto para aqueles que não desejam nem se juntar nem perverter a sociedade, mas que querem apenas ser deixados em paz. As pessoas ainda escapam, fazem isso toda noite nos filmes. Mas eles são gângsteres, não pessoas fora da lei, que podem se esquivar da civilização porque fazem parte dela.

---

77 Na lista de anacronismos presentes em *Maurice*, Forster cita textualmente gorjetas dadas em *half-sovereign* [meia libra] e jaquetas estilo *norfolk*, embora nenhum dos dois exemplos apareça de fato no livro. É possível que estivessem em alguma das versões do texto ainda em fase de edição. (N. T.)

Nota conclusiva sobre uma palavra que até agora não foi mencionada. Desde que *Maurice* foi escrito, houve uma mudança pública de atitude com relação a esse tema: da ignorância e do terror para a familiaridade e o desdém. Não é essa a mudança pela qual Edward Carpenter trabalhou. Ele acreditava no reconhecimento generoso de uma emoção e na reintegração de algo primitivo ao patrimônio comum. E eu, embora menos otimista, supunha que o conhecimento traria compreensão. Não nos demos conta de que a verdadeira aversão do público com relação à homossexualidade não é à coisa em si, mas a ter de pensar a respeito dela. Se ela pudesse ser imiscuída em nosso meio, sem alarde, ou legalizada da noite para o dia por um decreto em letras miúdas, os protestos seriam poucos. Infelizmente, a legalização só pode ser feita pelo Parlamento, e os membros do Parlamento são obrigados a pensar ou parecer que estão pensando. Por conseguinte, as recomendações do Relatório Wolfenden serão rejeitadas por tempo indeterminado,[78] as perseguições policiais vão prosseguir e Clive, da cadeira do juiz, continuará proferindo a sentença contra Alec no banco dos réus. Pode ser que Maurice consiga se safar.

Setembro de 1960

---

78 Ver nota 73, p. 327. As recomendações do Relatório Wolfenden foram incorporadas à lei em 1967, sete anos depois de Forster escrever esta nota final ao seu livro. (N. T.)

Dados Internacionais de Catalogação na Publicação (CIP)
(Câmara Brasileira do Livro, SP, Brasil)

Forster, E.M., 1879-1970
Maurice / E.M. Forster; tradução Antonio Farinaci — 1. ed. — São Paulo : Ercolano, 2025.

Título original: *Maurice*
ISBN 978-65-85960-42-7

1. Ficção inglesa 2. LGBTI+ – Siglas I. Título.

25-294225.1 CDD-823

Índices para catálogo sistemático:
1. Ficção : Literatura inglesa 843
Maria Alice Ferreira - Bibliotecária - CRB-8/7964

ERCOLANO

Editora Ercolano Ltda.
www.ercolano.com.br
Instagram: @ercolanoeditora
Facebook: @Ercolanoeditora

Este livro foi editado em 2025 na cidade de São Paulo pela Editora Ercolano, com as famílias tipográficas Bradford LL e Wremena, em papel Pólen Bold 70 g/m² e impresso na Ipsis.

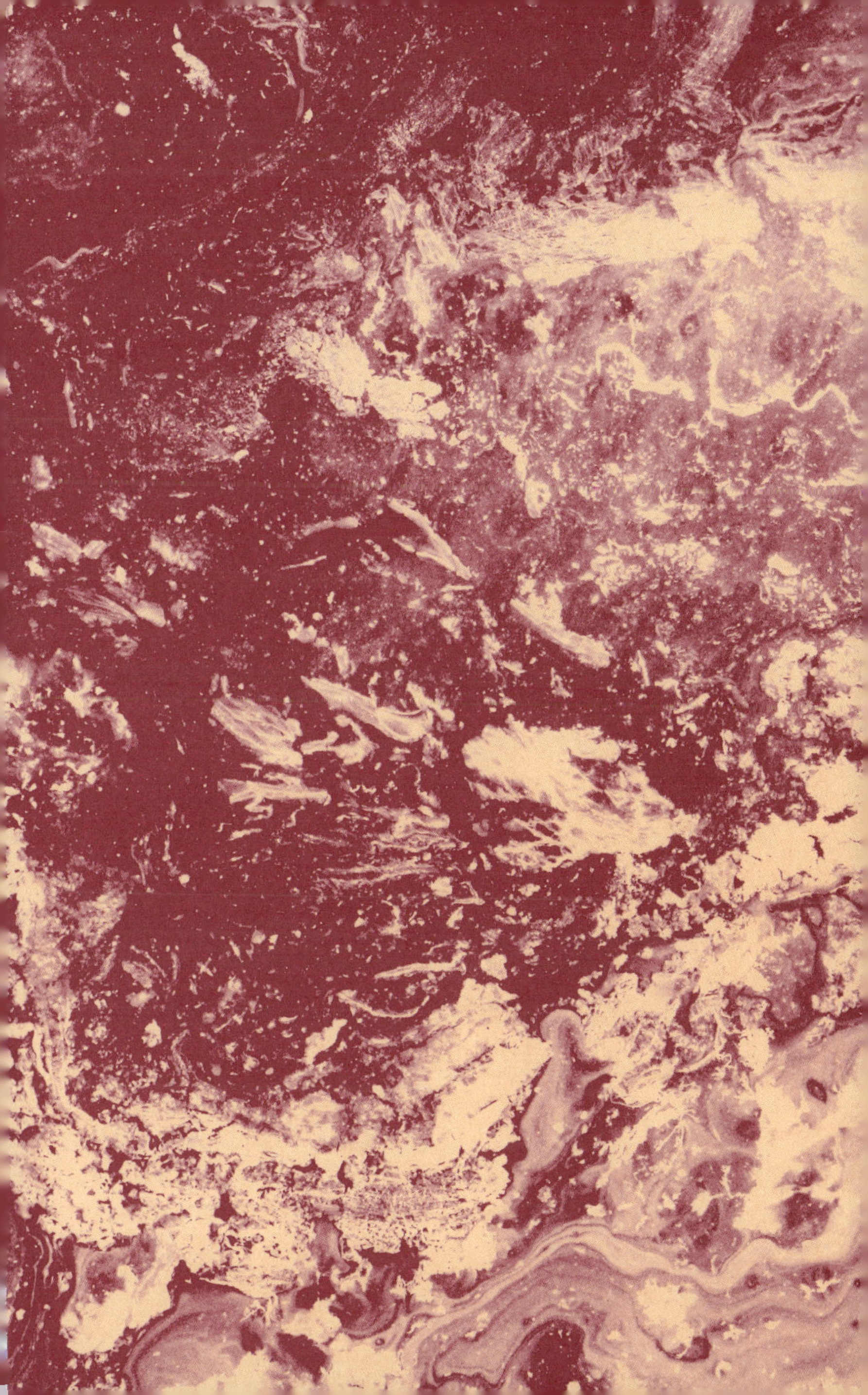